»Ein faszinierender Stoff. Theophanus Geschichte nimmt sich wie ein prächtiger, detailreicher Orientteppich aus. Nur wenigen gelingen atmosphärisch derart dichte Bücher.« *Berner Zeitung*
Die junge Theophanu (955-961) ist als Ehefrau Ottos II. hinterhältigen Intrigen und politischen Ränkespielen ausgesetzt, die ihre Stellung und ihr Leben immer wieder in Gefahr bringen. Doch sie kann sich als kluge Politikerin und mächtige Frau im Reich behaupten. Als der Kaiser überraschend stirbt, muss Theophanu den Thron für ihren Sohn Otto III. retten – mit Mut, List und einem geschickten Täuschungsmanöver weiß sie ihre Gegenspieler auszuschalten …
Farbenprächtig und packend erzählt Gabrielle Alioth die Geschichte der erstaunlichsten Frau des Mittelalters.

Gabrielle Alioth wurde 1955 in Basel geboren. Nach dem Studium der Wirtschaftswissenschaften und der Kunstgeschichte war sie u.a. als Übersetzerin und Journalistin tätig. Sie verfasste mehrere historische Romane. Gabrielle Alioth lebt mit ihrem Mann in Irland.
(www.gabriellealioth.com)
Im insel taschenbuch liegt außerdem vor: *Die Braut aus Byzanz* (it 4100).

insel taschenbuch 4161

Gabrielle Alioth

Die griechische Kaiserin

Gabrielle Alioth

Die griechische Kaiserin

Historischer Roman

Insel Verlag

Umschlagabbildung: akg-images

Erste Auflage 2012
insel taschenbuch 4161
Insel Verlag Berlin 2012

Vertrieb durch den Suhrkamp Taschenbuch Verlag
Umschlag: bürosüd, München
Druck: CPI – Ebner & Spiegel, Ulm
Printed in Germany
ISBN 978-3-458-35861-9

Eiris sazun idisi
sazun hera duoder,
suma hapt heptidun,
suma heri lezidun,
suma clubodun
umbi cuoniouuidi:
insprinc haptbandun,
inuar uigandun!

Merseburger Zauberspruch

Im ersten Jahr vermählte Otto der Große sie mit seinem Sohn, im zweiten bestieg sie den Thron, im dritten bezwang sie ihre Widersacher, im vierten gewann sie Verbündete, im fünften entledigte sie sich der Rivalin, im sechsten gebar sie ihr erstes Kind und im siebten wartete sie auf ein Zeichen des Herrn. Im achten Jahr nach ihrer Ankunft im Westen aber erfüllte sie ihre Bestimmung.

Im Zeichen des Löwen geboren, hatte Theophanu, die Nichte des Kaisers von Konstantinopel, ihre Heimat verlassen, um an der Seite des jüngeren Otto, des Zweiten, über das Reich der Franken zu herrschen. Allen Verleumdungen zum Trotz behauptete sie sich – nicht ganz ohne mein Zutun. Denn ich, Stephanos der Astrologe, war der Einzige, der sie aus dem Osten hierherbegleitet hatte. «Die griechische Kaiserin» nannten die Franken sie nun, mit Achtung und Verachtung zugleich, und sie blieb eine Fremde. Aber sie verstand es unterm Gestirn der großen Bärin, Ererbtes mit Erfahrenem zu verbinden, zum Nutzen des Reichs, und sie zahlte den Preis ihres Gelingens ohne Bitterkeit. Glück ist nie mehr als ein Augenblick, doch was wir in einer Form verlieren, finden wir in einer anderen wieder, und die Zeit, so sagen sie hier, führt uns in Spiralen auf neuer Bahn immer wieder an denselben Ort zurück.

I

Zeugnis der am Tag nach Allerheiligen in unserer Kirche aufgegriffenen Bittstellerin, wortgetreu aufgezeichnet von Wendligard, magistra, zuhanden unserer ehrwürdigen Frau Hilde, Äbtissin des Stifts zu Essen, anno Domini 991.

‹Es war eine milde Nacht, in der sich die Schritte der Männer aus dem Rauschen des Waldes lösten. Elf Jahre ist es her, und ich ahnte nicht, was mir bevorstand. Ich lauschte, wartete auf das Klopfen an der Tür. Während ich im Schein der Kerze in meine Holzschuhe schlüpfte, meinen Umhang und meinen Beutel nahm, fragte ich mich, welche der Frauen so weit war. Die Kesselhofbäuerin erwartete ihr Zehntes, ihr Mann würde mich nicht holen, um noch einen Esser aus ihr herauszuziehen. Die Müllerin war erst im fünften Monat; es würde tot sein. Oder war es eine Magd, eine Tochter, die heimlich – Ich erschrak, als ich die Tür öffnete und den Glanz der Schwerter im Schein der Fackeln sah.

Seit Trotas Tod lebte ich allein in der Hütte am Rand des Ketiler Waldes, dort, wo der Bach sich in zwei Läufe teilt. Trota war meine Lehrmeisterin, sie hatte in Salerno die Heilkunst studiert und mich darin unterwiesen.

Die Männer mit den Schwertern führten mich in den Wald hinein. Einige waren dunkelhäutig, und über das Gesicht ihres Anführers, eines bärtigen Alten, lief eine Narbe, von der rechten Braue quer über die Nase zum linken Ohr, als hätte jemand seinen Kopf zu spalten versucht. Ich überlegte, ob es besser gewesen wäre, die Tür nicht zu öffnen. Einer trug meinen Beutel mit der Salbe, dem Blutstein, der

Schere. Was für eine Frau, fragte ich mich, zog mit diesen Gesellen durchs Land?

Das Lager im Wald war größer, als ich erwartet hatte: Karren, Wagen, ein paar notdürftig aufgerichtete Zelte. Einige der Pferde trugen noch ihr Zaumzeug aus geflochtenen Lederriemen, mit glänzenden Beschlägen, farbigen Quasten. Vaganten, dachte ich, Gaukler, darauf aus, Armut und Arglist unter Tand zu verstecken. An einem der Feuer hockte ein glattgesichtiger Mann, dessen Körper sich gleich einem Hügel unter seinem Mantel wölbte. Der Bärtige führte mich zu einem Zelt. Kein Laut drang daraus; er zögerte. Mit seinem zerschnittenen Gesicht kam er mir mit einem Mal wehrlos vor; ich schob die Plane beiseite.

Im Schein eines goldenen Kerzenleuchters lag eine Frau – viel zu jung für den Bärtigen, dachte ich – auf Kissen gebettet, unter einer Decke, die in allen Farben schimmerte. Daneben kauerte eine Magd mit einem Neugeborenen im Arm. Ich atmete auf. Das Kind schlief; es war sehr klein, aber ein rosiger Hauch lag auf seinen Wangen. Die Magd nickte auf meine Frage: Es war ein Mädchen. «Das vierte», sagte sie.

Eine Bewegung auf dem Lager lenkte meine Aufmerksamkeit vom Kind zur Mutter. Ihr Gesicht war schmerzverzerrt, die Decke bebte.

«Die Wehen hören nicht auf», klagte die Kindsmagd.

Ich sah sofort, dass es nicht die Nachgeburt war, die den Leib der Gebärenden krümmte. Ich kniete nieder und betastete den Bauch.

«Es sind zwei», erklärte ich. Und das zweite Kind hatte sich nicht gedreht. Sein Kopf lag genau unter dem Herz der Mutter.

«Du musst mir helfen», flüsterte ich der Gebärenden zu und schob die Decke zurück. Der vertraute Geruch stieg mir entgegen, die Laken waren blutdurchtränkt. Was würde der Bärtige tun, wenn das zweite Kind tot zur Welt kam, wenn die junge Frau stürbe? Ihr schwarzes Haar war nass von Schweiß.

«Könnte es ein Junge sein?», fragte sie, während ich ihr half, sich aufzurichten, und mich zwischen ihre Beine hockte.

«Das weiß nur Gott», murmelte ich.

Was dann geschah, verliert sich in meiner Erinnerung in einem fiebrigen Flimmern. Ich hatte gehört, dass man ein Kind im Bauch der Mutter drehen konnte, aber ich kann nicht mehr sagen, was ich tat. Ich wusch Hände und Arme im heißen Wasser, das man mir brachte, und rieb mich bis zu den Ellbogen mit Salbe ein. Die Frau gab keinen Laut von sich. Ich sah, wie ihre Finger sich in die Decke krallten. Trota, meine Lehrmeisterin, sagte, auch die Frau werde in der Geburt geboren, ihr Wesen offenbare sich dann. So zart der Körper der Kreißenden war, so stark war ihr Wille, und sie fürchtete sich nicht. Endlich strömte die klare Flüssigkeit auf das blutverschmierte Laken, die Wehen wurden stärker, der kleine Kopf erschien, ein faltiges Gesichtchen. Es schrie, es lebte; es war ein Junge.

In jeder Geburt steckt ein Funke der göttlichen Schöpfung, sie bleibt unfassbar wie der Tod, und der Beginn eines Lebens erfüllt uns stets mit Hoffnung und Zuversicht. Nie zuvor aber hat eine Niederkunft eine solche Freude entfacht. Dem bärtigen Jakob vor dem Zelt liefen die Tränen über die vernarbten Wangen, die Männer jubelten, das ganze Land. Auch hier in Essen werden die Stiftsfrauen in der Kirche gekniet haben, um dem Himmel zu danken.

Die junge Mutter schlief mit fest geschlossenen Lippen, und da war der Vater. Ich hatte nicht bemerkt, dass er das Zelt in der Nacht betreten hatte. Doch als ich mich mit dem Neugeborenen vom Lager aufrichtete, stand er vor mir und streckte seine schlanken, weißen Hände nach ihm aus. Seine Kleidung unterschied ihn nicht von seinen Leuten, sie war aus dem gleichen groben Stoff, und seine Stiefel waren erdverklebt. Aber seine Haltung, seine Gestalt – er war feingliedriger als die anderen Männer, vornehmer mit dem rötlich blonden Haar. Vor allem aber fiel mir bei dieser ersten Begegnung die Klarheit seiner blauen Augen auf, die Weitsicht, die ihn zu ihrem Führer machte. Er betrachtete seinen Sohn, als wolle er in dem kleinen Gesichtchen versinken. Es schien ihn nicht zu stören, dass es ein Zwillingskind war.

Der Tag war längst angebrochen, als ich das Zelt der Wöchnerin verließ. Die beiden Kinder waren gewaschen, geölt, ihre weichen Glieder in Binden gewickelt, die Nachgeburten in Töpfen versiegelt, und ich hatte den gerissenen Damm der jungen Frau mit einigen Stichen zugenäht, die Wunde mit dem Pech bestrichen, das die Männer mir über dem Feuer gewärmt hatten. Die Sonne schien durch die sommerlichen Kronen des Waldes. In dem grünen Licht sah das Lager nicht mehr so schäbig aus wie in der Nacht zuvor. Die Karren und Wagen waren solide, die Zelte aus festem Tuch. Zu Suppe und Brot reichte man mir gebratene Wachteln, Wein, frischen Käse; es fehlte an nichts. Während ich aß, beobachtete ich den glattgesichtigen Fetten, der, in seinen weitärmligen Mantel gehüllt, mit zierlichen Instrumenten auf einer Tafel etwas vermaß.

Die Kindsmagd, die sich während der Nacht um das Erstgeborene gekümmert hatte, brachte mich, nachdem ich gegessen hatte, ins Zelt zurück. Ich hatte mein Haar zu einem Zopf geflochten. Während der Geburten trug ich es stets lose unter der Haube, da alles Geknotete und Verknüpfte dem Kind schaden kann. Jetzt spürte ich die Blicke der Männer auf meinem Rücken. Ich überlegte, was ich für meine Dienste verlangen sollte, falls man mich danach fragte. Die Leute im Dorf gaben mir, was sie hatten, Holz, Korn, Hühner, Wolle. Es war nie viel, aber es reichte, um in der Hütte am Waldrand zu leben.

Die Mutter der Zwillinge saß in einem Sessel; Kissen und Decken waren verschwunden, und ich verstand, dass der Aufbruch bevorstand. Sie schien älter in dem einfachen, mit einer schmalen Borte verzierten Reisekleid. Ihr schwarzes Haar war mit zwei weißen, kunstvoll geschnitzten Kämmen hochgesteckt. Ich hatte noch nie Elfenbein gesehen. Das gab es nicht im Dorf, auch nicht bei den Herren von Cleve, und vorher auf dem Gut meines Vaters – er muss längst tot sein, und Gott wird ihm vergeben haben.

Die beiden Neugeborenen, die Zwillinge, lagen auf roten Kissen in einem Korb. Erst jetzt, neben dem mit blondem Flaum bedeckten Köpfchen des Söhnchens, fielen mir die dichten, dunklen Haare des Mädchens auf. So unterschiedlich waren die schlafenden Kinder. Noch während ich mich wunderte, steckte die Kindsmagd mir eine Börse zu, in der ich die Kanten von Geldstücken spürte, Silber, Gold vielleicht.

«Hast du Kinder?», fragte die Frau im Sessel. Dabei sah sie mich so eindringlich an, dass ich den Blick senken musste. «Hält dich jemand an diesem Ort?» Eine fremde Melodie schwang in ihrer Stimme. Ich erklärte, dass ich wie alle hier den Herren von Cleve zu eigen war.

«Ich werde dich freikaufen», sagte sie mehr zu sich selbst.

Ich blickte auf meine Holzpantinen und wusste immer noch nicht, wer sie war.

In der gleichen Stunde brachen wir auf. Während die Männer die Reste des Lagers räumten, fuhr ich im Wagen mit der Mutter, der Kindsmagd, den beiden Neugeborenen aus dem Leben hinaus, das ich geführt hatte. Eine Weile überlegte ich noch, wer nun die Frauen im Dorf entbinden würde, dachte an die Hütte, den Wald. Ich konnte mir nicht vorstellen, nie mehr das Moos auf den Stämmen der Weiden zu sehen, die sich über den Bach neigten, oder die Wirbel im Strom. Der bärtige Jakob hatte versprochen, meine Tiegel und Fläschchen zu holen, den Mörser, die getrockneten Kräuter, die von den Dachbalken hingen, und die Truhe mit Trotas Büchern, in der auch die Wachskerzen lagen, die mir der Herr von Cleve nach der Geburt seines ersten Sohns geschenkt hatte. In manchen Nächten zündete ich eine davon an, um die bösen Träume zu verscheuchen, und später erzählte mir Jakob, sie hätten bereits beschlossen, zum Lager zurückzukehren, weil sie die Hütte, die man ihnen im Dorf beschrieben hatte, nicht finden konnten, glaubten, man habe sie absichtlich in die Irre geschickt, als sie durch die Zweige das Flackern meiner Kerze entdeckten.›

Die Sonne hatte den Wendekreis des Krebses kaum gestreift, als das Wasser brach. Hatte ich mich getäuscht, verrechnet? Die Löwin würde einen Löwen gebären, das hatten mir die Sterne offenbart. So hastig wie die Männer in der Waldlichtung die Zelte aufschlugen, griff ich nach Zirkel und Maßstab, setzte mich ans erste entfachte Feuer. Doch mit jedem Winkel, den ich überprüfte, jeder Achse, die ich neu zog, wuchs meine Gewissheit: Der Fehler lag nicht am Firmament, sondern auf Erden. Was war geschehen? Wodurch waren wir vom himmlischen Weg abgekommen?

Der Schrei des Neugeborenen ging mir durch Mark und Bein. Ein Mädchen, natürlich; ganz mit schwarzen Haaren bedeckt, munkelten die Männer. Ich blickte zur großen Bärin. Wir waren ihr nach Norden gefolgt, hatten uns in den kalten Häusern, den kalten Herzen der Franken eingerichtet, mit ihren abweisenden Gesichtern zu leben gelernt. War dieser sumpfige Wald das Ende unserer Reise? Es hieß, die Wehen hörten nicht auf.

Venus war längst erloschen, als der zweite Schrei erklang. Der Himmel lag weiß zwischen Nacht und Tag, kein Glitzern wies dem neuen Leben seine Bahn. Es war ein Junge, ein Sohn, der langersehnte Thronfolger.

‹Heute kommt es mir vor, als hätte ich schon Jahre vor der Niederkunft im Wald, als ich den fremdländischen Namen zum ersten Mal hörte, geahnt, dass diese Frau mein Leben verändern würde. Aber wie ich mit ihr, den zwei Neugeborenen, der Kindsmagd im Wagen saß, wusste ich nicht mehr über sie als jeder: dass sie eine Prinzessin war, die man aus dem Osten geholt hatte, um sie mit dem Sohn unseres Kaisers zu verheiraten. Damals lebte Otto der Große noch, und man sagte, er habe in seiner Weisheit beschlossen, das Reich, das seit Jahrhunderten geteilt war, wieder im Blut einer Linie zu vereinen. Er verhandelte mit den Kaisern von Konstantinopel, und trotz deren Doppelzüngigkeit gelang es ihm, eine Braut für seinen Sohn zu bekommen. Nicht alle billigten das. Als sich herausstellte, dass die Prinzessin, die man unserem Kaiser gesandt hatte, keine Tochter, sondern nur eine Nichte des Herrschers im Osten war, forderten manche, man solle die Fremde zurückschicken. Aber Otto der Große behielt sie, vermählte sie mit seinem Sohn und schenkte ihr Güter zu eigenem Nutzen. Die Urkunde, in der er ihre Ansprüche bestätigte, wurde im ganzen Reich gezeigt, und die Leute im Dorf sagten, eine Handbreit des in Gold auf Purpur geschriebenen

Pergaments sei mehr wert als alles, was die Herren von Cleve besaßen.

Nach der Hochzeit in Rom, als der kaiserliche Hof aus Italien zurückkehrte, begannen sich Gerüchte zu verbreiten: Die fremde Prinzessin, hieß es, weigere sich, ihre ehelichen Pflichten zu erfüllen, sie könne oder wolle keinen Thronfolger gebären, und sie lehne sich gegen ihre Schwiegermutter, die fromme Adelheid, auf. Als der große Otto starb, redeten die Leute noch mehr, von anstößigen Kleidern, die entblößten anstatt zu verhüllen, Schmuck, den die Griechin auch für den Kirchgang trug, und Ölen, mit denen sie ihren Körper bestrich und deren Duft die Menschen betöre. Wie sonst, fragten sich die Leute, hätte eine Fremde an unserem Hof einen solchen Einfluss gewinnen können, wenn nicht durch Zauber und Trug?

Das Gesicht der Frau, die mir im Wagen gegenübersaß, war starr vor Erschöpfung. Sie hatte in den zwei Geburten so viel Blut verloren, dass ihr Körper zu welken schien, und auch später, als sie sich erholte, war sie nicht so schön, wie ich mir vorgestellt hatte. Ihre Züge waren kantig, ihre Lippen schmal. Doch selbst in dieser großen Schwäche ging ein Reiz von ihr aus. Am zweiten Tag der Reise sah ich durchs Wagenfenster die Umrisse des Valkhofs und begriff, wie sehr sich mein Leben geändert hatte. Einem Bussard gleich lauerte die Festung auf dem Felsen über der Waal, und mir gegenüber saß die mächtigste Frau des Reiches, die Kaiserin Theophanu.›

In der Festung über der Waal

Nimwegen, im Juli 980

«An den Mauern da unten wächst doch Efeu, ich kann ihn von hier aus sehen.» Thea deutet mit dem Kopf aus dem Fenster.

«Gewiss, Herrin.» Die Kindsmagd rührt sich nicht von der Stelle.

«Dann geh und pflück ein paar Blätter davon!»

Ein langgezogenes Plärren erklingt aus der mit einem Tuch verhängten Wiege; Thea fährt sich mit der Hand übers Gesicht. «Wo ist die andere, die mit dem Zopf – wie heißt sie?»

«Martje», murmelt die Magd.

Die Tür öffnet sich. «Mein Sohn weiß sich Gehör zu verschaffen.» Lachend tritt Otto ein, die Magd schlüpft hinter ihm aus der Turmstube. Auch um Theas Lippen spielt ein Lächeln, während sie zuschaut, wie Otto mit großer Vorsicht das Tuch hebt und in die Wiege späht. Das Plärren steigert sich zu einem Krähen.

«Er gleicht dir», meint sie.

«Ich habe nie so geschrien», protestiert Otto immer noch lachend.

Hinter ihnen poltert es. «Verzeihung.» Martje steht in der Tür. «Ich hab vergessen …»

Thea bringt sie mit einer Geste zum Schweigen. Sie weiß, dass die Leute, die neu an den Hof kommen, vergessen, anzuklopfen, sich zu verbeugen, zu warten, bis man sie anspricht. Mehrmals hat Stephanos ihr vorgeschlagen, einen Zeremonienmeister einzustellen, der den Neuen die wichtigsten Regeln beibringt, und darauf achtet, dass sie eingehalten werden. Aber sie sind nicht in den mit Porphyr und Marmor ausgelegten Palästen von Konstantinopel, wo jeder Schritt des Kaisers im Buch der Zeremonien festgelegt ist, sondern auf einer Wehrburg am Nordrand des Frankenreichs. Das Krähen in der Wiege ist zu einem Jammern geworden.

«Bring ihn der Amme», befiehlt Thea, und kaum hat Martje das Kind aufgenommen, verstummt es. Otto blickt seinem Sohn nach, bis er auf dem Arm der Kinderfrau verschwindet.

«Sollten wir nicht eine zweite Amme für ihn haben?», fragt er besorgt.

«Er kann nicht noch mehr trinken, als er trinkt», entgegnet Thea und wendet sich dem Korb zu, der neben der Wiege steht. «Sie atmet so schwer.» Thea betrachtet das schlafende Gesichtchen auf dem Kissen. Der kleine Kopf ist kahl, die schwarzen Haare sind ausgefallen. «Und sie hustet immer noch. Stephanos meint, wir sollten ihr einen Absud aus Efeu und Fenchel geben.»

«Kennt sich dein Sterndeuter auch mit Säuglingen aus?» In Ottos Stimme schwingt Hohn.

«Immerhin hat er die Geburt deines Sohnes vorausgesagt», erwidert Thea gelassen.

«Drei Wochen zu spät.»

«Er konnte nicht wissen, dass es Zwillinge sind. Wäre es nur ein Kind gewesen, wäre es hier zur Welt gekommen, wie wir geplant hatten, nicht unterwegs im Wald.»

«Dann stand sie also nicht in den Sternen.» Otto ist neben Thea getreten und betrachtet das schlafende Mädchen.

«Nein, sie stand nicht in den Sternen.» Thea versucht ein Würgen in ihrem Hals zu schlucken.

«Hildibold hat einen Brief an Lothar aufgesetzt, in dem

wir ihm unsere Unterstützung bestätigen.» Otto wendet sich ab und tritt ans Fenster. «Sofern er endgültig auf den Norden Lothringens verzichtet.»

Thea erinnert sich nur ungern, wie sie im Sommer vor zwei Jahren aus Aachen fliehen mussten, weil König Lothars Heer mit einem Mal vor der Stadt stand. Sie war schwanger gewesen, ihr Bauch so groß, dass sie nicht mehr reiten konnte, und man hatte sie in einem der fensterlosen Wagen, in denen ihre Schwiegermutter zu reisen pflegte, nach Köln gebracht. Noch während der Reise hatten die Wehen begonnen, und kaum hatten sie den Rhein erreicht, war das Kind aus ihr gerutscht, als habe das Holpern des Wagens es herausgeschüttelt. Es war wieder ein Mädchen, und sie nannten es Sophia, nach Theas Mutter, so wie sie ihre erste Tochter nach Ottos Mutter Adelheid getauft hatten.

Lothar plünderte die Aachener Pfalz und drehte den bronzenen Adler auf dem Dach, dem Brauch folgend, gegen Westen auf sein eigenes Reich zu.

«Und wird er auf das Gebiet verzichten?», fragt Thea zweifelnd.

«Er hat sein Wort gegeben.» Otto streicht sich mit einer ungelenken Geste das Haar aus der Stirn, und für einen Augenblick sieht Thea den jungen Mann in ihm, den sie vor acht Jahren geheiratet hat.

«Er ist dir schon einmal in den Rücken gefallen», gibt sie zu bedenken.

«Lothar hat um Frieden gebeten», entgegnet Otto gereizt. «Er hat uns seine Freundschaft angetragen.»

Im vergangenen März hatte Lothar eine Gesandtschaft mit einem Versöhnungsangebot an Ottos Hof geschickt. Es war die Pflicht des Kaisers, Milde vor Gerechtigkeit walten zu lassen, clementia über justitia zu stellen, und im Mai hatte Otto sich mit Lothar an der Reichsgrenze getroffen, um seine Geschenke entgegenzunehmen und das neue Freundschaftsbündnis zu besiegeln.

«Zudem ist Lothar mein Vetter – und auch mein Schwager», fügt Otto trotzig hinzu. «Er wird mich nicht hintergehen.»

Thea seufzt. «Die Kälte des Nordens macht das Blut dicker», spöttelte Stephanos, wenn sie sich beklagte, dass Verwandtschaft am Hof der Franken immer wieder gegen Vernunft und Erfahrung angeführt wird.

«Und Hildibold ist einverstanden?», bohrt Thea weiter. Der Kanzler wenigstens müsste die Interessen des Reiches über die der Familie stellen.

«Natürlich», fährt Otto sie an. «Warum vermutest du immer gleich das Schlechteste? Bei uns betrügt nicht jeder jeden. Ehrlichkeit –»

Ein krampfartiges Keuchen kommt aus dem Korb neben der Wiege. Rasch hebt Thea das Kind hoch, weißer Schleim sickert aus seinem Mund. «Schon wieder.» Thea versucht den Ausfluss abzuwischen, aber er klebt an dem Gesichtchen, dem Tuch, ihren Händen.

«Der Brief kann gleich gesiegelt werden.» Hildibolds Blick gleitet über das beschriebene Pergament.

Otto schweigt. Es riecht nach Pferdepisse in der niedrigen Kammer, die als Kanzlei dient; die Ställe sind gleich nebenan.

«Cofirmavimus – da fehlt ein n – confirmavimus.» Hildibold schüttelt den Kopf. «Die jungen Notare werden immer flüchtiger. Sie glauben, sich auf die große Politik zu verstehen, dabei können sie nicht mal Lateinisch.»

Otto denkt daran, wie Thea ihn vor zwei Tagen abends aus ihrem Zimmer schickte, als er sich zu ihr legen wollte. Das hat sie noch nie getan.

«Und das Datum ist falsch.»

Otto hört nicht zu. Nach den Geburten der Mädchen haben sie stets nur ein paar Tage gewartet, bis sie das Bett wieder teilten.

«Der Brief muss nochmals geschrieben werden», entscheidet Hildibold. «Ich werde ihn dem kleinen Bernward geben. Dem haben die Ruten der Hildesheimer Domschullehrer schon als Kind Sorgfalt beigebracht; und er hat eine anständige Handschrift.»

Otto denkt an die Wärme von Theas Haut. Er hat sie seit der Geburt seines Sohnes nicht mehr berührt.

«So geht es jedenfalls nicht.» Der Kanzler wirft das Pergament auf den Tisch.

Otto fährt aus seinen Gedanken. «Wegen Lothringen ...»

Hildibold mustert ihn. «Herzog Karl ist Euch ergeben. Er wird nicht vergessen, dass Ihr ihn aufgenommen habt, als sein Bruder Lothar ihn verstieß.»

Es war Otto schwergefallen, dem eingebildeten Karl mit der gebotenen kaiserlichen Güte zu begegnen.

«Und auf dem Vergeltungszug gegen Lothar vor zwei Jahren hat er Lâon für Euch eingenommen», fährt Hildibold fort.

Otto erinnert sich an die selbstgefällige Wut, in der Karl seine Soldaten antrieb, die Stadt zu zerstören.

«Er meinte, ich würde ihn zum Gegenkönig ausrufen», wendet Otto ein. «Er ist enttäuscht.»

«Seine Enttäuschung wird den Hass gegen seinen Bruder nicht aufwiegen. Und Karl hat Euch die Treue geschworen, als er das Lothringer Herzogtum von Euch bekam. Selbst wenn Lothar –»

«Die Kaiserin glaubt nicht, dass Lothar auf Lothringen verzichten wird», unterbricht Otto die Ausführungen des Kanzlers.

Hildibold schweigt.

«Sie meint, er werde uns hintergehen.» Otto hebt die Hände.

«Die Kaiserin ist immer noch sehr schwach», gibt der Kanzler zu bedenken. «Die Niederkunft im Wald hat an ihren Kräften gezehrt.»

«Wir hätten die Reise aufschieben sollen.» Der Zorn über die Hilflosigkeit, die er in der Nacht im Wald empfand, packt Otto wieder. «Wenn ihr fetter Sterngucker nicht behauptet hätte, das Kind käme erst in drei Wochen zur Welt ...»

«Die Kinder», berichtigt der Kanzler. Ein kühler Luftzug weht in die Kammer.

«Ich weiß», entgegnet Otto ungeduldig.

Erste Regentropfen fallen aufs Dach.

Hildibold faltet die Hände über seinem Bauch. «Ihr solltet an die Zukunft Eures Sohnes denken.» Der Regen wird zu einem Rauschen. «Italien.»

Nachdem Martje gegangen ist, nimmt Thea ihre frischgewickelte Tochter aus dem Korb und legt sich mit ihr aufs Bett. Berta – der Name geht ihr nicht über die Lippen. Das kleine Mädchen würgt, der Schleim muss in seinem Hals kleben. Thea streicht über das kahle Köpfchen. Berta – es klingt wie ein Aufstoßen. Sie wird nicht zulassen, dass ihre vierte Tochter den Namen von Adelheids Mutter trägt. Die winzigen Händchen ballen sich zu Fäusten. Ob das Kind Schmerzen hat? Thea schnuppert an dem kleinen Leib.

«Was tust du?» Otto steht neben ihr.

«Sie riecht so anders», erklärt Thea, ohne ihre Verstimmung zu verbergen. Sie hat nicht bemerkt, dass er ihr Zimmer betreten hat.

«Geht es ihr besser?», fragt Otto teilnahmslos.

«Ich weiß nicht.» Thea steht auf und bettet das Kind in den Korb. Als sie sich aufrichtet, legt Otto ihr die Hand auf die Schulter.

«Ich werde sie Maria taufen, nicht Berta», erklärt Thea angriffslustig. «Nach der Mutter meines Vaters.»

«Gut.» Otto lässt ihre Schulter los.

Thea ist überrascht, sie hat Widerstand erwartet.

Er räuspert sich. «Wir müssen über Otto reden.»

Die Hitze schießt Thea in die Wangen. Erst nach einem Moment begreift sie, dass ihr Mann nicht von Otto von Schwaben spricht, sondern von ihrem Sohn, dem neugeborenen Otto. «Es geht ihm bestens», entgegnet sie unwirsch.

«Wir müssen an seine Zukunft denken, die Krone ...»

«Erzbischof Willigis wird ihn in Aachen zum König krönen, und deine Herzöge werden ihm den Treueid leisten.» Und ihn halten, solange es ihnen nützt, denkt sie.

«Ich meine die Kaiserkrone», sagt Otto leise.

Thea schaut ihn an. Die Adern an seinen Schläfen sind deutlich zu sehen. «Du willst ihn zum Mitkaiser machen?»

«So ist es bei euch in Konstantinopel doch üblich.»

Für einen Augenblick sieht Thea das Glitzern der Mosaiken in der Sophienkirche, unwirklich wie ein Traum.

«Und mein Vater hat mich auch salben lassen», fährt Otto fort. Er erinnert sich an den feierlichen Einzug in Rom, die mit Edelsteinen und Emailbildern verzierte Krone, die er als Zwölfjähriger kaum tragen konnte.

«Dein Vater war ein betagter Mann, du bist jung. Du wirst noch lang Kaiser sein, und unser Sohn ist erst ein paar Wochen alt. Stephanos meint –»

«Die Meinung dieses Fettsacks interessiert mich nicht.» Ottos Stimme überschlägt sich.

Thea spürt den Ärger in sich hochsteigen; sie hasst die Ausbrüche ihres Mannes, auch wenn sie bloß einen Augenblick dauern. «Nur der Papst kann einen Kaiser krönen», entgegnet sie mit erzwungener Ruhe.

Otto weicht ihrem Blick aus. «Benedikt ist uns ergeben.»

«Du hast ihn eingesetzt.» Das Kind im Korb beginnt zu husten, und Thea hebt es wieder hoch.

«Er ist ein frommer Mann», fährt Otto fort.

«Weil er dir hilft, die Slawen in Schach zu halten?» Sie wiegt den hustenden Säugling in ihrem Arm.

«Er hat Willigis zu seinem Vikar diesseits der Alpen ernannt.»

«Um dir zu Diensten zu sein.» Thea lehnt das Kind gegen ihre Schulter und klopft ihm auf den Rücken.

«Papst Benedikt wird meinen Sohn krönen», erklärt Otto.

«Wenn du ihm deinen Sohn nach Rom bringst.»

Ein Gurgeln ertönt, und Thea spürt eine warme Nässe auf ihrer Schulter.

«Kannst du das Kind nicht den Kinderfrauen überlassen?», fragt Otto aufgebracht. «Was trägst du es die ganze Zeit herum?»

Thea will ihm den würgenden Säugling geben, aber Otto öffnet die Tür und ruft nach den Mägden. Während diese Thea das Kind abnehmen und ihr den Schleim von der Schulter putzen, steht Otto schweigend am Fenster.

«Du willst also nach Italien?», fragt Thea, als sie wieder allein sind.

«Ja. Wir sind schon viel zu lang im Norden. Die italienischen Fürsten beginnen uns den Gehorsam zu verweigern, und wir brauchen ihre Unterstützung für die Krönung unseres Sohnes.»

«Und wie willst du die bekommen?» Thea tritt neben ihn.

Otto antwortet nicht.

«Mit der Hilfe deiner Mutter», stellt Thea fest. Vor dem Fenster fällt der Regen auf das flache Land.

«Du kannst in Mainz bleiben, in Köln. Mit den Kindern», meint Otto, ohne sie anzusehen. Unterhalb der Festung löst sich ein Boot vom Ufer und treibt in den Strom hinaus.

«Ist Adelheid in Pavia?», erkundigt Thea sich nach einer Weile.

«Sie ist auf dem Weg dorthin.»

«Wann brichst du auf?»

«Sobald hier alles geregelt ist.»

In all seiner herrschaftlichen Gewissheit gelingt es dem Löwen nicht, sich aus dem Schatten des Krebses zu befreien, und so verschieden die zwei auch sind, sie folgen einander doch in ihren Bahnen. Ich erinnere mich an die erste Begegnung der beiden Frauen im Heerlager vor Rom. Wenige Tage zuvor waren wir auf den übelriechenden Booten der fränkischen Gesandten in Italien angekommen, und der ganze Hof hielt sich darüber auf, dass meine kleine Prinzessin keine Purpurgeborene war, nicht die Tochter, sondern nur die Nichte des Kaisers von Konstantinopel. Adelheid – vor allen andern – verlangte, man solle die falsche Braut zurückschicken.

Ohne meinen Zirkel anzulegen, erkannte ich, dass die alte Kaiserin im Zeichen des Krebses geboren war, der sich allem Fremden verschließt, und ich sorgte mich um meine beherzte Löwin. Aber Otto, den sie hier im Westen nicht ohne Grund den Großen nennen, hatte sich für sie entschieden. Der Kaiser von Konstantinopel hatte keine Tochter, und eher, als den Traum von der Vereinigung von Ost und West aufzugeben, wollte der große Otto seinen Sohn mit der Prinzessin vermählen, die er bekommen hatte und die ihm so schlecht nicht schien. So standen sie sich eines Morgens im Zelt des Frankenkaisers gegenüber: das schwarzhaarige

Mädchen in seinem meergrünen Seidenkleid – die herrische Frau mit den eisblauen Augen. Nie zuvor hatte ich solche Augen gesehen. Meine kleine Prinzessin verbeugte sich unwillkürlich vor ihrer zukünftigen Schwiegermutter, aber dem kalten Blick hielt sie stand, und ein Schauer ging durch das Zelt, in dem der Hofstaat versammelt war.

Die junge Kaiserin fand allen Grund, die alte nicht zu mögen, so unverhohlen war deren Verachtung. Erst mit der Zeit aber begriff ich, was die Wurzel von Adelheids Ablehnung war. Viele im Westen hatten «die Griechin» unterschätzt, und die wenigsten waren bereit, es sich einzugestehen, doch niemanden traf der Irrtum so hart wie Adelheid. Schönheit und Klugheit hätte sie der Schwiegertochter vielleicht eines Tages verziehen, und auch den Platz, den diese im Herzen und an der Seite ihres Sohnes fand, nicht aber, dass sie selbst sich so in der Fremden getäuscht hatte.

Pavia – ich wusste, was das bedeutete, als ich den Namen der Stadt an jenem verregneten Abend auf der nordwestlichsten Burg des Reiches aus dem Mund meiner Herrin vernahm. «Ihr wollt Euch mit Eurer Schwiegermutter versöhnen?», fragte ich auf Griechisch. Nur noch selten redeten wir Griechisch, um das Misstrauen der Franken nicht zu schüren.

«Er will es. Er denkt, es sei nötig.» Die Basileia konnte ihre Gefühle hinter lateinischen Floskeln, in den tschilpenden Dialekten der Franken verbergen, nicht aber in ihrer Muttersprache. In knappen Sätzen erklärte sie, dass der Thronfolger nur mit Adelheids Unterstützung in Rom zum Mitkaiser gekrönt werden könne, dass eine Versöhnung deshalb unumgänglich sei, und ich hörte ihrer Stimme an, dass auch ihre Entscheidung gefallen war: Sie würde den Kaiser begleiten. Dann verstummte sie, und eine Weile war nur noch das Keuchen des Kindes zu vernehmen.

«So entkommen wir wenigstens der Feuchtigkeit», fügte sie hinzu. Aber der Wunsch, der sich in diesen Worten verbarg, sollte sich nicht erfüllen.

‹Nach all den Jahren am Hof kann ich kaum noch verstehen, welche Verwirrung mich in den ersten Wochen befiel. Mein Können hatte mich in Hütten, Ställe und in die Stuben feiner Leute gebracht, und ich bin mit allen zurechtgekommen, denn am Anfang wie am Ende des Lebens sind wir uns gleich. Doch da waren Diener, Kapläne, Zofen, Gänge voll fremder Gesichter, Säle, in denen Gesandte warteten, Kammern, in denen Bischöfe schliefen. Später wurden mir ihre Namen vertraut, ich kannte ihre Ränge und wusste, wie ich ihnen antworten musste, wenn sie mich ansprachen. In jenen ersten Wochen aber kam mir die Burg über der Waal wie ein Kerker vor. Wohin ich mich wandte, stieß ich an Wände, Verbote. Ich war zu früh, zu spät, am falschen Ort, verpasste die Mahlzeiten in der Küche, die Messe in der Kirche, und niemand half mir. Ganz allein begrub ich bei Neumond den Topf mit der Nachgeburt des Knaben im frischgelegten Fundament der Burgkapelle und ließ den anderen in den Wellen des Flusses versinken. Tag und Nacht hörte ich meinen Namen rufen, und ständig fiel Regen.

In keinem anderen Sommer regnete es so viel wie in jenem, und manche behaupteten, auch dies sei ein Zeichen. Schauer um Schauer ergoss sich über das Land, die Erde gluckste unter den Rädern unserer Karren, als wir den Valkhof wieder verließen; und da war das Keuchen des Kindes. Natürlich wusste ich, dass etwas nicht stimmte.

Ende August erreichten wir Magdeburg. Wagen und Zugtiere waren braun von Morast, und die Wolken hingen so tief über dem Land, dass sie die Spitzen der Türme berührten. Noch nie hatte ich solche Türme gesehen. Beim Näherkommen erkannte ich die Wälle, die Häuser, die Kirchen, den Dom. Die Plätze und Straßen der Stadt waren voll mit Fremden, Slawen, Juden, Händler und Kaufleute, und da war der Palast. Eine mächtige Kuppel wölbte sich über das Portal, durch das man in Hallen, Gänge und Arkaden gelangte. Grenzenlos schien mir der Thronsaal im oberen Stock, und ich blickte aus seinen Fenstern auf die marmorne Reiterstatue auf dem Platz: Otto der Große als römischer Kaiser. Der, erklärte mir der bärtige Jakob, hatte Magdeburg zur mächtigsten Stadt des Reiches gemacht, zum «Konstantinopel des Nordens».

Die Mägde in der Küche lachten, als ich fragte, ob Jakob der Leibwächter der Kaiserin sei, so gewohnt waren sie sich, den alten Soldaten in ihrer Nähe zu sehen.

Ich hätte gern zugeschaut, wie der Kaiser seinen Sohn am ersten Sonntag in den Magdeburger Dom trug, in eine rote, goldbestickte Decke gehüllt, die man aus dem Hochzeitsmantel seiner Mutter geschnitten hatte. Ich erinnere mich an die Tiere darauf: ein Löwe, der ein Rind überwältigt, ein Greif, der seine Pranke in die Schulter einer Hirschkuh schlägt. Die gleichen sind auf der Heiratsurkunde der Kaiserin, und ich habe mich oft gefragt, warum der Vertrag mit griechischem Zierat bemalt ist, als hätten wir keinen eigenen.

Ich wäre gern dabei gewesen, als Erzbischof Adalbert den Kaiser auf der Schwelle des Doms empfing. Aber ich hörte an diesem Sonntag nur den Klang der Glocken und versuchte mir den Glanz der vielen Kerzen vorzustellen. Denn die Kaiserin hatte mir befohlen, bei dem hustenden Kind zu bleiben, das man der Trockenheit wegen in eine Dachkammer des Palastes gelegt hatte.›

Der Aufbruch

Tilleda, im September 980

Die Stute wechselt den Tritt, als spüre sie die Erregung ihrer Reiterin. Theas Blick gleitet über die Weiden mit den nassen Schafen, die Palisade, die vom Regen glänzenden Dächer dahinter: Kapelle, Festhalle, das daneben muss der neue Wohnturm sein. Ist er schon fertig?

Seit sie in Sachsen sind, hat Thea nach einer Möglichkeit gesucht hierherzukommen, und nachdem Otto seinen Sohn zum Grab seines Vaters nach Magdeburg gebracht hatte, schlug sie vor, auch den Geburtsort Ottos des Großen nochmals zu besuchen, bevor sie über die Alpen nach Italien ziehen. Wallhausen liegt keinen Tagesritt von Tilleda entfernt. Die Leute in den Wachhäusern vor der Palisade scheinen die Reiter bemerkt zu haben; sie sammeln sich, einige laufen zur Burg hinauf. Thea treibt die Stute an und diese fällt widerwillig in Trab. Der bärtige Jakob und die Soldaten folgen ihr.

«Die Kaiserin!» Thea schiebt ihre Kapuze zurück. Nirgendwo sonst klingt der Ruf so freudig. Die Männer am Wegrand heben die Hand zum Gruß, Thea entdeckt vertraute Gesichter, nickt ihnen zu, bevor sie durchs Tor reitet. Innerhalb der Palisade stehen die Frauen vor den Hütten. Manche nehmen ihre Kinder auf den Arm und deuten auf die Reiterin an der Spitze des Zugs. Da sind die Grubenhäuser, in denen die neuen Webstühle stehen, die Töpferei, die Beinschnitzerei. So hat Thea es geplant, als sie vor sechs Jahren zum ersten Mal hier war. Sie reitet durch das zweite, gemauerte Tor in den Burghof, eine Gruppe von

Leuten erwartet sie. Thea erkennt das gerötete Gesicht des Gutsherrn, die schlanke, schwarzhaarige Gestalt neben ihm.

«Du hättest uns melden sollen, dass du kommst», sagt Irene etwas vorwurfsvoll, als sie einige Zeit später in der Burgstube sitzen.

«Ich wusste nicht, wann ich aus Wallhausen wegkomme.» Thea betrachtet ihre ehemalige Zofe. Sie ist noch schöner, ihr Gesicht voller. Sie trägt ein Kleid aus ungefärbtem Tuch, einen aus Lederriemen gedrehten Gürtel, und unter ihrer Haube kringeln ein paar schwarze Locken hervor. Thea hat stets verstanden, warum Otto Irene anziehend fand. «Die Vorbereitungen für die Reise nach Rom, die Kinder …»

Irene nickt. «Ich hab gehört, dass –»

«Wie geht es deinen?», unterbricht Thea sie.

«Sie essen, wachsen, sind unfolgsam.» Irene lacht.

«Du hast zwei nun?»

«Zwei Mädchen.»

«Ist dein Mann enttäuscht, dass er noch keinen Sohn hat?»

«Er sagt, Töchter machen weniger Ärger. Ich habe gehört, dass –»

«Wird er es übelnehmen, dass ich allein mit dir rede?», unterbricht Thea sie erneut.

«Nein, natürlich nicht», Irene schüttelt den Kopf. «Im Gegenteil. Du weißt, wie Ulmann ist.»

Thea denkt an das vor Verlegenheit fleckige Gesicht des Gutsherrn. Sie hatte sich gewundert, als Irene ihr vor einigen Jahren ihre Schwäche für den wortkargen, blonden Baumeister gestand, der aus dem Rheinland nach Tilleda gekommen war, um die neue Festhalle zu bauen. Doch nach einiger Zeit war es Thea wie eine Fügung erschienen. Sie übertrug Irene und ihrem Mann die Verwaltung des Gutes, das ihr mehr als alle anderen, die sie von ihrem Schwiegervater bekommen hatte, am Herzen lag.

«Wann wird der neue Wohnturm fertig sein?», erkundigt sie sich.

«Es gab Probleme in der Brennerei», gesteht Irene. «Die Backsteine waren nicht solide genug, nicht für die Höhe des Turms. Die Brenner behaupteten, es liege am Lehm, die Stecher sagten, es sei der Regen.»

«Ulmann versteht sein Handwerk», lenkt Thea ein, und plötzlich fällt ihr auf, wie sehr Irenes Mann ihrem eigenen gleicht.

«Bist du glücklich?», fragt Thea nach kurzem Schweigen. Die Blicke der beiden Frauen treffen sich. Ein Lächeln breitet sich über Irenes Gesicht. «Ich bin gern hier, an diesem Ort, in dieser Landschaft. An manchen Tagen, wenn ich die Wiesen sehe, die Wälder, habe ich das Gefühl, ich gehöre hierher.»

«Und deine Schwester, Volla?», erkundigt sich Thea. «Ist sie hier?»

Irene zuckt die Schultern. «Sie kommt und geht.»

«Ich dachte, sie könnte vielleicht …», Thea stockt. Volla hat die Fähigkeit, den Menschen anzusehen, was ihnen fehlt, und manchmal gelingt es ihr, ihre Krankheiten zu heilen.

«Wegen deiner Tochter?», fragt Irene.

Thea nickt. «Sie wächst nicht.» Thea versucht die Heiserkeit in ihrer Stimme zu unterdrücken. «Sie hustet, schwitzt, erbricht sich, hat Durchfall, ganz gleich, was wir ihr geben. Selbst Stephanos ist ratlos.»

Irenes Lippen zucken; sie weiß, wie sehr der Astrologe Thea ergeben ist, aber sie hat ihn nie gemocht, mit seinem bartlosen Gesicht, seinem quellenden Leib.

«Bei Zwillingen ist oft das eine schwächer als das andere, das eine gut –»

«Und das andere schlecht?», fällt Thea ihr ins Wort.

Irene senkt den Blick.

«Das Mädchen kam zuerst zur Welt», erklärt Thea. «Es war gesund, und es war eine leichte Geburt. Der Junge lag falsch. Ohne die Hebamme –»

Im Hof erklingen Stimmen, eine Frau erteilt Anweisungen, Männer rufen sich etwas zu.

«Der Kaiser muss glücklich sein über den Thronfolger», nimmt Irene das Gespräch wieder auf.

«Ja.» Thea steht auf und geht zum Fenster. Zwei Knechte rollen ein Fass über den Platz, vor der Küche wirbeln Hühnerfedern in der Luft; der ganze Gutshof ist mit den Vorbereitungen für das Festmahl zu ihren Ehren beschäftigt.

«Macht er sich Sorgen um das kranke Kind?», erkundigt sich Irene.

«Otto? Nein, der denkt nur an seinen Sohn.»

Irene betrachtet die Gestalt am Fenster. Hielt Thea sich schon immer so gerade, die Schultern hochgezogen? «Mit dem Sohn kann er seine Herrschaft sichern», gibt Irene zu bedenken.

«Ich weiß. Darum müssen wir ja auch nach Pavia.» Der Regen hat aufgehört, und ein rötlicher Schein hängt in den Wolken.

«Erinnerst du dich, wie deine Schwiegermutter aus Wut abreiste, als du deine Heiratsurkunde in Ravenna den Fürsten zeigtest?» Irene kichert. Das Ereignis liegt Jahre zurück. Auch Thea lächelt, als sie sich umwendet; es war das erste Mal, dass sie sich der alten Kaiserin widersetzte.

«Du bist stärker als Adelheid», beteuert Irene wieder ernst, «jetzt erst recht, wo du einen Sohn hast. Und Otto ist auf deiner Seite.»

«Ich weiß nicht.» Thea seufzt.

Irene ist sicher, dass sie die Schatten auf Theas Wangen noch nie gesehen hat.

«Ich werde Volla nach Wallhausen schicken», versichert Irene.

Sie stehen im Burghof zwischen den gesattelten Pferden. Am Morgen haben sie den neuen Wohnturm besichtigt, und Ulmann hat mit rotem Kopf erklärt, wie die Räume durch Kanäle unter dem Fußboden mit heißer Luft beheizt werden sollen. In der Töpferei haben sie die verzierten und zum Teil auch glasierten Gefäße bewundert, und dann die Tuchmacherei besucht. An keinem anderen Ort in Sachsen können so breite Bahnen gewoben werden wie auf den aufrecht stehenden Webstühlen; die Stoffe werden ins ganze Reich verkauft. Alle Leute, mit denen sie an dem Morgen redeten, klagten über den Regen, und ihre Mäntel waren durchnässt, bevor sie die neue Schmiede anschauen konnten, die wegen des Lärms, des Rauchs und der Brandgefahr abseits der anderen Werkstätten liegt.

«Wir werden nicht lang in Wallhausen bleiben», erklärt Thea. «Otto wird Willigis für die Zeit unserer Abwesenheit als Statthalter einsetzen.»

«Dann reist ihr nach Mainz?», fragt Irene etwas sehnsüchtig.

«Ja, und von dort rheinaufwärts.»

Sie erinnern sich beide an ihre erste gemeinsame Reise, die sie von Italien über die Alpen und dann den Fluss hinab bis nach Ingelheim führte.

«Und die Kinder?»

«Ada, die Älteste, bleibt in Sachsen, Sophia haben wir schon vor einem Jahr dem Stift Gandersheim zur Erziehung übergeben, und Tilda …» Thea merkt erst jetzt, dass sie sich nicht überlegt hat, was mit ihrer dritten Tochter geschieht. «Sie ist erst ein Jahr alt», meint sie entschuldigend.

«Du kannst sie bei mir lassen», schlägt Irene vor. «Wir werden gut für sie sorgen.»

«Das weiß ich.» Thea lächelt. «Ja», stimmt sie nach kurzem Überlegen zu. «Ich werde sie dir schicken.»

«Und die Zwillinge nimmst du mit?», forscht Irene weiter.

Theas Miene verdüstert sich wieder. «Den kleinen Otto sicher.»

«Wir sind so weit, Herrin», meldet Jakob. Die Soldaten sind bereits aufgesessen. Thea lässt sich von dem bärtigen Mann in den Sattel helfen. Die Narbe in seinem Gesicht wird sie stets an die Häscher des roten Heinrich erinnern. Sie wäre ihnen nicht entkommen ohne Jakobs Hilfe.

Irene tätschelt den Hals des Pferdes. «Es ist nicht Sunna.»

«Nein», stimmt Thea wehmütig zu. Kein Pferd wird je an die elegante, graue Stute herankommen, die sie kurz nach ihrer Ankunft im Westen von ihrem Schwiegervater geschenkt bekam.

«Wird er euch nach Italien begleiten?», fragt Irene unvermittelt.

Thea weiß sofort, von wem sie spricht. «Ich glaube schon.» Sie denkt an den dunklen Schopf, das vorgeschobene Kinn; die Schatten auf ihren Wangen sind verschwunden.

‹Was hätte ich tun sollen? Ich war nur eine Wehmutter, für ein paar Silberpfennige dem Herrn von Cleve abgekauft; und weder der Hofarzt mit seinen lateinischen Büchern noch der Sterndeuter der Kaiserin wusste Rat. So lebendig war der kleine Bub. Aufmerksam verfolgte er, was um ihn herum geschah, wandte den Kopf, sobald er seinen Vater gewahrte, an dem er vom Augenblick seiner Geburt an hing wie an niemandem sonst. Es wunderte mich nicht, dass auch sein erstes Lächeln dem Kaiser galt. Das andere Kind aber, das Mädchen – nach jeder Gebetszeit nahm die Amme es an die Brust, sechsmal am Tag und zweimal des Nachts. Sie war eine gesunde und fromme Frau, die ihr Bier mit Fenchel und Minze trank. Ich selbst badete das Wurm in Rosenwasser gegen die Ruhr, es trug ein Korallenband zum Schutz vor dem Bösen, und ich sprach jeden Segen, den Trota mir beigebracht hatte, über seinem kahlen Köpfchen. Aber das Kind wollte nicht wachsen. Die slawische Heilerin, die die Kaiserin bestellt hatte, erkannte es sofort mit ihrem zweiten Gesicht, und machte sich noch am gleichen Abend wieder davon. Und es hatte ja auch seinen Grund. Zwillinge – bei uns im Dorf hätte man nicht zugewartet, aber die Kaiserin meinte wohl, der Allmächtige lasse andere Regeln gelten für sie. Ich hielt den Korb mit dem keuchenden Kind, während wir auf der Königsstraße, dem Hellweg, nach Westen fuhren. Ich wischte den Schleim aus dem verschwitzten Gesichtchen, ertrug den Gestank des gelben Kots. In manchen Momenten hatte ich Erbarmen, und ich fragte mich: Was kann das kleine Wesen dafür, warum muss es so leiden?

Im Gefolge des Kaisers kam ich in jenem Herbst zum ersten Mal hierher nach Essen. Schon von Ferne schien mir das Stift so anmutig in der Landschaft zu liegen. Von dem Brand, der es einst verwüstet hatte, war nichts mehr zu sehen. Die Dächer der Frauenhäuser ragten wie die eines Palasts über die geschäftige Siedlung. Freundlich wurden wir in der Küche und den Mägdekammern aufgenommen, und ich dachte gleich, dass es kein Zufall sei, dass die Stiftsfrauen Cosmas und Damian als Schutzpatrone verehren, die beiden Märtyrerärzte, die ich selbst so oft um Hilfe bat. Und da war die goldene Muttergottes, alle sprachen von ihr. Sobald meine Pflichten es mir erlaubten, der kranke Zwilling für einen Moment versorgt war, schlich ich in die Kirche. Es war kurz nach der Terz, und die Küsterin war daran, die niedergebrannten Kerzen auf dem Altar zu ersetzen. Ich wartete im Schatten eines Pfeilers, bis sie fertig war. Schon aus meinem Versteck sah ich das goldene Funkeln, und als ich mich ihm näherte, ergriff mich große Ehrfurcht. Da saß die Heilige Jungfrau, so vollkommen, als lebe sie, mit dem Kind auf dem Schoß. Es war kein Säugling mehr, sondern ein kleiner Junge, und die Mutter zeigte ihm den mit Perlen und Edelsteinen besetzten Apfel vom Baum des Kreuzes, an dem er uns erlösen würde. Ganz aus Gold war die neue Eva, und ihr Blick traf mich.

Ich will den griechischen Glasschmelzern ihre Kunstfertigkeit nicht absprechen, aber diese Augen müssen im Himmel geschaffen worden sein. Noch bevor ich niederkniete, wusste ich, dass ich nicht vergeblich gekommen war. Und als ich den Dom verließ, sah ich in der Vorhalle, die wie in der Peterskirche Paradies genannt wird, die ehrwürdige Frau Hilde im Gespräch mit ein paar Bauleuten stehen. Ich schwöre, sie nickte mir zu.›

Trebur, Anfang Oktober 980

«Wie lang wirst du in deinem italienischen Königreich bleiben?», fragt Willigis, nachdem Hildibold und seine Notare sich in die Kanzleistube zurückgezogen haben, um die kaiserlichen Vollmachten für den Erzbischof auszustellen.

«Bis ich mir unserer Verbündeten dort sicher bin», antwortet Otto.

«Lothar wird nicht stillsitzen in deiner Abwesenheit,

und die Grenzüberfälle im Osten hören nicht auf, trotz deines Feldzugs gegen die Polen im letzten Jahr.»

«Ich weiß.» Otto lässt sich in den gepolsterten Sessel fallen, den man für ihn in den Pfalzsaal gestellt hat.

«Du solltest möglichst bald zurückkehren», mahnt Willigis. Er war einmal Ottos Lehrer gewesen.

«Ich habe einen guten Statthalter», entgegnet Otto.

Der Anflug eines Lächelns huscht über Willigis' Gesicht. «Ein Statthalter kann den Kaiser nicht ersetzen», meint er nüchtern. «Nicht in den Augen der Leute.»

«Unsere Fürsten sollten sich ruhig verhalten, nun, da wir einen Thronfolger haben, und der rote Heinrich wird nicht so leicht aus der Haft in Utrecht entkommen wie aus Ingelheim.»

Willigis schnaubt. «Folkmar wird sich nicht von ihm beschwatzen lassen.» Der Bischof von Utrecht ist bekannt für seine unerbittliche Regeltreue. «Dennoch würde ich raten, nicht im Süden zu verweilen. Die Zeiten sind unsicher.»

«Thea sagt, sie werde keine Nacht länger als nötig in Pavia bleiben», meint Otto verdrossen.

«Die junge Kaiserin ist nicht erfreut, ihre Schwiegermutter wiederzusehen.»

«Sie muss nicht mitkommen», entgegnet Otto barsch.

Willigis betrachtet ihn prüfend. «Kapitulation liegt nicht in der Natur deiner Frau, das solltest du wissen, und es ist weder in ihrem noch in deinem Interesse, sich der Versöhnung mit deiner Mutter zu entziehen. Die Kaiserwitwe wird euren Sohn nur unterstützen, wenn sie glaubt, ihr seid beide von ihrer Gunst abhängig. Du solltest versuchen …» Otto verschränkt die Arme, während Willigis weiterspricht. Warum kommt er sich in der Gegenwart des Erzbischofs noch immer wie ein Schuljunge vor? «Und die junge Kaiserin hat sich die Sache genau überlegt. Sie sagt …»

Otto horcht auf. «Du hast mit ihr darüber gesprochen?»

Willigis hält in seinen Ausführungen inne. «Sie hat mich um eine Unterredung gebeten.»

«Wann – jetzt?»

«Sie schrieb mir von Magdeburg aus, sie wolle meine Meinung hören.»

Otto springt auf und beginnt durch den Saal zu gehen.

«Die Kaiserin versucht die Beweggründe und Wünsche der Menschen zu erkunden», erklärt Willigis.

«Die Wünsche der Menschen», brummt Otto.

Willigis sieht ihm nach, wie er den Saal durchquert. «Dein Vater ist auch so hin- und hergegangen», stellt er fest.

«Was meinst du damit?» Theas Gesicht ist weiß.

Martje blickt zu Boden. «Der Pfarrer in unserem Dorf sagte …» Die Dielen knarren unter ihren Holzschuhen.

«Was sagte der Pfarrer in eurem Dorf?», fragt Thea leise.

«Dass Zwillinge nur eine Seele haben», antwortet die Hebamme trotzig. Thea betrachtet die Frau. Sie hat ihren Zopf unter einem Kopftuch verborgen, aber sie trägt noch immer den grauen Rock, wie in der Nacht, in der Jakob sie ins Lager brachte. Die Hände baumeln an ihren Seiten, und für einen Augenblick glaubt Thea die stumpfen Finger in ihrem Leib zu spüren.

«Und darum hast du das Kind in seinem Korb ersticken lassen?»

«Es lag nicht an mir, Herrin. Ich habe getan, was ich konnte.» In der Stimme der Frau schwingt Furcht, aber keine Schuld. «Wenn Gott gewollt hätte …» Thea wendet sich ab. «Du kannst gehen.»

Als die Tür ins Schloss fällt, laufen Thea die Tränen über die Wangen. Sie presst die Hände vors Gesicht, aber das Schluchzen lässt sich nicht zurückhalten.

«... pro anima filie nostre ...» Otto diktiert mit ruhiger Stimme. Thea sitzt in seinem Sessel in dem niedrigen Pfalzsaal, ihre Wangen brennen noch vom Weinen. Der Stift des Schreibers kratzt die Worte lautlos in die Wachstafel. «... ad maiorem capellam que et constructa ...»

Thea betrachtet die rußgeschwärzten Deckenbalken, den etwas schiefen Kamin. «... donavimus illam capellam ...» Sie werden eine Kapelle stiften, einen Priester bestellen, ihm Haus und Habe geben, damit er für das Seelenheil ihrer Tochter beten kann. Maria. Thea spürt, wie ihr die Tränen wieder in die Augen steigen. Hätte sie das Kind doch nach Ottos Großmutter Berta nennen sollen, anstatt auf ihrem Eigensinn zu bestehen? Hätte sie es bei sich behalten sollen, anstatt es der Hebamme anzuvertrauen, wie Otto verlangte? Ohne in seinem Satz innezuhalten, legt Otto ihr die Hand auf den Nacken, und Thea ist dankbar für die Wärme der Berührung.

«Mehr können wir nicht tun», meint Otto, als der Schreiber den Raum verlassen hat. Thea nickt. «Wenn wir aus Rom zurück sind, werden wir die Kapelle in Frankfurt besuchen», fährt er fort, «und dort für Maria beten.»

Thea kann sich nicht vorstellen zurückzukommen. Italien liegt wie ein Abgrund vor ihr. Sie wischt sich die Tränen aus den Augen. «Hast du von deiner Mutter gehört?», erkundigt sie sich.

«Nein, aber von meiner Schwester. Mathilde schreibt, die Nachricht von der Geburt des Thronfolgers sei mit Freude aufgenommen worden, die Zeit für eine Versöhnung sei günstig.»

Thea kennt die unbeirrbare Zuversicht ihrer Schwägerin. Mathilde, die dem Quedlinburger Stift vorsteht, hat sich stets für Einigkeit in der Familie eingesetzt, und als sie den Hof vor zwei Jahren mit Adelheid zusammen verließ, sagte sie, sie werde ihre Mutter davon überzeugen, sich wieder mit Otto zu einigen. Doch der Widerstand, auf den Mathilde stieß, war offenbar größer, als sie erwartet hatte, und nun würde Otto, der Kaiser, vor seiner Mutter das Knie beugen und um Verzeihung bitten. Thea erhebt sich mit einem kleinen Ruck.

«Und deine Verhandlungen mit Willigis sind abgeschlossen?», fragt sie.

«Ja. Und deine?» Ottos blaue Augen ruhen auf ihr, und für einen Moment sieht Thea seine Mutter in ihm. Wie groß ist die Kluft zwischen ihnen geworden. Sie müsste ihre Hand ausstrecken, ihn an sich ziehen, aber sie kann es nicht.

Gleich und doch gegensätzlich leuchten die Zwillinge am Firmament, ewig und doch vergänglich wie die Natur des Menschen. Aber nur am Himmel ist es dem Sterblichen erlaubt, neben dem Göttlichen zu verweilen. Auf Erden fürchten wir die allzu Gleichen so wie die Andersartigen, denn was sie verbindet, trennt sie von uns. Die Nachricht vom Tod des Kindes verbreitete sich wie ein Lauffeuer am Hof. Erleichterung schwang in den Stimmen der Leute, wenn sie davon sprachen, und ich sah die Befriedigung im Gesicht der neuen Kinderfrau. Alle hatten es erwartet, viele erhofft, weil das Mädchen doch so krank, so elend war; und da ein Mann – selbst ein Kaiser – nur ein Leben aufs Mal zu zeugen vermochte, sagten sie, müsse das zweite des Teufels sein.

Ich schwieg, wie so oft in den acht Jahren seit unserer Ankunft im Westen. Zu fern war die Welt, aus der ich stammte, und selbst wenn ich versucht hätte, sie zu beschreiben, mit ihren Brunnen, Bädern und verborgenen Gärten, in denen

Granatäpfel wachsen, hätten sie mir nicht geglaubt. Zu fremd war ihnen mein Wesen zwischen den Geschlechtern; auch das, munkelten sie, müsse des Teufels sein, und was immer ich gegen ihren Aberglauben eingewandt hätte, hätte sie in diesem bestärkt.

Am Ende des Sommers versiegte der Regen endlich. Ohne uns nochmals an die Farben der Sonne zu erinnern, wurden die Blätter braun, und durch die sich lichtenden Kronen schienen wieder die Sterne. In schlechtvernähte Pelze gehüllt, saß ich in der Kälte der Herbstnächte und beobachtete den Widder im Osten seinem Zenit zustreben. Sein Erscheinen hatte meine Herrin stets mit Hoffnung erfüllt.

Thea rutscht auf ihrem Stuhl hin und her, die Sitzfläche ist hart, die Lehne drückt ihr in den Rücken. In dem schiefen Kamin brennt ein Feuer, aber sie fröstelt. Ihr Blick schweift über die Essenden: Gäste, Hofleute, ihrem Rang nach an den Tischen aufgereiht. Die Mägde verteilen die Platten vor ihnen, von denen sie an der kaiserlichen Tafel gekostet haben, füllen die Becher mit Wein. In braunen Kutten und Umhängen sitzen sie da, nagen an den Knochen, wischen sich den Mund mit den Ärmeln ab. Otto neben ihr unterhält sich mit Wolfgang, dem Bischof von Regensburg. Thea weiß nicht, worüber sie mit dem Abt von Sankt Emmeram zu ihrer Linken reden soll. Sein Blick bleibt immer wieder an ihrer Armspange hängen, den emaillierten Bildern der geflügelten Tiere darauf. Er wird an den Hof gekommen sein, um mit Wolfgangs Hilfe Privilegien für sein Kloster zu erbitten. Otto wird sie ihm gewähren, und der Abt wird seinen Mönchen erzählen, er sei neben der Kaiserin gesessen, die heidnischen Schmuck getragen habe, der einem die Sinne verwirre.

«Und ihre Türme werden über die Befestigung ragen und schon aus weiter Ferne zu sehen sein, als Zeugnis des Christentums», erklärt Wolfgang begeistert. Er muss von einer der Wehrkirchen reden, die er zum Schutz gegen die Ungarn errichten will.

«Und wo, sagt Ihr, ist das?», mischt Thea sich, an Otto vorbei, ins Gespräch.

«In Wieselburg, verehrte Herrin», wirft der Abt neben ihr eilfertig ein. «Am Zusammenfluss der größeren und kleineren Erlauf, deshalb Zwisel oder eben Wiesel genannt. Ein Gebiet, das unserem Kloster gehört», fügt er entschuldigend hinzu, als er merkt, dass alle Blicke auf ihm ruhen.

Thea ärgert sich, dass sie sich nicht vor dem Essen über den Abt erkundigt hat. Wenn die Gebiete seines Klosters so nah an der Grenze liegen, ist es wichtig, sich seiner Ergebenheit zu versichern. Seit Marias Tod entgleitet ihr alles.

«Und habt Ihr schon mit Aufschütten begonnen?», erkundigt sie sich. Hier im Westen bestehen Befestigungen meist aus Erdwällen, nicht aus Mauern wie in Konstantinopel.

«Die Wallanlage gab es bereits, verehrte Herrin, wir mussten sie nur verstärken», erklärt der Abt, und wieder ärgert sich Thea über ihre Ahnungslosigkeit. «Jetzt bauen wir in der Mitte des bewehrten Platzes die Kirche.»

Thea nickt ihm aufmunternd zu. Sie will sich nicht mit weiteren Fragen blamieren, und während Otto sich wieder Wolfgang zuwendet, berichtet der Abt von Stützmauern, Pfeilern und Streben. Sein Blick wandert nicht mehr zu ihrer Armspange, und Thea hofft, dass die Müdigkeit ihr lächelndes Gesicht nicht zur Fratze verzerrt. Als der Abt bei den Ziegeln, mit denen die Türme gedeckt werden sollen, angelangt ist, erkundigt sie sich nach anderen Vorhaben seines Klosters. Er berichtet von Plänen, das Scriptorium zu vergrößern, erfahrene Schreiber von Sankt Maximin aus Trier, wo er einst Mönch war, oder von weiter her zu holen, aus Tours vielleicht.

«Sankt Gallen?», schlägt Thea mit einem unterdrückten Gähnen vor.

Der Abt schließt die Augen, als suche er in seinem Innern nach einer Antwort. «Wenn Ihr Euch bei den ehrwürdigen Brüdern dort für uns verwenden könntet...», beginnt er, doch Thea wendet den Kopf. Sie blickt zur Tür des Saals, und noch bevor diese sich öffnet, macht ihr Herz einen Sprung.

«Otto!» Neben ihr kippt ein Stuhl um, die Gespräche verstummen, der Kaiser drängt an den Tischen vorbei. «Otto», wiederholt er. Unter der Tür des Pfalzsaals steht ein schwarzhaariger Mann. Er ist kleiner, als Thea ihn in Erinnerung hat, schmaler; er lächelt.

«Herzog Otto von Schwaben und Bayern.» Auch der Bischof von Regensburg erhebt sich und geht auf den Neuankömmling zu. Thea beobachtet, wie ihr Mann seinen Freund umarmt. Die beiden Ottos sind fast gleich alt, kennen sich seit ihrer Kindheit. Gäste und Hofleute drängen sich um sie. Thea rührt sich nicht von ihrem Platz; irgendwann trifft der Blick des Herzogs über die Köpfe der anderen hinweg den ihren.

Wenig später sitzt der schwarzhaarige Otto zwischen dem Kaiser und dem Bischof von Regensburg. Die Mägde füllen seinen Teller mit dem, was noch auf den Platten ist; man trinkt auf seine Ankunft, dann auf den Zug nach Rom. Die Beschreibung des neuen Scriptoriums von Sankt Emmeram weht an Thea vorbei. Als Otto, der Kaiser, mit einem Lächeln eine der Mägde zu sich winkt, weiß Thea, warum. Kurz darauf erscheint Martje, noch immer in ihrem grauen

Rock, aber mit dem dunkelblauen Schal über den Schultern, den Thea ihr nach der Geburt im Wald geschenkt hat, und auf dem Arm trägt sie den schlafenden Thronfolger.

Wieder verstummt der Saal. Otto von Schwaben steht auf, behutsam, um das Kind nicht zu wecken. Mit einer ausladenden Geste legt er die rechte Hand auf sein Herz und neigt den Kopf. «Otto minimus», schmunzelt er. Als er wieder aufschaut, streift sein Blick nochmals Thea, und wieder steigt ihr die Hitze in die Wangen.

«Otto minimus», wiederholt Wolfgang lachend und beginnt sogleich zu erzählen, wie er, eben erst zum Bischof geweiht, vor Jahren nach Frankfurt reiste und dort am Weihnachtsmahl des alten Kaisers zum ersten Mal Thea begegnete. Noch kaum ein Wort Deutsch habe sie damals verstanden. Thea betrachtet den Säugling auf dem Arm der Hebamme, seine vom Schlaf geröteten Wangen, die zu Fäustchen geballten Hände. Wie er gewachsen ist, während Maria starb. «...und weil Otto der Große auf Lateinisch Otto major hieß, und unser Kaiser hier damals noch Otto minor, der kleine Otto war, nannte sie Otto von Schwaben den mittleren, Otto medius.» Das Kind öffnet die Augen und staunt. Wolfgangs Zuhörer lächeln höflich, die meisten haben seine Geschichte schon mal gehört. «Ergo ist dies Otto minimus», endet er. Einen Augenblick sieht es aus, als beginne der kleinste Otto zu weinen, doch auf ein Schnalzen der Hebamme glätten sich seine Züge wieder. Der Herzog von Schwaben streckt dem Säugling seinen Zeigefinger hin, und die kleine Kinderhand schließt sich darum. Otto medius, denkt Thea und betrachtet den schwarzen Schopf, der sich über ihren Sohn beugt – Otto meus.

Thea kann nicht schlafen. Sie erinnert sich an ihre erste Begegnung mit Otto medius, wenige Tage nach ihrer Ankunft im Westen. Sie hatte gemeint, er sei ihr Bräutigam, doch dann erklärte man ihr, er sei nicht der Sohn, sondern der Enkel von Otto dem Großen.

Es ist zu warm. Thea schiebt die Decke zurück; den ganzen Sommer über ist es nie so warm gewesen. Gleich darauf friert sie wieder. Sie steht auf und zieht den safrangelben Mantel, den sie zum Essen im Pfalzsaal getragen hat, über ihr Hemd. Der Mond scheint durchs Fenster. Sie kann Flecken auf seiner Oberfläche erkennen, oder sind es Risse? Er leuchtet so hell, dass nur wenige Sterne zu sehen sind, und Thea würde die vier nicht mehr finden, die das Horn des Widders bilden. Der sei die Urkraft des Seins, hatte Stephanos ihr erklärt, wie sie selbst aus dem Feuer geboren, und es liege in seinem Wesen, sich immer wieder zu entfernen und immer wieder zu ihr zurückzukehren.

Als Thea an der Kammer vorbeigeht, in der Wolfgang und der Abt von Sankt Emmeram schlafen, glaubt sie ein Schnarchen zu hören. Vor der nächsten zögert sie, dann greift sie nach der Klinke. Lautlos dreht sich die Tür in den Angeln. Im Mondlicht sieht Thea den Umriss des Schlafenden, auf der Seite liegend, von ihr abgewandt. Sie streift ihren Mantel ab und zieht ihr Hemd aus; vorsichtig schlüpft sie unter die Decke. Da ist die Haut, der Geruch. Sie streicht über seine Schulter, schiebt ihre Hand unter der Achsel hindurch, fährt über die Kämme und Buckel der Narbe auf seiner Brust. Eine Weichheit breitet sich in ihr aus, und sie gräbt ihr Gesicht in den schwarzen Schopf. Als Thea den Mond wieder durchs Fenster der Kammer sieht, ist er von einem lichten Hof umgeben; die Risse sind verschwunden.

Thea erwacht vom Jammern eines Kindes, es ist hell draußen. Sie liegt in ihrem Bett, ihr Mantel hängt über dem

Stuhl wie von der Zofe am Abend zuvor gefaltet. Martje kommt herein, den kleinen Otto auf dem Arm. «Ich dachte, Ihr seid schon ...»

Eine Magd mit einem Wasserkrug erscheint hinter ihr, der Kämmerer, Wachstafeln mit Listen und Abrechnungen in den Händen.

Thea steht auf und betrachtet ihren Sohn, er lächelt. Hat sie das Jammern nur geträumt?

«Weil wir heute doch abreisen ...», entschuldigt sich Martje, und während Thea Anweisungen gibt, welche Kisten auf welche Wagen geladen werden sollen, überlegt sie, ob man auch Gerüche träumen kann? Allmählich verliert sich die Weichheit in ihr.

‹Drei Monate nach der Geburt des Thronfolgers brachen wir nach Italien auf. Ein paar Tage blieben wir noch in Bruchsal, dann reisten wir rheinaufwärts, auf Wagen und Flößen, die das Ufer entlanggezogen wurden. Drei Monate waren genug, um sich unter neuen Menschen zurechtzufinden, selbst wenn es Notare und Bischöfe sind, aber ich konnte nicht fassen, wie mir die Landschaft auf jener Reise immer fremder wurde. Der Fluss gebärdete sich mit jedem Tag eigensinniger. Trügerisch glitt er über seichte Bänke, um flache Inseln herum, versickerte in Wiesen. Dann schob er sich durch bewaldete Schluchten, drängte uns gegen Felswände. Meine Gedanken glitten mit ihm nach Norden zurück, zu der Hütte am Waldrand, dem Bach im Schutz der Weiden, bis sich die Weite des Bodensees vor mir auftat, und ich die schneebedeckten Gipfel der Alpen erblickte.

Nur ein paar Stunden verweilten wir im Kloster Sankt Gallen. Es war fast so groß wie eine Stadt, von einer Mauer umgeben, mit Schlaf- und Schreibstuben für die Mönche,

Novizen und Schüler, mit Werkstätten, Ställen und Scheunen. Die kostbaren Bücher in der Bibliothek hätten mir ihre Geheimnisse nicht verraten, aber den berühmten Kräutergarten hoffte ich zu sehen, mit dem Sadebaum in der Mitte. Ein Aufguss aus seinen Zweigspitzen treibt manch Unerwünschtes aus dem Leib. Auch in die Apotheke des Klosters hätte ich gern einen Blick geworfen, wo Heilkräfte aus Gewürzen und Edelsteinen geschmolzen werden und Siegelerde gegen jede Krankheit verwahrt wird. Aber die Mönche mit ihren geschorenen Köpfen, ihren tintengeschwärzten Fingern misstrauten mir, wegen meines Standes, meines Geschlechts, und verwehrten mir den Zugang.

Die Kaiserin empfingen sie mit großen Ehren, als wäre sie und nicht ihr Gemahl ihr höchster Gast. Einige der Klosterbrüder waren ihr mit Namen bekannt und unterhielten sich in ihrer eigenen Sprache mit ihr. Ich hatte die Kaiserin nie zuvor Griechisch reden hören. Das war damals nicht üblich am Hof, und ich sah, wie ihre Miene offener, ihre Gesten lebhafter wurden. Sie war eine andere, wenn sie in ihrer Muttersprache redete.

Die Mägde in der Küche behaupteten, die Kaiserin würde darauf bestehen, in Sankt Gallen zu verweilen. Sie verstand es, ihren Willen durchzusetzen, aber die Zeit drängte. Es war Ende Oktober, und wenn wir die Alpen vor Einbruch des Winters überqueren wollten, erklärte der bärtige Jakob, zähle jeder Tag. Er war schon mit Otto dem Großen nach Rom gezogen. Seit der Ankunft der jungen Kaiserin im Westen gehörte er zu ihrem Gefolge, und es hieß, sie verdanke ihm ihr Leben. Aber mit einer solchen Narbe im Gesicht wird einer rasch zum Helden. In jenem Herbst in Sankt Gallen fügte die Kaiserin sich seinem Rat, und nachdem die Mönche beschenkt waren, brachen wir auf.

Die Herrin schien unbeschwerter, seit wir Trebur verlassen hatten. Wir redeten darüber, wenn wir abends, von der Reise erschöpft, um irgendein Feuer saßen. Einer der Kapläne behauptete, ihr Befinden habe sich von dem Tag an verbessert, an dem sie Ramwold von Sankt Emmeram begegnet sei, dem Gott nach zweijähriger Blindheit das Augenlicht wiedergegeben habe und der gewiss eines Tages heiliggesprochen werde. Der fette Sterndeuter zog seine haarlosen Brauen hoch; Jakob meinte, die Kaiserin brauche nicht die Hellsicht eines Abtes, um ihren Mut wiederzufinden. Ich sagte, was mir offensichtlich schien, nämlich dass es die Erleichterung über den Tod des Zwillings sei, und das denke ich noch heute. Dem Mädchen war nichts Gutes bestimmt, es hätte das Leben der Kaiserin und auch das des Thronfolgers verdunkelt. Line, die länger am Hof war als wir alle, schwieg. Die alte Frau verstand es, ihr Wissen für sich zu behalten, auch vor denen, die ein Recht darauf hatten, und das kam mir unredlich vor.›

Das Fieber

Vor Chur, Anfang November 980

«Konrad von Burgund», erklärt der Kaiser triumphierend.

«Adelheids Bruder?», staunt Otto medius. Hinter ihnen windet sich der kaiserliche Tross am Ufer des Rheins entlang. Der Fluss führt zu viel Wasser hier, um das Gepäck auf Flöße zu verladen, und die Entfernungen zwischen den Wagen sind im Verlauf des Tages immer größer geworden.

«Mein Onkel.» Der Kaiser nickt. Die zwei Soldaten, die vor ihnen reiten, hängen in den Sätteln, als schliefen sie. «Konrad hat nie vergessen, dass mein Vater ihm einst half, sein Königreich zurückzugewinnen, und als Mathilde ihn bat, sich bei meiner Mutter für eine Versöhnung einzusetzen, wandte er sich an Maiolus, und die beiden verhandelten mit ihr.»

«Der König von Burgund und Maiolus von Cluny», Otto medius lächelt anerkennend. «Da hat deine Schwester dir zwei mächtige Fürsprecher gefunden.»

«Meine Mutter hat stets auf ihren älteren Bruder gehört, und einem Abt von Cluny würde sie nie etwas abschlagen.»

«Dann ist im Grunde ja alles geregelt», meint Otto medius.

Eine Weile ist nur das Aufschlagen der Hufe auf dem steinigen Weg zu hören.

«Im Grunde ja», wiederholt der Kaiser.

Otto medius betrachtet ihn von der Seite. Er war überrascht, als er seinen Freund in Trebur wiedersah. Aus dem unentschlossenen Jüngling, der stets im Schatten seines Vaters stand, war ein hagerer Mann geworden, mit hoher Stirn, schütterem Haar und einem harten Zug um den Mund, der nur verschwand, wenn er von seinem Sohn sprach. «Wird deine Mutter Bedingungen stellen?», fragt Otto medius.

«Vielleicht», antwortet der Kaiser gleichmütig.

«Oder Konrad?»

«Das glaube ich nicht.» Der Kaiser wischt sich mit der behandschuhten Hand einen Schweißtropfen von der Schläfe.

«Dann verstehe ich nicht, warum du dir Sorgen machst?», wundert sich Otto medius. «Du hast alle auf deiner Seite.»

«Alle außer meiner Frau», schnaubt der Kaiser.

Otto medius blickt auf das Mähnenbüschel zwischen den Ohren seines Pferdes.

«Ich weiß, dass sie nur das Beste will, für das Reich, für unseren Sohn ...»

«Aber du traust ihr nicht», stellt Otto medius fest, ohne den Blick von den braunen Strähnen zu lösen. Die Erinnerung an die Nacht in Trebur liegt wie ein eiserner Ring um seine Brust.

«Meine Mutter und sie haben sich vom ersten Moment an gehasst.»

«Aber nun, wo Thea einen Thronfolger geboren hat ...», wendet Otto medius ein. Er hat selbst die Nacht in Trebur mit diesem Gedanken zu rechtfertigen versucht; aber es bleibt Verrat.

Der Kaiser seufzt. «Die Geburt hat sie verändert, die Krankheit des Zwillingsmädchens, sein Tod. Sie ist verschlossen, abweisend, und sie will nicht mehr ...» Ein Zittern geht durch seinen Körper.

«Ist dir nicht gut?», fragt Otto medius besorgt.

«Die Kälte der Berge», meint der Kaiser unwillig.

Eine Weile reiten sie wortlos nebeneinander.

«Warum bist du nicht verheiratet?», erkundigt sich der Kaiser unvermittelt.

«Ich?» Otto medius zögert.

«Du hast keine gefunden, die gut genug für dich ist», neckt der Kaiser.

«Die Frauen –»

«Wollen eh alle in dein Bett», spottet er weiter.

Otto medius lacht.

«Du hast recht. Warum sich binden, Kinder zeugen.» Der Kaiser ist wieder ernst. «Nur um sie zu begraben.»

«Meine Mutter hat immer gesagt: Es gibt nur eine große Liebe im Leben, und wenn man die nicht …» Otto medius spricht nicht weiter.

Der Kaiser überlegt, ob Thea seine große Liebe ist. «Ich weiß nicht.»

«Bei dir ist das was anderes», entgegnet Otto medius rasch. «Ein Kaiser muss –»

«Ja, der Kaiser muss. Aber du kannst.» Er denkt an Irene, die erste Frau, mit der er geschlafen hat.

«Das ist Chur», unterbricht Otto medius seine Gedanken.

Die zwei Soldaten haben sich in ihren Sätteln aufgerichtet. Im Tal vor ihnen sind die Dächer einer Siedlung zu erkennen, die sich an den Fuß eines steilen Waldhangs drückt.

Der Kaiser zügelt sein Pferd. «Wir müssen unsere Ankunft dem Bischof melden.» Gleich darauf stößt der Marschall zu ihnen, und der Kaiser gibt Anweisungen für den Einzug in Chur. Otto medius erinnert sich, wie Otto der Große jeweils, von einer Schar seiner Männer umringt, durch die Tore von Städten und Pfalzen trabte. In seinem braunen Reiseumhang war er kaum als Herrscher zu erkennen, und doch standen die Leute am Straßenrand und jubelten ihm zu. Unter seinem Sohn hat jeder einen festen Platz im Zug. Vor dem Kaiser reiten Speer- und Fahnenträger, und er selbst trägt ein Schwert in einer vergoldeten Scheide. Während die Männer Aufstellung beziehen, wendet sich Otto medius nochmals an seinen Freund: «Ich kann mir nicht vorstellen, dass Thea sich der Versöhnung mit Adelheid widersetzen wird.»

«Ich weiß nicht, was im Kopf meiner Frau vorgeht», meint der Kaiser unwirsch. «Oder in ihrem Herzen.»

Septimer, im November 980

Schnee. Flocken treiben in der Luft, der Himmel ist verschwunden, und auf dem Boden liegt ein weißer Schleier. Die Kälte prickelt in Theas Nase. Im Zelt hinter ihr dreht sich Otto mit einem Stöhnen auf seinem Lager. Sie hat das verschwitzte Gesicht ihres Mannes in den letzten Tagen bemerkt und gehofft, es sei von der Anstrengung der Reise. In Chur erwartete sie eine Abordnung aus Sachsen, Fürsten und Geistliche unter der Führung von Gisiler, dem Bischof von Merseburg, die sie nach Rom begleiten werden, und der kaiserliche Tross ist länger und noch langsamer geworden. Auch in den Bergen hat es in diesem Jahr mehr geregnet als sonst. Die Pfade sind matschig, selbst die Maultiere rutschen. Immer wieder mussten sie absteigen und ihre Pferde führen. Otto im Zelt hinter ihr murmelt etwas, das Thea nicht versteht. In der Nacht begann die Unruhe, er zitterte, zuckte im Schlaf. Es ist das Fieber.

Thea hatte geglaubt, Otto werde sterben, als er drei Tage nach ihrer Hochzeit in Rom, während der Feier des Beilagers, zusammenbrach. In Konstantinopel wurde die frischvermählte Kaiserin von den Frauen der Würdenträger mit duftendem Wasser gewaschen und in purpurne Kleider gehüllt in das Gemach geführt, in dem unter einer muschelförmigen Kuppel das goldene Bett des Kaisers stand. Zum Klang der Wasserorgeln legte sich das frischvermählte Paar auf die seidenen Polster, und die Chöre der Hofleute jubelten ihnen zu. Thea war vom Bischof von Metz in einen stickigen, mit zerschlissenen Vorhängen verdunkelten Raum gebracht worden, in dem die kaiserliche Familie kniete. In einer Ecke stand eine hölzerne Bettstatt, vor der ein Priester Gebete murmelte. Noch bevor er den Segen sprechen konnte, sackte Otto in sich zusammen. Später erklärte man Thea, es sei das Fieber, das mit der schlechten Luft, der mal aria, aus den Sümpfen vor Rom steige. Ihr Ehemann sei schon früher daran erkrankt, und es werde wiederkommen.

«Wie lange wird es dauern?», fragt Thea, während Stephanos den schwarzen Saft auf die Lippen des Fiebernden träufelt.

«Vier Tage mindestens.» Er steckt das Fläschchen in die Tasche seines Kaftans. «Ihr solltet Euch überlegen, ob wir nicht besser –»

«Ich weiß», fällt Thea ihm ins Wort. In all den Jahren, die sie nördlich der Alpen verbrachten, ist Otto vom Fieber verschont geblieben. Erst jetzt, wo sie nach Süden ziehen, packt es ihn wieder; es ist kein gutes Zeichen.

«Manchmal offenbart sich im Entschluss umzukehren mehr Stärke als im Beharren darauf, allen Hindernissen zum Trotz einen eingeschlagenen Weg weiterzugehen.»

Thea hört die Hoffnung in Stephanos' Stimme. Der fleischige Leib des Astrologen ist nicht für Reisen geschaffen, und sein Wagen ist mit allen andern Fuhrwerken im letzten Dorf am Nordfuß der Alpen zurückgeblieben. Nun binden ihn die Soldaten jeden Morgen auf ein Maultier. Die Stricke müssen ihm in die Haut schneiden, und wenn der Weg zu steil wird für das Tier mit der Last, ziehen die Männer ihn wie eine Kiste über die Felsen hinauf. Thea betrachtet ihren kranken Gatten. Ottos Haar ist verklebt, sein Gesicht glänzt. Er muss das Fieber seit Tagen in sich gespürt haben; es führt kein Weg an Pavia vorbei.

«Der Schnee?» Sie wendet sich zum bärtigen Jakob.

«Wir können den Kaiser tragen», schlägt dieser vor.

«Er braucht vollkommene Ruhe», entgegnet Stephanos grimmig.

Hildibold, dessen Lippen lautlos Gebete sprachen, während Stephanos dem Kranken die Medizin verabreichte, räuspert sich. «Wenn es weiterschneit …» Der Kanzler muss den Satz nicht beenden. Sie wissen alle, wie rasch sie in dieser Höhe eingeschneit sein können.

«Wir bleiben bis morgen hier», entscheidet Thea.

Kurz nach Mittag schweben die letzten Flocken zu Boden, die weißen Bergkämme werden sichtbar, der wolkenverhangene Himmel darüber. Der Schnee knirscht unter Theas und Otto medius' Schuhen, als sie den Hang hinter dem Lager hinaufsteigen. Es wachsen keine Bäume hier, es ist zu kalt, zu trocken.

«Du hast mit ihm über mich gesprochen?», fragt Thea aufgebracht.

«Er macht sich Sorgen um dich», verteidigt sich Otto medius. «Und um Adelheid.»

«Ich dachte, er sei auf meiner Seite.»

«Sie ist seine Mutter», wendet Otto medius ein.

«Ich dachte, *du* seist auf meiner Seite», entgegnet Thea erbost.

«Er ist mein Freund; und er ist der Kaiser.» Auch in Ottos Stimme schwingt Ärger.

Thea stapft weiter, den Blick auf den schneeverkrusteten Felshang vor ihr gerichtet.

«Ich werde nicht länger als drei Tage in Pavia bleiben», meint sie nach einer Weile trotzig.

«Konrad von Burgund und Maiolus von Cluny haben alles vorbereitet.»

«Ich weiß», entgegnet sie ungeduldig.

«Der Kaiser wird auch in deinem Namen sprechen. Du musst gar nichts tun», versucht Otto medius sie zu beruhigen.

«Ich kann für mich selbst reden», fährt Thea ihn an. Wortlos steigen sie höher.

«Entschuldige», sagt sie etwas atemlos, als sie nach einiger Zeit einen Felsvorsprung erreichen. «Seit Maria gestorben ist –»

«Maria?»

«Meine Tochter, die Zwillingsschwester von Otto minimus», erklärt Thea wieder gereizt.

«Verzeih.» Otto schaut sie an.

«Seit Maria gestorben ist», beginnt sie von neuem, aber sie kommt nicht weiter.

Otto medius wirft einen Blick auf das Lager zurück, sie sind noch immer zu sehen von dort. «Seit Maria gestorben ist?», fragt er und steckt die Hände in seine Ärmel.

«Ihr Tod lässt mich nicht los. Er liegt auf jedem Gedanken, auf allem, was ich tue. Manchmal, wenn ich am Morgen erwache, merke ich, dass ich es vergessen habe, und dann packt mich die Schuld.»

«Es ist niemand schuld», unterbricht Otto sie.

«Ich habe meine Mutter verloren, als ich ein Kind war, all meine Verwandten, als ich Konstantinopel verließ, den alten Kaiser, der wie ein Vater zu mir war, und mein erstes Kind, noch bevor es zur Welt kam.»

Otto erinnert sich genau an Theas erste Schwangerschaft und die Fehlgeburt.

«Aber nichts hat mich so getroffen wie Marias Tod», fährt Thea fort.

Otto schweigt.

«Sie war ein Stück von mir», Theas Stimme bricht.

«Das ist sie noch immer», sagt Otto sanft. «Sie lebt in dir, und du lebst für sie.»

Thea lässt die Tränen über ihre Wangen laufen, während sie weiter den Hang hinaufsteigen. Er ist so steil, dass sie sich an den Felsen festhalten müssen. Die Sonne drückt durch die Wolken und überzieht den Schnee auf den Bergkämmen mit einem Glitzern.

«Weißt du noch, wie wir damals an dem See rasteten?», fällt Thea plötzlich ein.

Im Sommer nach ihrer Hochzeit in Rom war der kaiserliche Hof über die Alpen in den Norden gezogen. Nach einem schweren, aber raschen Aufstieg hatte ihr Schwiegervater einen Ruhetag angeordnet, und sie hatten ihr Lager auf einer Alpwiese zwischen zwei Seen aufgeschlagen.

«Ich hatte nie zuvor ein solches Blau gesehen», erinnert sich Thea.

«Die Luft ist klarer hier oben», erklärt Otto medius.

«Du versprachst, mir das ewige Eis zu zeigen, wenn wir wiederkämen», meint sie, ohne ihn anzuschauen.

Otto medius antwortet nicht. Thea schiebt ihre Hand in seine.

Der Fels, gegen den Thea lehnt, drückt in ihren Rücken; es fühlt sich wie eine Liebkosung an. Das Verlangen in ihrem Körper ist zu einem Summen geworden. Die Wolken haben sich gelichtet, das Blau des Himmels ist so tief wie das der Seen damals. Thea schließt die Augen und wünscht sich, es unter ihren Lidern bewahren zu können.

«Wir müssen zurück», meint Otto, ohne sich aus ihrer Umarmung zu lösen.

«Du wirst mir das ewige Eis das nächste Mal zeigen», sagt Thea mit geschlossenen Augen, und er drückt sie einen Augenblick an sich.

Während sie ihre Kleider in Ordnung bringen, treten sie hinter dem Felsen hervor, der sie vor den Blicken schützte. Otto medius' Züge sind mit einem Mal hart. Auch Thea betrachtet das Lager auf der Passhöhe unten. In einem der Zelte liegt ihr Mann, in einem andern ihr Sohn.

«Ich werde Adelheid um Verzeihung bitten», erklärt sie, als sie nebeneinander den Hang hinabsteigen. «Ich werde mich Ottos Mutter zu Füßen werfen, wenn es nötig ist.»

Die Versöhnung

Pavia, 7. Dezember 980

Thea betrachtet ihr Gesicht im Spiegel. Sie ist noch bleicher als sonst, ihre Nase kantig, die Lippen sind nur ein Strich. Ihr Haar steckt unter einer braunen Haube, aus der bloß ihre schmucklosen Ohrläppchen hervorschauen. Wenn doch Irene hier wäre. Sie würde lachen über Theas strenge Miene, und die grobe Kutte würde sich wie eine Verkleidung anfühlen und nicht wie eine Demütigung. Thea legt den Spiegel auf den kleinen Messingtisch, die Kutte kratzt bei jeder Bewegung. Die Stimme des Kanzlers erklingt im Palastgang, es klopft an Theas Tür. Im letzten Moment schlägt sie ihre Kleidertruhe nochmals auf. Rechts unten ist die abgegriffene Lederkassette: Ohrringe, Armspangen, eine zerrissene Glasperlenkette, ihr Kinderschmuck, und da ist der kleine Bernsteinlöwe, den Otto medius ihr vor Jahren geschenkt hat. Das Lederband, an dem der Glücksbringer hängt, ist hart und grau geworden. Sie glättet es und streift es über den Kopf, die Haube verrutscht. Es klopft wieder.

Während Thea hinter Hildibold durch den Königspalast von Pavia eilt, versucht sie die ungewohnte Kopfbedeckung wieder zurechtzurücken. Da ist Otto, ihr Gatte, mit Konrad von Burgund; auch der Kaiser trägt ein Bußgewand. Ein Lächeln huscht über sein Gesicht, als er Thea erblickt. Sie muss komisch aussehen mit der verrutschten Haube. Konrad nickt ihr zu. Er ist ein schwerer Mann, kahl bis auf einen Kranz krauser, grauer Haare, der über die Schläfen in seinen Bart mündet. Seine Augen müssen so blau wie die seiner Schwester Adelheid gewesen sein, bevor das Alter sie blass und wässrig machte.

«Verehrte Kaiserin.» Gisiler von Merseburg tritt zu ihnen und verbeugt sich eilfertig. Thea versucht, nicht auf den Buckel über der rechten Schulter des Bischofs zu starren, und bemerkt Otto medius hinter ihm. Sein Blick ruht auf ihrer Kehle, Thea errötet. Während sie ihren Platz hinter dem Kaiser einnimmt, schiebt sie den Bernsteinlöwen unauffällig in den Ausschnitt ihrer Kutte.

Thea schlägt das Herz bis zum Hals, als sich die Pforte der Königshalle zum Klang eines Horns vor ihnen öffnet. Sie war überrascht von dem mit verschiedenfarbigem Marmor ausgelegten Palast von Pavia, den auf schlanken Säulen ruhenden Balkonen, dem Innenhof, in dem kunstvoll gestutzte Zitronenbäume blühen, und von der Eleganz der italienischen Hofleute. Nirgendwo sonst im Westen hat sie so kunstvoll gearbeitete Kleider gesehen, so viel Seide, deren Herstellung zu den Geheimnissen des Kaisers von Konstantinopel gehört, und die nur mit dessen Erlaubnis aus seinem Reich ausgeführt werden darf. Die Wände der Räume, in denen Adelheids Kämmerer sie unterbrachte, sind mit Blumenranken bemalt, und es gibt sogar ein Bad, in dem das Wasser aus dem Mund eines Delphins in ein steinernes Becken fließt.

Das Horn verstummt. Mit gesenktem Kopf betritt der Kaiser an Konrads Hand den Saal, und sie folgt ihm. Links und rechts stehen Hofleute, Gäste. Theas Blick gleitet über die Säume ihrer Mäntel, ihre bestickten Schuhe. Eine Haarsträhne hat sich aus ihrer Haube gelöst und kitzelt sie an der Schläfe. Einige Male glaubt sie ein verächtliches Schnauben zu vernehmen, aber sie schaut nicht auf; die Halle scheint riesig. Endlich bleibt Otto stehen. Konrad sagt etwas, jemand antwortet auf Lateinisch. Es muss Maiolus, der Abt von Cluny, sein. Thea sieht, wie Otto in seinem Büßergewand vor ihr auf dem Marmorboden niederkniet, ihre Kehle ist zugeschnürt. Nun nennt Konrad ihren Namen. Ohne den Blick zu heben, geht auch sie in die Knie, ein höhnisches Lachen erklingt hinter ihr, und als Otto zu sprechen beginnt, fällt sie mit ein: «... dass unsere hochgeliebte und verehrte Mutter und Großmutter unseres Sohnes uns unsere Übertretungen vergebe ...»

Nachdem sie die vereinbarten Bitten vorgetragen haben, bleibt es still in der Halle. Thea spürt die Kälte des Marmors durch die Kutte in ihren Körper steigen. Die lose Haarsträhne klebt an ihren Wimpern. Sie wartet. Hat Adelheid ihre Meinung geändert, sie nur nach Pavia bestellt, um sie zu erniedrigen?

In der zweiten Nacht auf der Passhöhe hatte es wieder zu schneien begonnen, eisige Körner, die der Wind ihnen wie Nadeln ins Gesicht schlug. Jakob hatte eine Bahre zurechtgemacht. Ottos Wangen waren immer noch vom Fieber fleckig, aber er weigerte sich, getragen zu werden. Als er zum dritten Mal aus dem Sattel rutschte, ließ auch er sich auf seinem Pferd festbinden. Otto medius wich nicht von seiner Seite, selbst an den engsten Wegstellen blieb er neben dem Kaiser, und Thea stellte sich vor, die beiden würden zusammen in die Tiefe stürzen.

Endlich durchbricht ein Laut die Stille, das Springen eines Glases, denkt Thea zuerst, dann erkennt sie die Stimme ihrer Schwiegermutter. Sie spricht Italienisch. Der Vereinbarung gemäß, die Konrad und Maiolus mit ihr ausgehandelt haben, muss auch sie einen Teil der Schuld an dem Zwist auf sich nehmen. Aber Thea versteht nur «il mio figlio», und «ti absolvo», und als sie den Kopf hebt, sieht sie Adelheid nicht von Gleich zu Gleich ihrem Sohn gegenüber am Boden knien, sondern in einer erhöhten Thronnische stehen. Die Schwiegermutter trägt keinen der grauen Röcke, in denen sie sich früher so gern zum Zeichen ihrer Frömmigkeit am Kaiserhof zeigte, sondern ein Gewand aus weißer Seide, wie an Theas Hochzeit, und die italienische Krone, über die sich – einem Strahlenkranz gleich – ein Schleier aus weißer Spitze bauscht. Adelheid ist von Geistlichen und Fürsten umringt; Thea muss nicht zählen, wie viele es sind. Als Ottos Mutter ihre Rede beendet hat, tritt sie aus dem Kreis ihrer zwölf Apostel, und reicht Maiolus von Cluny auf den Stufen vor der Thronnische die Hand. Konrad von Burgund hilft dem Kaiser aufzustehen. Otto schwankt, und einen Augenblick fürchtet Thea, er werde stürzen, doch dann strafft sich sein Rücken, und er lässt sich zu seiner Mutter führen. Maiolus und Konrad legen die Hände der beiden Entzweiten ineinander. Das Horn erklingt, die Geistlichen sprechen ihre Segen, die Fürsten bekreuzigen sich. Jubelrufe erschallen, Mutter und Sohn umarmen sich.

Thea rappelt sich auf. Die Halle ist kleiner, als sie gedacht hat, ein Saal eher. Aber die Wände sind mit Teppichen geschmückt, Fahnen hängen von der Decke, und die Kerzen in den silbernen Kandelabern brennen, obwohl eine grelle Dezembersonne durch die hohen Fenster scheint. Otto, den Arm noch immer um die Schultern seiner Mutter gelegt, wendet sich nach ihr um, und Thea sieht die Tränen auf seinem Gesicht.

Kurz vor Chiavenna hatte der Kaiser sich auch angebunden nicht mehr auf seinem Pferd halten können, und die Männer räumten die Kisten von einem der Karren, die sie im ersten Dorf südlich der Alpen gekauft hatten. Der Eisschnee war zu Regen geworden, und Otto ließ sich, von einer Zeltplane zugedeckt, den holprigen Weg in die Ebene hinunterfahren. Thea bestand darauf, in der verwahrlosten Festung über der Mera zu rasten, obwohl der Graf seine Vorratskammern vor ihrer Ankunft geleert hatte, um den kaiserlichen Hof nicht verköstigen zu müssen. Auch zu den Lücken in den gräflichen Zolllisten, die der Kanzler Thea zeigte, sagte sie nichts. Nach zwei Tagen konnte Otto wieder stehen, und sie zogen über die Brücke nach Süden. Der Regen hatte aufgehört, und als sie die Nordspitze des Sees von Como erreichten, schien die Sonne.

Thea merkt, wie ihre eigenen Augen feucht werden, während sie Ottos Gesicht betrachtet. Konrad von Burgund kommt zu ihr und nimmt sie am Arm. Die väterliche Geste erinnert Thea an ihren Schwiegervater. Mit Konrad zusammen steigt sie die Stufen zu Adelheid und Otto hinauf. Einen Augenblick stehen sich die beiden Frauen gegenüber, im Saal wird es still. Thea fühlt Ottos Blick auf sich, die lose Haarsträhne sticht sie ins Auge und mit einer raschen Bewegung zieht sie sich die Haube vom Kopf. Das Haar gleitet ihr wie ein Schleier über die Schultern, ein Raunen geht durch die Menge. Thea blickt in Adelheids eisblaue Augen, dann sinkt sie vor ihrer Schwiegermutter in die Knie, lässt sich auf den Boden gleiten, wie sie es einst als Kind vor dem Kaiser von Konstantinopel tat.

Das Raunen im Saal wird zum Applaus. Otto bückt sich sofort nach Thea, Maiolus und Konrad greifen ihr unter die Arme, ziehen sie hoch. Die Menge wiederholt ihren Namen, «Theophanu, Theophanu». Ottos Gesicht leuchtet, der Abt von Cluny und der König von Burgund lächeln, auch Adelheids Mundwinkel haben sich verzogen, als Thea ihr wieder ins Gesicht sieht. Jemand ruft «Basileia», und das Wort verbreitet sich im Saal.

‹Die Rufe verstummten, als Mathilde, die Schwester des Kaisers, den kleinen Otto an jenem Morgen in die Königshalle von Pavia trug, und alle Blicke folgten ihr. Der Thronfolger war nicht in die schwere Taufdecke mit den heidnischen Tieren gewickelt, sondern in zarte Spitzentücher, und er lächelte, als wüsste er um das Heil der Stunde. Nur wenige Schritte hinter der Quedlinburger Äbtissin ging ich zwischen Hofdamen in dem feinen Gewand, das man mir gegeben hatte, und als ich näher kam, sah ich, dass die alte Kaiserin, die von einer Versammlung frommer Männer umringt war, die gleichen zarten Spitzen, in die man den kleinen Otto gehüllt hatte, als Schleier über ihrer Krone trug.

Ich erkannte sofort, dass die Kaiserwitwe von edelstem Geblüt war, an ihrer Haltung, ihrer Miene, und obwohl die Zeit der Fruchtbarkeit hinter ihr lag, übertraf ihre Schönheit alles, was ich darüber gehört hatte. Wie sie an jenem Tag in der Königshalle von Pavia den kleinen Otto aus den Armen ihrer Tochter nahm und den Kopf über ihn beugte, da flossen die weißen Spitzen ineinander und verbanden sich zu einem Strahlen, das sie und das Kind umhüllte. Ein Lächeln breitete sich über ihre Züge von solcher Freude, solcher Milde. Ich weiß, dass manche sich heute an der Eigenmacht der alten Kaiserin stören, aber sie ist nicht nur eine gelehrte Frau, die viele Sprachen spricht, sondern auch eine fromme, und jenes Lächeln – ich werde es nie vergessen. Zu Recht nennt man sie die Kaiserin aller Kaiserinnen.›

«Das warst du», murmelt Thea, als sie im Gedränge nach der Versöhnungsmesse in der Michaelskirche auf Otto medius trifft.

«Was?» Er schmunzelt.

«Die Basileia.»

«So werden die Kaiserinnen in Konstantinopel doch genannt, oder nicht?»

«Ja, aber –»

«Ich bin auf deiner Seite», flüstert er, und Thea sieht das Funkeln in seinen braunen Augen, bevor er in der Menge verschwindet. Gleich darauf steht Gisiler von Magdeburg neben ihr, und Thea fragt sich, ob er sie beobachtet hat. Seit sie ihn bat, sich mit ihr für die Bestrafung des Grafen von Chiavenna einzusetzen, findet sie den Buckligen ständig in ihrer Nähe. Auf ihre gemeinsame Bitte hat der Kaiser den Zoll für die Merabrücke zusammen mit dem Brückenwächter, seinen Söhnen und Dienstleuten dem Hochstift Chur übertragen. Thea bemerkt einen kleinen, blinzelnden Mann neben Gisiler. Sein echsenartiges, vom Alter geschrumpftes Gesicht ist ihr schon früher aufgefallen. Er gehört zur Gesandtschaft aus Sachsen, aber sie weiß nicht, wer er ist. Sie wirft einen Blick in die Kirche zurück, in der Karl der Große einst zum König der Langobarden gekrönt wurde. Die Leute hinter ihr lächeln, nicken ihr zu. Sie kann nicht fassen, wie leicht es war, sich vor Adelheid auf den Boden zu werfen.

Das Schicksal der Menschen mag in den Sternen stehen, aber in die Tiefe ihrer Herzen sehen wir nicht. Die Versöhnung mit der Mutter hatte die letzten Spuren des Fiebers aus dem Gesicht des Kaisers getilgt, er schien kräftiger und heiterer als zuvor. Die Basileia war erleichtert, und sie freute sich, ihre Schwägerin Mathilde, die Äbtissin von Quedlinburg, wiederzusehen. Unter der italienischen Sonne schmolzen die Ängste und Mühen der Reise in unserer Erinnerung, und ein paar Tage nach der Versöhnung erwarteten uns die Schiffe am Ufer des Po, die uns, wie meine

Herrin es gewünscht hatte, von Pavia nach Ravenna bringen würden, um dort das Weihnachtsfest zu feiern. Dass die alte Kaiserin mit ihren Beratern und Beichtvätern uns begleitete, minderte unsere Zuversicht nicht, und der einsichtige Jupiter wachte über uns, während die breiten, mit Teppichen und Kissen gepolsterten Barken den Fluss hinunterglitten. Wir lauschten den Klängen arabischer Lauten, aßen Datteln, Orangen, gezuckerte Mandeln, und vom süßen Wein berauscht, glaubte ich manchmal auf dem Bosporus den Kuppeln Konstantinopels entgegenzutreiben. Der Himmel über Italien war voller Hoffnung in jenem Winter; ein unbeschwertes Jahr stand uns bevor, und niemand ahnte, dass es unser letztes sein würde.

Der Disput

An Willigis, Erzbischof von Mainz

Ich danke Dir für Deinen Brief und kann Dir melden, dass die Befürchtungen, die Dich – wie Du schreibst – veranlasst haben, zur Feder zu greifen, grundlos sind. Die Versöhnung zwischen meiner Mutter und meinem Bruder ist vollzogen, und ich sehe keinen Anlass, an dem guten Willen der einen oder anderen Seite zu zweifeln. Auch die Mutter des Thronfolgers, wie Du sie nennst, Thea, die, wie Du weißt, mir freundschaftlich verbunden ist, hat ihren Teil dazu beigetragen und es verstanden, den Hof von Pavia für sich zu gewinnen. Inzwischen sind wir in Ravenna und haben im Kloster Sant' Apollinaris in Classe in Eintracht Christi Geburt gefeiert.

All dies überrascht kaum. Du kennst meine Schwägerin, meinen Bruder, meine Mutter so gut wie ich, und so verständlich es ist, dass Du als Statthalter des Kaisers die Zukunft des Reiches noch höher stellst als früher, Dich um alles sorgst, was diese beeinträchtigen könnte, so wenig verstehe ich doch, warum Du Dich mit Deinen Bedenken an mich wendest. Dein Schreiben, verzeih mir, scheint mir ein Vorwand, und nach all den Jahren von Dir zu hören, erfüllt mich mit Wünschen, die ich längst erloschen glaubte. Ich bitte Dich, sie nicht weiter zu schüren.

Mathilde, Äbtissin von Quedlinburg

Zu Ravenna, anno Domini 981, am dritten Tag nach Epiphanie

Post scriptum: In Pavia hat sich der Erzbischof von Reims mit seinem wortgewandten Scholasticus, der Dir ja bestens bekannt ist, uns angeschlossen. Der wird Dich gewiss ausführlich – und besser, als ich es vermöchte – über das informieren, was Dich interessieren mag.

Ravenna, Anfang Januar 981

«Eine Verleumdung ist es, mein hochverehrter Kaiser, die auch ein geringer Scholasticus wie ich, ja Ihr werdet mir zustimmen, gerade ein geringer Scholasticus wie ich, aus niedrigem aquitanischen Hause, der sich dem Ziel verschrieben hat, sein eigenes Unwissen zu bekämpfen, nicht auf sich sitzen lassen kann, und deshalb bitte ich Euch, inständig und im Andenken an Euren Vater, der mir in seiner unermesslichen Weitsicht so gewogen war, mich einst zu Eurem Lehrer zu machen, als Ihr noch ein ahnungsloser, wenn auch über alle Maßen begabter Knabe wart, und bevor die Sucht – ja ich gebe es zu, es ist eine Sucht – nach Gelehrsamkeit mich nach Reims trieb, wo ich nun dem gottgefälligen Bischof Adalbero von bescheidenem Nutzen sein darf, wobei Ihr mir in Eurer Großmut, ich weiß es, ja vertraue darauf, meine Abkehr vom zwar prunkvollen, aber auch verderblichen Leben am Hof, nun, wo Ihr die Last der kaiserlichen Bürde auf Euren eigenen Schultern trägt, nicht übelnehmen werdet, sondern ...»

Otto medius prustet los, und der Rest des Satzes verliert sich in seinem Gelächter; der Kaiser hebt die Hand.

«Ihr übertrefft Euch selbst, mein lieber Gerbert», schmunzelt er. «Und ich werde mich der Sache annehmen», fügt er hastig hinzu, um einem neuen Redeschwall vorzubeugen.

«Meine Dankbarkeit ist größer als die Brust eines einzelnen Menschen fassen kann, tiefer als die Stille auf dem Grund des Meeres –»

Erneutes Lachen schüttelt Otto medius, und der Kaiser entlässt den beredten Bittsteller mit einer energischen Geste.

«Worum geht es denn eigentlich?», fragt Otto medius, als er wieder zu Luft kommt.

«Um die Einteilung der Philosophie», erklärt der Kaiser. Eine weiße Wintersonne wärmt den Klosterhof, in dem sie sitzen, und aus der Kirche in ihrem Rücken klingt der Gesang der Mönche von Sant' Apollinaris in Classe. «Darum, ob die Physik der Mathematik untergeordnet ist oder nicht.»

«Ich dachte, Physik und Mathematik seien gleichgestellt», wundert sich Otto medius.

«Das sind sie auch.»

«Was ist dann das Problem?»

«Dass der eine behauptet, der andere behaupte das Gegenteil.»

Otto medius schaut ihn verständnislos an.

«Othrich, du kennst ihn, er leitet seit vielen Jahren die Domschule in Magdeburg.» Otto medius zuckt die Schultern. «Kein schlechter Mann», fährt der Kaiser fort, «und ein tüchtiger Lehrer, aber wie viele seines Standes von seinem eigenen Wissen eingenommen und neidisch auf jeden, der als scharfsinniger gilt. Er hat heimlich einen seiner Schüler nach Reims geschickt, um herauszufinden, was der berühmte Gerbert lehrt.»

«Als Spion?»

Der Kaiser nickt. «Und dieser Schüler berichtete, Gerbert unterstelle die Physik der Mathematik, so wie die Art der Gattung untersteht.»

«Was gar nicht stimmt», stellt Otto medius fest. Der Gesang in der Kirche in ihrem Rücken ist verstummt, die Messe muss vorüber sein.

«Genau. Aber Othrich beharrt darauf und nennt Gerbert einen Scharlatan und Schlimmeres.»

«Schlimmeres?» Otto medius sieht die Mönche, die aus der Kirche kommen, über den Hof an ihre Arbeit zurückgehen. Da ist auch Thea. Mit der vertrauten, anmutigen Geste streift sie den türkisblauen Schal zurück, und ihr schwarzes Haar glänzt in der Sonne. Ein paar Schritte hinter ihr geht Adelheid, gefolgt von ihren Hofdamen, in grauen Kutten und Hauben.

«Ach, du weißt ja, dass Gerbert das Kloster von Aurillac verließ, um in Spanien zu studieren.» Der Kaiser starrt gedankenverloren auf den leicht ovalen Glockenturm neben der Kirche. «Dort soll er sich von den Arabern geheime Kenntnisse angeeignet haben, über Zahlen, Töne, die Sterne am Himmel.»

Otto medius kennt die Abneigung des Kaisers gegen Theas Berater und dessen astrologische Prophezeiungen.

«Das ist natürlich alles Unsinn», fährt der Kaiser fort.

«Und wie willst du dich der Sache nun annehmen?», erkundigt sich Otto medius.

«Ich weiß nicht. Wenn ich von Othrich verlange, dass er seine Behauptung widerruft, werden die Gerüchte über Gerbert nur an Gewicht gewinnen; und das Ganze ist so lächerlich.»

«Am besten wäre es, man würde die beiden miteinander konfrontieren», überlegt Otto medius laut. Thea ist in dem Teil des Klosterhofs verschwunden, in dem die Frauen untergebracht sind.

«Wem schreibst du?» Thea nimmt den türkisblauen Schal von den Schultern und gibt ihn der Zofe, die hinter ihr wartet.

«Niemandem.» Mathilde faltet ihre Hände über dem Brief.

Thea verzieht den Mund. «Niemandem? Dem hast du ja einiges zu berichten.»

Mathilde lacht. «Wie war die Messe?», lenkt sie ab.

«Wie immer», murrt Thea. Sie hat sich vorgenommen, jeden Tag an einer der drei Messen, die ihre Schwiegermutter besucht, teilzunehmen. Aber die Verachtung, die ihr von der grauen Frauenschar entgegenwogt, wird immer unerträglicher. Sie würde lieber allein in der Kirche unter dem Mosaik knien, das den Himmelsgarten des heiligen Apollinaris darstellt. Über seinem Kopf leuchtet das Kreuz der Auferstehung, und da steht «Ichthys» in griechischen Lettern, so wie in den Kirchen von Konstantinopel, das Wort, das «Fisch» bedeutet und zugleich für die Anfangsbuchstaben von «Jesus Christus, Gottes Sohn, Retter» steht.

Mathilde legt den Brief zusammen. «Ich höre, Hugo von Franzien ist auf dem Weg nach Italien?»

«Der Herzog kommt zum Osterfest nach Rom.» Thea entlässt die Zofe mit einer Handbewegung. Eine sanfte Brise weht durch das Fenster, und Thea kann das Meer riechen. Auch das erinnert sie an Konstantinopel. Sie sieht die beiden Ottos auf der Bank an der Rückwand der Klosterkirche sitzen.

«Das ist eine weite Reise», meint Mathilde und steckt den Brief in die Tasche ihrer Kutte. Die adligen Damen ihres Stifts können sich kleiden, wie sie wollen, aber die junge Äbtissin trägt nur an Hoftagen die Gewänder und den Schmuck, die ihr als Kaisertochter zustehen.

«Er will schon lang an den Hof kommen.» Thea wüsste

gern, worüber die beiden Ottos reden. «Seit wir das Freundschaftsbündnis mit König Lothar geschlossen haben.» Sie erinnert sich an den harten Ausdruck in Otto medius' Zügen, als er von dem verschneiten Hang zum Lager auf dem Septimer hinunterblickte.

«Um sich selbst der Gunst des Kaisers zu versichern», schließt Mathilde.

Thea hört nicht zu. «Glaubst du, Emma hat Lothar tatsächlich nicht betrogen?», fragt sie unvermittelt. Karl hatte seine Schwägerin Emma des Ehebruchs mit Bischof Ascelin von Lâon bezichtigt.

«Sie wurde von jeder Schuld freigesprochen», stellt Mathilde fest.

Emma, Adelheids älteste Tochter, hat die aufrechte Haltung und das blonde Haar ihrer Mutter, das sie geflochten und mit Perlen besteckt um den Kopf gelegt trägt. Sie war bereits eine gestandene Frau, als Thea ihr zum ersten Mal begegnete, aber ihr weiches Gesicht, der volle Mund zogen die Blicke auf sich, wenn sie neben ihrem untersetzten Gatten stand. Lothar hatte seinen Bruder Karl vom Hof gewiesen, nachdem Emma für unschuldig befunden worden war.

«Bei uns, ich meine, in Konstantinopel, würde man eine Königin nicht vor eine Synode berufen, nur weil sie einen Geliebten hat.»

Mathilde in Theas Rücken schweigt.

«Hast du nie einen Geliebten gehabt?», fragt Thea mehr zum Spaß und dreht sich um. Mathildes Wangen sind rot.

Der ganze Hofstaat hat sich im Refektorium des Klosters versammelt, um die Disputation zwischen den beiden Lehrern zu hören, die der Kaiser anberaumt hat. Auch die Mönche sind mit Erlaubnis des Abtes erschienen und stehen den Wänden des Saals entlang hinter den italienischen Fürsten und Gelehrten, die für das Streitgespräch angereist sind.

«Ich sehe, o großer, erhabener Cäsar, dass du all diesen Menschen überlegen bist, und gehorche dir deshalb, und weil es rechtens ist, ohne mich vom bleichen Neid der Böswilligen erschüttern zu lassen, die willkürlich – durch Unterordnung einer der Arten – die vollkommen richtige Aufteilung der Philosophie, wie ich sie stets in genauso einsichtiger wie klarer Form gelehrt habe, entstellen.»

Thea versucht, sich Gerbert acht Jahre jünger vorzustellen. Er sagte, er sei an ihrer Hochzeit in Rom gewesen, als sie ihm in Pavia begegnete, und wiederholte eine Bemerkung, die sie damals über die Astrolabien gemacht hatte, mit denen die Seefahrer im Osten die Bewegung des Polarsterns messen, um nachts ihre Position zu bestimmen. Sie kann sich nicht daran erinnern; und Gerberts Gesicht mit den glatten Wangen, dem etwas zu kleinen Kinn scheint alterslos. Er steht vor der Tafel, auf der Othrich – in dem Thea den echsenköpfigen Begleiter von Gisiler wiedererkannte – auf Anweisung des Kaisers die Aussagen aufgezeichnet hat, die sein Schüler über Gerberts Theorien machte.

«Ich erkläre somit», fährt Gerbert feierlich fort, «dass die Mathematik, die Physik und die Theologie», er neigt den Kopf gegen den Abt und den Erzbischof von Reims, «auf gleichem Fuß stehend allesamt der einen Gattung untergeordnet sind und dass ihr Anteil an dieser Gattung gleichwertig ist.» Ein zustimmendes Murmeln geht durch den Saal. «Es ist unmöglich», Gerberts Ton wird schneidender, «dass eine einzige und gleiche Art, aus der einzigen und gleichen Substanz geformt, einer anderen Art entspricht und gleichzeitig geringer und dieser untergeordnet ist, so wie die Art der Gattung. Dies wenigstens», er breitet die Arme aus, «ist meine Ansicht, und sollte jemand Einwände haben, soll er diese vorbringen, und uns eine Idee verständlich machen, die bisher noch niemand vertreten hat.» Damit verschränkt er die Arme vor der Brust. Alle Augen ruhen auf dem Kaiser, aber anstatt dem Redner Beifall zu zollen und den Streit damit beizulegen, wendet Otto sich an Othrich, der neben seiner Tafel noch kleiner und verschrumpelter wirkt. «Gewiss will unser gelehrter Magdeburger Domlehrer die Aufforderung, seine Einwände darzulegen, nicht ungenutzt verstreichen lassen.»

Thea hört das Vergnügen in Ottos Worten. Gerbert blickt überrascht zum Kaiser, dann zu seinem Gegner, dessen Mund sich öffnet und wieder schließt. Mit einem Würgen beginnt Othrich zu sprechen, verlangt, dass Gerbert nicht nur seine Ansichten über das Verhältnis zwischen Mathematik und Physik, sondern über die gesamte Klassifikation der Philosophie darlege, denn nur so, erklärt er blinzelnd, könne dieser sich vom Verdacht befreien, ein falsches Bild der Ordnung gegeben zu haben.

Otto medius, der neben Thea sitzt, rückt sich erwartungsvoll in seinem Sessel zurecht, als Gerbert mit den Aussagen der Philosophen Victorinus und Boetius zu einer neuen Tirade ansetzt. Auch der Kaiser hängt an den Lippen des Reimser Scholasticus, der Abt, der Erzbischof, Mathilde, ja sogar Adelheid, die wie immer von einem Kranz ihrer Hofdamen umringt ist. Theas Blick schweift durch den Saal. Vor acht Jahren hat sie hier zum ersten Mal die purpurne Hochzeitsurkunde entrollen lassen, die ihre neuen Güter und Rechte bestätigte. Sie erinnert sich an die Verblüffung in den Gesichtern der Hofleute, an Adelheids zornig verzogenen Mund, das bewundernde Lächeln auf Otto medius' Lippen und das wohlwollende Schmunzeln Ottos des Großen. Erst nach seinem Tod hatte sie begriffen, wie sehr ihr Schwiegervater sie vor denen geschützt hatte, die sie vom Hof vertreiben wollten. Jetzt liegt die purpurne Urkunde im Stift von Gandersheim, wo Sophia, ihre mittlere Tochter, erzogen wird.

«... und deshalb frage ich dich, was ist denn der Ursprung der Philosophie?», will Othrich bissig wissen.

Der Ursprung der Philosophie – keine Vergabungen von Zöllen, Fischrechten, Schweinemasten, keine Nachrichten von Grenzüberfällen, Plünderungen oder geschliffenen Burgen; Otto, der erhöht unter dem kaiserlichen Baldachin thront, hat sich schon lange nicht mehr so gut unterhalten. Vor acht Jahren saß er neben seinem Vater in diesem Saal, ein linkischer Jüngling war er damals, beleidigt, dass man ihn mit einer griechischen Prinzessin verheiratet hatte, die er weder kannte noch verstand. Sein Blick gleitet zu Thea, der Mutter seines Sohnes. Sie trägt ein schlichtes, hellgraues Seidenkleid heute und die Pfauenohrringe, die er so mag.

«Die Philosophie wurde dazu geschaffen, uns zu erlauben, die göttlichen und menschlichen Dinge zu verstehen», beginnt Gerbert, doch Othrichs lippenloser Mund schnappt nach ihm: «Weshalb braucht es so viele Worte, um den Ursprung eines einzelnen Dings zu definieren, wenn es möglich ist, dies mit einem einzigen Ausdruck zu tun und das Ziel der Philosophen doch genau die Suche nach der Kürze ist?»

Das Publikum lacht, man nennt Othrich nicht ohne Grund den sächsischen Cicero. Auch Otto unter seinem Baldachin kann seine Erheiterung nicht verbergen. Der Ursprung der Philosophie hätte seinen Vater nicht interessiert. Otto der Große konnte kaum seinen Namen schreiben, und das einzige Buch, das er je in die Hand nahm, war die Bibel, auf die er seine Verbündeten die Treue schwören ließ. Aber der alte Kaiser wäre zufrieden gewesen, seine Familie vereint im Kreis dieser Gelehrten zu sehen.

Adalbero, der Erzbischof von Reims, meldet sich zu Wort, um seinen Scholasticus zu verteidigen. Kanzler Hildibold stellt sich auf Othrichs Seite, einige der vorlauteren Notare geben ihre Meinung zum Besten. Der junge Bernward, auf den Hildibold so große Stücke hält, führt aus, dass nach Aristoteles jedes Ding zufällige und wesentliche Eigenschaften habe und nur Letztere zu dessen Definition nötig seien. Einige Zuhörer nicken, andere schütteln die Köpfe, flüstern miteinander. Thea fühlt sich mit einem Mal leicht. Für manche wird sie stets die falsche Braut, die Griechin bleiben, aber sie sitzt gern hier im Kreis dieser Gelehrten.

Gerbert zitiert Plato, der den Ursprung der Welt in nicht weniger als drei Worten definierte: guter, göttlicher Wille. Othrich wirft ein, dass zwei Worte, nämlich göttlicher Wille ausgereicht hätten, da der Wille Gottes nie anders als gut sei. Gerbert fordert Othrich auf, den Ursprung des Schattens mit einem Wort zu erklären. Der weiß keine Antwort. Gerberts Anhänger jubeln, und dieser führt aus, dass der Ursprung des Schattens ein Körper sei, der vor ein Licht gestellt werde, und sich nicht kürzer beschreiben lasse. Denn weder der Körper als solcher noch dessen Stellung vor irgendetwas anderem als Licht reiche aus, sein Wesen zu erklären. «Ich bestreite nicht», lenkt Gerbert ein, «dass sich der Ursprung vieler Dinge durch ein Wort definieren lässt, doch es gibt andere Beziehungen, die nicht so einfach zu erfassen sind, wie etwa diejenige zwischen dem Vernünftigen und dem Vergänglichen.»

Thea merkt, wie die Züge der Anwesenden verschwimmen; draußen dämmert der Abend. Ihr Blick bleibt an einem Gesicht hängen. Die hohe Stirn, die schmale Nase haben etwas Vertrautes. Sie kennt den Mann nicht, aber sein Aussehen erfüllt sie mit plötzlicher Sehnsucht.

Gerbert behauptet, das Vernünftige enthalte das Vergängliche, und greift sogleich ein neues Thema auf, doch der Kaiser hebt die Hand. Ein Seufzer der Enttäuschung geht durch den Saal, dann breitet sich Unruhe aus, die Leute merken, wie hungrig und müde sie sind. Die Disputation hat den ganzen Tag gedauert. Während der Kaiser sich erhebt, sucht Thea nochmals das Gesicht des Fremden in der Menge; er hält ihrem Blick stand.

«Und, ist das Vergängliche im Vernünftigen enthalten?», fragt Otto, als er an diesem Abend Theas Zimmer betritt.

Sie zuckt zusammen; es ist Monate her, seit ihr Mann sie besucht hat.

«Ich denke, dass auch das Vernünftige vergänglich ist», entgegnet sie und schließt ihr Buch.

«Wenn die Vernunft dazu dient, das Göttliche zu erkennen, muss sie dann nicht so zeitlos wie dieses sein?» Otto setzt sich auf die Fensterbank. Er trägt noch immer den grünen Mantel und die mit breiten Borten besetzte Tunika. Seit sie in Pavia angekommen sind, hat Thea ihn nicht mehr in sächsischer Tracht gesehen.

«Wenn die Vernunft derjenige Teil unseres Verstandes ist, der uns erlaubt, das Göttliche zu erkennen, muss sie von unserer Fähigkeit zu verstehen abhängig sein», stellt sie fest.

«Und deshalb vergänglich?», fragt Otto.

«Unser Verständnis wird von den Menschen geformt, die uns umgeben, dem Ort, der Zeit.»

Otto lächelt. «Dann muss jede Zeit, jedes Volk das Vernünftige neu definieren?»

Auch Thea lächelt. Die römische Kleidung steht Otto. «Was an einem Ort und zu einer Zeit vernünftig ist, kann an einem anderen Ort und zu einer anderen Zeit ganz unvernünftig sein», bestätigt sie.

Otto betrachtet die Frau, die vor ihm sitzt. Wann hat er begonnen, nur noch die Mutter seines Sohnes in ihr zu sehen?

«Was liest du?», fragt er.

Thea streckt ihm das Buch hin, es sind die *Metamorphosen* von Ovid.

«War der Band nicht rot?», wundert sich Otto. Er hat Thea das Buch der Verwandlungen vor vielen Jahren geschenkt.

«Das Licht, die Zeit …» Thea fährt über den gelbbraunen Einband.

«Wir können das Leder nachfärben lassen», schlägt Otto vor.

«Warum?», fragt Thea erstaunt. «Die Geschichten darin haben sich nicht verändert.»

Eine Weile herrscht Schweigen. Thea überlegt, ob sie Otto auffordern soll, die Nacht bei ihr zu bleiben.

«Du hast schon lange nicht mehr an unseren Kanzleigesprächen teilgenommen», unterbricht Otto ihre Gedanken.

«Ich dachte, es sei dir lieber, wenn ich nicht dabei bin, weil –» Sie zögert.

«Weil du ein anderes Verständnis hast?», fragt Otto.

«Ja.» Thea nickt.

«Gerade darum wäre es gut, wenn du dabei wärst.»

«Auch wenn Hildibold meine Ansichten unvernünftig findet?»

Auch Otto lacht. «Er wird sich daran gewöhnen.»

Mit einem kleinen Ruck erhebt er sich. Noch einmal will Thea ihn bitten zu bleiben.

«Gute Nacht», sagt Otto.

Sie tut es nicht. «Gute Nacht.»

‹Unsere Erwartungen sind der Ursprung unserer Enttäuschungen. In meinem ersten Jahr als Kinderfrau am kaiserlichen Hof habe ich viele Städte gesehen, mit Türmen, Wällen, und als wir die Alpen einmal überquert hatten, wurden sie immer prächtiger, Mailand, Pavia, Ravenna. Natürlich dachte ich, Rom würde alle anderen übertreffen, und tatsächlich war die Ewige Stadt von einer mächtigen Mauer umgeben, die ein heidnischer Kaiser errichtet hat. Doch im Innern breitete sich Buschwerk und Öde aus. Geblendet vielleicht von den schillernden Mosaiken von Sant' Apollinaris sah ich nur Armut und Schmutz, geplünderte Paläste, Reste von Götzentempeln, und die Bewohner der Stadt begegneten uns mit Misstrauen. Am Anfang schien es gar, man würde uns den Einzug verweigern. Erst als die Wachen die Leibgarde des Papstes, der uns entgegengekommen war, im Tross erkannten, zollten sie unserem Kaiser Respekt, und wir staunten über die Ruhe, mit der er auf ein angemessenes Geleit wartete.

Der Kaiser war nicht von Natur aus gelassen, und viele am Hof wurden zum Ziel seiner Heftigkeit. Wir im niederen Gefolge fanden Gefallen daran, ja, wir betrachteten es als Auszeichnung. Ich erinnere mich an jedes einzelne Schimpfwort, das aus dem Mund des Kaisers kam, als ich seinen Sohn an einem Nachmittag in der purpurnen Seidenmütze statt dem weißbestickten Käppchen zu ihm und Kaiserin Adelheid brachte, und ich sagte nicht, dass ich den kleinen Otto auf Anweisung seiner Mutter so gekleidet hatte. Denn wenn der Kaiser auch reizbar war, so verflog sein Zorn doch rasch. Schon Augenblicke später schien er sich nicht mehr daran zu erinnern, und die Mägde in der Küche zollten mir von jenem Tag an Respekt. Es waren stets Nichtigkeiten, die den Zorn des Kaisers entfachten, und in den Tagen, in denen wir in einem notdürftig errichteten Lager vor den Toren Roms darauf warteten, von den römischen Fürsten willkommen geheißen zu werden, erhob er seine Stimme kein einziges Mal.

Der kleine Otto krabbelte. Flink wie ein Krebs – so nannte ihn der dicke Sterndeuter – und mit roten Wangen bog er um Kisten, Zeltstangen, verschwand unter Wagen, und immer wieder fand er den Weg zu seinem Vater. Lauthals beklagte sich der Kleine, wenn ich ihn hochhob und ins Kinderzelt zurücktrug, und ich hörte den gebieterischen Ton der Großmutter in seiner Stimme. Ich verriet niemandem, dass er «Maje», meinen Namen, sagte, wenn er wollte, dass ich ihn nachts zu mir ins Bett nahm.

Die Fastenzeit hatte begonnen, als wir unsere Quartiere in Rom bezogen. Es erwarteten uns keine geschmückten Säle, keine vollen Tafeln. Wir aßen Brot, tranken Wasser, wie die Zeit es verlangte, und knieten in Kirchen vor verhängten Kreuzen.›

Der Schmeichler

Rom, Ostern 981

«Du kannst den König von Burgund nicht neben den Herzog von Franzien setzen», wendet Mathilde ein, «Konrads Frau ist eine Schwester von König Lothar, und Hugo und Lothar …»

«Ich weiß, ich weiß.» Thea wischt den Namen auf der Schiefertafel wieder aus. Seit Stunden versuchen sie, die Fürsten, die zum Osterhoftag erwartet werden, ihrem Rang entsprechend an den Tischen um den Kaiser herum zu plazieren.

«Wir könnten Otto von Schwaben hierher setzen», schlägt Mathilde vor, «Konrad hier und Hugo da.»

Thea seufzt, sie hätte Otto medius lieber in ihrer Nähe gehabt. Seit sie in Rom angekommen sind, hat sie ihn nur noch an den Besprechungen in der Kanzlei gesehen. Mit allen Begleitern und Gästen ist die Gefolgschaft des Kaisers so angewachsen, dass der Kämmerer sie über die ganze Stadt verteilt in Palästen und Klöstern einquartieren musste. Sie weiß nicht mal, wo Otto medius untergebracht ist.

«Herrin!» Martje steht in der Tür. Unwillig wendet Thea sich zu ihr. Hat ihre Schwiegermutter schon wieder etwas an der Pflege des kleinen Otto auszusetzen? «Da ist ein Besucher, Herrin», erklärt die Kinderfrau verlegen.

«Ein Besucher?» Einen Augenblick sieht Thea die hohe Stirn, die schmale Nase vor sich, doch dann erscheint ein feistes, ledernes Gesicht hinter Martje.

Mathilde zieht die Luft ein. «Lupus in fabula.»

Thea wirft ihr einen fragenden Blick zu.

«Der Wolf in der Fabel», flüstert die Äbtissin, «Hugo von Franzien.»

Ungläubig starrt Thea auf den Gast, und bevor sie etwas sagen kann, verbeugt er sich mit überraschender Gewandtheit. «Erhabene Kaiserin, wie lange habe ich diesen Augenblick herbeigesehnt, Euch von Angesicht zu sehen.» Ein breites Lächeln verzieht die fleischigen Züge, und Thea kann nicht anders, als es zu erwidern. «Der Herzog von Franzien.» Sie reicht ihm die Hand, und er küsst sie, hält sie.

«Man hat mich getäuscht, hintergangen.» Er lässt ihre Hand los, tritt mit plötzlichem Ernst einen Schritt zurück. «Ihr seid noch viel schöner, als man mir beschrieben hat.»

Wieder kann Thea ein Lächeln nicht unterdrücken.

«Und die Anmutigste aller Äbtissinnen.» Hugo wendet sich mit einer erneuten Verbeugung an Mathilde. «Von einzigartiger Weisheit.» Auch sie lächelt. «Ein strahlender Edelstein.»

Thea bietet dem Herzog einen Sessel an und schickt Martje nach Wein. «Wir haben Euch erst morgen erwartet», gesteht sie.

«Morgen will ich Eurem verehrten Gemahl, dem Kaiser, meine Aufwartung machen», Hugo fährt sich durch das schulterlange, braune Haar, «heute Euch.»

Thea schiebt die Schiefertafel zur Seite und füllt den Becher des Gastes selbst.

«Ich höre, Basilius und Konstantinus tun sich schwer, den verstorbenen Patriarchen zu ersetzen», meint Hugo leichthin und lehnt sich in seinem Sessel zurück.

«Ja», entgegnet Thea überrascht. Sie kann sich nicht erinnern, dass jemand am fränkischen Hof sie je nach den Verhältnissen in Konstantinopel gefragt hat.

«Die zwei sind natürlich noch sehr jung», fährt Hugo fort. «Die Mutter der beiden war Eure Patin, nicht wahr?»

Thea nickt. Nach dem Tod ihres Onkels vor fünf Jahren fiel die Kaiserkrone an die beiden Söhne Theophanos', die ihre Taufpatin gewesen war.

«Basilius, der Ältere, scheint einen guten Kopf zu haben.»

Thea erinnert sich an einen Knaben mit dunklem Haar, einem runden Gesicht. Basilius war vierzehn, als sie Konstantinopel verließ, zwei Jahre älter als sie. Er sprach wie ein Stallknecht, und manchmal roch er auch wie einer. Nur wenn er im Sattel saß, glaubte man, dass er der Sohn eines Kaisers war. Thea hat nie einen besseren Reiter gesehen, und auf dem Polofeld trug seine Mannschaft stets den Sieg davon.

«Obwohl er sich nicht sehr kaiserlich benimmt», plaudert der Herzog weiter.

Auch Thea hat gehört, dass Basilius das Hofzeremoniell missachtet.

«Aber sein verschnittener Kanzler wird ihn keinen Fehler machen lassen», grinst Hugo.

Thea denkt an Stephanos' neidische Bemerkungen; am Hof von Konstantinopel haben seinesgleichen die obersten Ämter inne.

«Er hat den Senat fest in der Hand», berichtet der Herzog von Franzien. Er ist besser informiert als sie selbst.

Atemlos hält Thea vor der Kanzleitür inne; sie ist zu spät. Drinnen liest Hildibold etwas vor. Sie hat nicht bemerkt, wie die Zeit verging, während sie sich mit dem Herzog von Franzien unterhielt.

«... versetzen unsere Bauern in Angst und Schrecken, plündern, vernichten –», der Kanzler verstummt, als Thea den Raum betritt. Sie sucht nach einem Platz. Einer der Notare springt auf, sein Stuhl schlägt gegen die Wand, mit rotem Kopf setzt sich Thea. Auf ein Nicken des Kaisers liest Hildibold weiter.

«Was wir der Erde trotz Hitze und Kargheit abgewinnen ...» Unauffällig schaut Thea sich um; Otto medius sitzt neben dem jungen Bernward, von ihr abgewandt. «... und lassen uns mit ihren Damaszener Schwertern und ihrem falschen Gott nicht nur um unser Leben, sondern auch um unsere Seele bangen.»

Die Sarazenen. Seit Jahren bedrängen sie die Gebiete im Süden Italiens, die Konstantinopel unterstehen. Basilius lässt es geschehen. Er mag den Senat in der Hand haben, aber nicht das Heer, zwei seiner Generäle haben sich bereits gegen ihn erhoben. Thea überlegt, ob Hugo von Franzien auch darüber Bescheid weiß.

«... und mit dem Tod unseres geliebten Vaters, der dem Euren so treu ergeben war ...»

Thea horcht auf, im nächsten Satz bestätigt sich ihre Befürchtung. Pandulf von Benevent ist gestorben, der Kampfgefährte ihres Schwiegervaters. Thea blickt zum Kaiser; sein Gesicht ist ausdruckslos.

«Ein großer Verlust», sagt er, als Hildibold geendet hat. Pandulf wurde nicht nur wegen seines rechteckigen Schädels «Eisenkopf» genannt, sondern auch, weil er seine Gebiete an der Südgrenze des Reichs mit eiserner Beharrlichkeit zu verteidigen verstand. «Nicht zu ersetzen», fügt der Kaiser hinzu; er kennt Pandulfs Söhne.

Die Männer in der Kanzlei schweigen; Otto medius liest etwas, das Bernward auf seine Wachstafel geschrieben hat. Thea vernimmt eine Stimme. Sie scheint aus ihrem Kopf zu kommen, so vertraut klingt sie, doch auch die andern hören ihr zu. Thea dreht sich nach dem Sprechenden um, und mit einem Schaudern erkennt sie die hohe Stirn, die schmale Nase.

Johannes Philagathos nannte er sich, der das Gute liebt, der Tugend dient – und später behauptete er, die Kaiserin selbst habe ihn an den fränkischen Hof geholt und – noch bevor wir die Alpen überquerten – zum Kanzler von Italien gemacht. Dabei besaß er nicht mehr als die Kutte auf seinem Leib, als er unter den Bettlern vor der Küche stand. Ich weiß nicht mehr, wann und wo, nur noch wie bekannt sein Gesicht mir erschien.

Neun Mal hatte sich der Himmel um uns gedreht, seit wir Konstantinopel verlassen hatten. Ich hätte nicht mehr sagen können, auf welchem Weg man am schnellsten oder unauffälligsten von der Magnaura, der kaiserlichen Empfangshalle, zum Senat gelangte, oder welche der in der Marmorwand verborgenen Türen des Triconchos, unter dessen muschelförmigen Kuppeln der Kaiser mit seinen Gästen speiste, zu den Gemächern der Kaiserin führte. Die Gesichter der Menschen, die wir geliebt hatten, waren zu hellen Flecken verblasst, die Züge, die der Hass uns ins Gedächtnis gebrannt hatte, zu leeren Fratzen geworden. Der Anblick der hohen Stirn, der schmalen Nase weckte nur einen Gedanken in mir: einer von uns. Er antwortete mir in dem etwas tonlosen Griechisch, das im Süden Italiens geredet wird, und ich hieß die Mägde, ihm zu geben, worum er bat.

Nicht nur aus Franzien waren Gesandtschaften angereist, um dem Kaiserpaar in Rom an jenem Osterfest ihre Ergebenheit zu bezeugen, und während die Fürsten auch dem Thronfolger huldigten, in dessen Adern das Blut des Westens und des Ostens floss, dünkte es manchen wohl nicht mehr undenkbar, dass die Stadt auf den sieben Hügeln dereinst wieder der Mittelpunkt eines römischen Reiches sein werde. Aber ich muss gestehen, dass vor allem das Gefolge Herzog Hugos meine Aufmerksamkeit auf sich zog, nicht wegen der Vorreiter mit den federgeschmückten Helmen, der kurzgeschürzten Pagen, die ihn bedienten, oder den Saucen-, Suppen-, Geflügel-, Wild-, Süßspeisen- und anderen Köchen, die mich aus ihren Töpfen kosten ließen, sondern weil unter den Äbten und Bischöfen, die den Franzier begleiteten, auch Dietrich von Metz war.

Es hat sich nie ein Beweis gefunden, der in den Augen des Kaisers, der allem Ungreifbaren misstraute, Bestand gehabt hätte, aber ich hatte Antares, den Widerpart des Mars, über viele Nächte im Sternbild des Skorpions glühen sehen, und ich wusste, wie der sich in Ritzen und Winkeln zu verkriechen verstand. Der Bischof von Metz hatte den Hof – nicht ohne Eile – verlassen, bevor der rote Heinrich in Haft gesetzt worden war. Es gab keinen Zweifel, dass er an dessen Verschwörung beteiligt war, und jeder am Hof wusste, dass er meiner Basileia nur Verachtung entgegenbrachte. Beunruhigt beobachtete ich, wie Dietrich sich wieder in Adelheids Nähe einnistete. Er war noch dünner geworden mit den Jahren, sein Gesicht noch fahler, und er glitt wie ein Schatten hinter der Kaiserwitwe durch die Gänge der römischen Paläste.

Natürlich versuchte ich die Basileia vor dem giftigen Kriecher zu warnen. Allein, sie stand ganz im Licht des Osterfestes, des letzten großen Hoftags, den sie an der Seite ihres Gemahls und in Gegenwart ihres Geliebten erleben würde, und während der eine sich mit der Anmut ihres Verstandes brüstete, zauberte der andere ein Lächeln auf ihre Lippen, wenn er es auch – das sah ich wohl – mit zerrissenem Herzen tat. Es war nicht leicht für den Schwaben, die

Gemahlin seines Freundes, seines Kaisers, zu lieben, denn nach den Sitten der Franken gehören die Frauen so wie die Pferde allein ihren Herren. Sie bestimmen über ihr Leben und ihren Tod und betrachten auch ihre Seele als ihren Besitz. Otto medius wusste, dass er ein Gebot übertrat, das älter war als sein Glaube, doch er konnte nicht verhindern, dass die Blicke und auch die Hände der jungen Kaiserin nach ihm suchten.

So blieb es mir überlassen, Dietrich von Metz im Auge zu behalten, und ich nutzte das Netz von Zuträgern – Dienern, Zofen, Kaplänen –, das ich über die Jahre am Hof geknüpft hatte. Meine Achtsamkeit galt dem ränkeschmiedenden Skorpion, und ich gewahrte nicht, wie sich der stille, doch unbeirrbare Fisch derweil allmählich zwischen Steinbock und Widder schob.

Er musste sich unter die Kanzlisten oder die Kapläne gemischt haben, der tugendliebende Johannes. Ich weiß nicht, welche Aufgaben er am Hof bekam, welche er sich nahm. Am Osterfest in Rom jedenfalls wunderte sich niemand über seine Gegenwart. Ich war sicher, seine Fremdartigkeit würde ihm wie mir selbst Grenzen setzen. Erst als ich den tonlosen Klang in gewissen griechischen Wörtern der Basileia gewahrte, kam mir der Gedanke, dass ihm gerade diese einen Weg geebnet hatte. Da waren wir bereits in dem Sommerpalast, den man in aller Eile in der Kühle der Berge östlich von Rom errichtet hatte. Die Osterfeierlichkeiten waren vorüber, die Gäste abgereist, und der Zwist gärte wieder in der kaiserlichen Familie.

Der Feldzug

Rocca de Cedici, im August 981

«... und Bischof Gisiler von Merseburg bittet um die Gnade, Euch zu sprechen», schließt Hildibold die Liste der anstehenden Geschäfte.

Der Kaiser öffnet die Fensterläden und blickt auf die sonnenverbrannten Hügel hinaus; kein Hauch regt sich.

«Wegen Adalberts Nachfolge», fügt der Kanzler hinzu.

Otto nickt. Es ist erst Morgen, und schon jetzt lähmt die Hitze seine Gedanken. Er hat es sich kühler vorgestellt in den Bergen.

«Ihr habt den Antrag der Magdeburger gesehen?», forscht Hildibold weiter.

«Ja.» Otto wendet sich um. Im Juni ist Erzbischof Adalbert von Magdeburg gestorben. Nun hat die Stadt Othrich zu seinem Nachfolger gewählt, obwohl Adalbert sich vor seinem Tod gegen ihn ausgesprochen hat. «... und das Ziel der Philosophen doch genau die Suche nach der Kürze ist.» Schmunzelnd erinnert sich Otto an die Disputation; Othrich verstand es, sich Feinde zu machen.

«Gisiler ist besorgt, dass –»

Ohne ein Klopfen geht die Tür auf, und Hildibold verstummt. Die Wärme flutet in den Raum.

«Mein Sohn.» Adelheid strebt, von drei Hofdamen gefolgt, auf Otto zu und küsst ihn auf die Wange. «Ihr könnt gehen», befiehlt sie dem Kanzler.

«Mutter!»

Hildibold zögert, aber auf ein Nicken des Kaisers zieht er sich zurück.

«Die Sarazenen haben zwei weitere Klöster überfallen!» Die Hofdamen fächeln der Mutter mit flaumigen Wedeln Luft zu. «Es kümmert sie nicht, wem das Land untersteht. Sie halten sich an keine Grenze, kein Abkommen, und wenn du nicht bald...»

Otto betrachtet das Gesicht der Mutter. Ein Geflecht aus feinen Falten spannt sich um die Augen, sie ist gealtert in den Jahren, in denen sie nicht am Hof war. Aber da sind immer noch der klare Blick, der entschlossene Zug um ihren Mund; manchmal erinnert sie ihn an Thea. «... und du schuldest es deinem Sohn.» Seit dem Wiedersehen in Pavia redet die Mutter vom Süden Italiens. «Dein Vater hat im Jahr deiner Geburt die Ungarn besiegt. Nun ist es an dir, den arabischen Heiden Herr zu werden, und die Gebiete, die uns zustehen, für deinen Sohn in Besitz zu nehmen.» Otto denkt an die prallen Ärmchen seines Sohnes, das Gesichtchen, in dem Freude und Trauer von einem Augenblick zum nächsten wechseln können. «Schließlich hast du die Griechin nicht umsonst geheiratet», schließt Adelheid.

Otto schweigt. Seine Mutter hat stets darauf beharrt, dass Thea auch Kalabrien von ihrem Onkel als Mitgift bekommen habe, aber sein Vater hatte nie versucht, den Anspruch einzufordern.

«Seit Pandulfs Tod werden die Plünderer immer frecher. Selbst in Rom fürchtet man sich vor ihnen», beginnt die Mutter aufs Neue. «Und wenn du sie jetzt zurücktreibst, kannst du gleichzeitig...»

Otto wendet sich ab, das Fächeln der Hofdamen macht ihn schwindlig. Die Mutter ist nicht die Einzige, die den Zeitpunkt für günstig hält, Kalabrien einzunehmen. Auch Herzog Hugo von Franzien meinte, der neue Kaiser in Konstantinopel sei zu schwach, um sich im Süden Italiens auf eine Auseinandersetzung einzulassen.

«Es ist nur natürlich, dass Italien unter einer Krone vereint ist.» Der Schweiß rinnt Otto unter der Tunika über den Rücken, seine Mutter redet noch immer. «Unsere Pflicht vor Gott und vor unserem Volk …»

«Ich werde mich beraten lassen», unterbricht Otto sie.

«Von deinem Kanzler?», fragt Adelheid abschätzig.

«Von allen – von Willigis», fügt Otto hinzu, erleichtert, dass ihm der mächtige Erzbischof von Mainz eingefallen ist.

Tatsächlich scheint die Mutter damit beruhigt. Sie beginnt von ihrem Enkel zu reden, dessen Erziehung Dietrich von Metz übertragen werden soll, bis eine der fächelnden Hofdamen sie erinnert, dass es Zeit für das zweite Morgengebet ist.

«Gisiler ist sehr besorgt …», setzt Hildibold an, als er den Raum wieder betritt.

An Willigis, Erzbischof von Mainz
Du scheinst entschlossen, meine Wünsche zu
missachten. «Zum Schutze des Reiches und der
kaiserlichen Familie», schreibst Du in Deinem letzten
Brief und zwingst mich damit, Dir zu antworten.
Gerbert, der Dich offenbar über die Vorgänge am Hof
informiert hat, ist nach dem Osterfest und noch vor der
Synode im Lateran mit Bischof Adalbero nach Reims
zurückgekehrt, um seine Angelegenheiten zu ordnen.
Der Kaiser, mein Bruder, war so beeindruckt von seiner
wortreichen Gelehrsamkeit, dass er ihn als Abt nach
Bobbio schicken wird, um dort nach dem Rechten zu
sehen.
Dass sich die Magdeburger gegen den Willen des
verstorbenen Adalberts nun Othrich als Nachfolger
ausgesucht haben, wirst Du lange vor uns gehört haben.

Gisiler versucht die Wahl hier am Hof mit allen Mitteln zu hintertreiben. Merseburg war ihm stets zu wenig, und wenn sein Bistum demjenigen von Magdeburg einverleibt wird, kann er selbst dort Erzbischof sein. Er behauptet, der tote Adalbert sei ihm im Traum erschienen und habe ihn vor Othrich gewarnt. Ich zweifle nicht, dass der Bucklige die Sache für sich entscheiden wird, wenn nicht durch seine Träume, dann mit seinem Geldbeutel. Tausend Pfund Gold soll er Dietrich von Metz geboten haben, wenn dieser meine Mutter für seine Ernennung gewinnt, und auch dem Papst, munkelt man, habe er sich nicht nur zu Füßen geworfen, sondern auch die Taschen gefüllt.
Aber das ist es wohl nicht, worüber Du «zum Schutze der Reichs und der kaiserlichen Familie» von mir Auskunft verlangst; Du willst wissen, was den Kaiser in Italien hält. Tatsächlich mehren sich seit Pandulfs Tod die Nachrichten von den Überfällen der Sarazenen. Jeder am Hof redet davon, und meine Mutter, die nie aufgehört hat, sich als Königin Italiens zu sehen, drängt den Kaiser, ein Aufgebot an die Fürsten zu erlassen, um ein Heer zu versammeln. Dennoch scheint mir die Absicht, gegen die Heiden zu ziehen, nicht fassbarer als das Flimmern der Sonne auf den verbrannten Hügeln. Ja, alles, was uns in diesem Sommer bewegt, kommt mir flüchtig vor, und die Hitze schwächt auch unseren Willen. In den hellen Nächten wandern meine Gedanken in die Vergangenheit zurück. Es war nur ein Augenblick in unserem Leben, ein paar Tage, in denen wir gegen alle Vernunft zu hoffen wagten – ein Traum, Willigis. Wir sind die Wege gegangen, die uns bestimmt waren. Wir konnten nicht anders, jung, wie wir waren, und es war gut so. Aber die Sehnsucht –

«Es ist unfassbar!»

Otto fährt in seinem Sessel hoch, er muss eingedöst sein. Thea steht vor ihm.

«Alle, alle hast du gefragt, nur mich nicht.» Ihr Gesicht ist zornverzerrt. «Hildibold, Dietrich, Otto medius, Mathilde und deine Mutter natürlich.»

Otto versucht aufzustehen, aber er klebt an dem ledernen Sitz.

«Die hat dir wohl auch diese Idee in den Kopf gesetzt. Gegen die Sarazenen ziehen – wie stellst du dir das vor? Glaubst du, die lassen sich von ein paar sächsischen Soldaten beeindrucken, so wie Lothar? Weißt du nicht, wie stark die Emire sind, wie mächtig das arabische Reich ist? Und meinst du, Konstantinopel werde zuschauen, wie du Kalabrien besetzt?»

«Es heißt», Otto erhebt sich mit einem Ruck, «der neue Kaiser sei schwach.» Die Tunika haftet an seinem verschwitzten Leib.

«Das tut nichts zur Sache. Jeder seiner Generäle ist stärker als du, und dein Angriff wird sie einigen.»

«Sie lassen die Sarazenen gewähren», wendet Otto ein.

«Die Sarazenen plündern nur. Sie haben Sizilien, Spanien …»

«Es ist so heiß.» Otto wischt sich über die Stirn.

«Warum steht dann das Fenster offen?» Thea schließt die hölzernen Läden.

«Ich dachte, ein wenig Luft …»

«Du musst die Kühle nachts hereinlassen.»

Otto betrachtet seine Frau, die Hitze macht ihr nichts. «Es war nicht meine Absicht, dich zu übergehen», verteidigt er sich.

«Du hast auch an Willigis geschrieben?», fragt Thea ruhiger.

«Noch nicht.»

«Ich dachte –» Thea zögert. Mathilde hat gesagt, Willigis wisse von Ottos Vorhaben; jemand anderer muss ihm darüber berichtet haben.

«Alle haben sich für einen Feldzug ausgesprochen», erklärt Otto noch immer entschuldigend.

Thea setzt sich auf die Truhe, die neben dem Fenster steht.

«Du kennst die Araber nicht», seufzt sie. «Wir – ich meine, die Kaiser von Konstantinopel – kämpfen seit Jahrhunderten gegen die Kalifen. Ihre Krieger fürchten sich vor nichts. Sie sind überzeugt, Gott werde im Paradies all ihre Gelüste stillen, wenn sie für ihren Glauben sterben. Sie sind unberechenbar. Und selbst wenn es dir gelingen würde, sie zu vertreiben, wäre da immer noch Basilius mit seiner Flotte, dem flüssigen Feuer.»

Otto erinnert sich an Berichte über die berüchtigte Waffe der Griechen, ein brennendes Öl, das auf die gegnerischen Schiffe gegossen wird und auch im Wasser nicht erlischt.

«Und das alles für ein paar steinige Felder …» Thea sieht das Gesicht mit der hohen Stirn, der schmalen Nase vor sich. Wie eindrücklich Johannes Philagathos die Armut der Leute in seiner Heimat beschrieben hat, die Höhlen, in denen sie hausen, ihre hungernden Kinder.

«Sie gehören zu Italien», stellt Otto fest.

«Aber nicht zu deinem Reich, nicht zum Reich deines Vaters», beharrt Thea.

«Karl der Große …», beginnt Otto.

Die Sätze gleiten an Thea vorbei, sie fühlt sich mit einem Mal müde.

‹Ich weiß nicht, wie es kam, dass der Kaiser zum Kampf gegen die Heiden aufrief. Ich kümmerte mich um den kleinen Otto. Die Kaiserin hatte mir verboten, ihn tagsüber aus dem Haus zu lassen. Seine Haut, sagte sie, sei zu hell, um die Sonne zu ertragen, und er quengelte in dem stickigen Raum, weinte sich in einen unruhigen Mittagsschlaf. Erst in der Dämmerung, wenn die Stimmen im Hof wieder lauter wurden, brachte ich ihn hinaus. Manchmal füllte ich einen Kübel am Brunnen, setzte ihn davor, und er schlug mit seinen kleinen Fäusten hinein. Line sagte, es sei Verschwendung in der Trockenheit, aber er jauchzte, wenn ihm das Wasser ins Gesicht spritzte. An einem Abend ließ ich ihn ein Stück weit den Pfad hinaufgehen, der in die Berge führt. Ich hielt ihn an seinen Händchen, und er setzte Fuß vor Fuß, bis er das weiße Zicklein sah. Mit einem Freudenschrei ließ er mich los und machte seinen ersten Schritt.

Ich habe viele Kinder zur Welt gebracht, aber nie eines wachsen sehen. Jeden Tag lernte der kleine Otto in jenem Sommer etwas Neues, und ich entdeckte die Welt mit ihm. Als wir im Herbst nach Rom zurückkehrten, aß er bereits mit seinem eigenen Löffel.

Die alte Kaiserin war mit ihrer Tochter, der Äbtissin Mathilde, nach Pavia zurückgekehrt. Eine Weile hatte es geheißen, die junge Kaiserin und der kleine Otto würden sie begleiten, doch dann reisten sie ohne uns ab. Mir war es einerlei. Ich befolgte die Befehle, die man mir gab. Wenn sie mir allzu unsinnig erschienen, vergaß ich sie, oder ich stellte mich dumm. Der Hohn der andern störte mich nicht.

Kurz nach unserer Ankunft in Rom begannen die ersten Soldaten einzutreffen: hundert Panzerreiter vom Bischof von Straßburg, vierzig vom Bischof von Worms, zwanzig schickte man uns aus Speyer, zwanzig führte der Abt von Murbach an. Aus Franken, Lothringen, Bayern, Schwaben und aus Sachsen natürlich kamen Truppen, und der bärtige Jakob sagte, der Kaiser habe noch nie ein so großes Heer angeführt. Wir zogen südwärts. An die Namen der Orte kann ich mich nicht mehr erinnern, aber als es hieß, wir würden Weihnachten in Salerno feiern, horchte ich auf. Ich hatte nicht gedacht, dass ich die Stadt, von der Trota mir so viel erzählt hatte, eines Tages mit eigenen Augen sehen würde.›

Vor Salerno, Ende November 981

Johannes Philagathos steckt die Hände in die Ärmel seiner weißen Kutte. «Einen neuen Freund zu gewinnen ist besser, als einen alten Feind zu besiegen», übersetzt der junge Bernward.

Der Kaiser betrachtet Johannes. Thea hat darauf bestanden, dass ihr Berater angehört werde. Der Mönch mit seinen ausgemergelten Zügen scheint in jeder Hinsicht das Gegenteil des fetten Sterndeuters, und was er in leisem Griechisch über Salerno und dessen Herrn erzählt, klingt überzeugend. Dennoch stört Otto etwas an dem Mann.

«Das Kastell ist nie zuvor eingenommen worden, und der Prinz wird die Stadt bis zum letzten Blutstropfen verteidigen. Auch wenn Eure Soldaten ihn zum Schluss unterwerfen, wird sein Widerstand einen Zweifel in ihnen säen, der ihnen, der das ...» Bernward sucht nach Worten.

«Manso von Amalfi hat Jahrzehnte darauf gewartet, auch Salerno zu besitzen», erklärt Thea ungeduldig. «Er hat sich in Konstantinopel eingeschmeichelt, sich zum Patrikios, zum Feldherrn, machen lassen, in der Hoffung, die Stadt zu bekommen. Wäre Pandulf nicht gewesen, hätte Manso Salerno schon viel früher eingenommen.»

Otto nickt. Die Söhne des Eisenkopfs hatten die Stadt

nicht halten können, und Manso hat sich seinen Wunsch erfüllt. Johannes ergreift wieder das Wort.

«Im Kampf gegen einen großen Gegner ...», beginnt Bernward, aber Otto hebt die Hand. Die Belagerung von Salerno dauert schon zu lange. Die Leute murren, sie seien nicht dafür nach Italien gekommen. Auf Ottos Zeichen beginnt Hildibold zu schreiben. Die kaiserliche Anerkennung wird den eigenmächtigen Manso nicht nur dazu bringen, ihnen die Tore der Stadt zu öffnen; er wird auch den Feldzug gegen die Sarazenen unterstützen müssen. Während Otto diktiert, sieht er, wie Thea Johannes zunickt.

Was sich offenbart, verhüllt sich auch, und je länger wir den nächtlichen Himmel betrachten, umso trügerischer wird sein Funkeln. Wie die Sterne folgt das Leben seinem Lauf, ob wir ihn kennen oder nicht. Wir können daran nichts ändern, und manchmal kündigt sich das Gute im Schlechten, das Schlechte im Guten an. Wo Mars sein feuriges Schwert erhebt, steigt Venus schaumbedeckt aus den Fluten.

Der Prinz von Salerno scheute keine Mühen, dem Kaiser seine neugefundene Treue zu beweisen, und wir lebten gut in seiner Stadt. Die Orangenbäume blühten, im Hafen roch es nach Ingwer und Safran, und von einem Händler in einem Hinterhof kaufte ich Seide für einen neuen Kaftan. Nirgendwo nördlich der Alpen sind die Buden und Läden der Kaufleute so reich bestückt wie in Italien. Dietrich von Metz hatte den Hof verlassen, um den buckligen Gisiler, den frischgewählten Erzbischof, nach Magdeburg zu begleiten. Von den Zinnen des Kastells blickte ich über die blaue Bucht und fühlte mich wie ein Schmetterling aus seiner Verpuppung schlüpfen, als die Schiffe der Augsburger im Hafen anlegten.

Sieben Jahre waren vergangen, seit ich Henner gesehen hatte. Ich versuchte mir vorzustellen, wie die Zeit ihn verändert hatte, sein Gesicht unter dem vernarbten Schädel, seinen vom Feuer gezeichneten Leib. Doch als er dann vor mir stand, sah ich nur seinen Mund, fühlte seinen Blick auf mir, und mein Körper erkannte den seinen. Die Lust hat viele Namen; und für den, der sie weckt, mag sie größer sein als für den, der sie stillt. Einst hatte ich mich nicht ohne Absicht auf die Künste besonnen, die man uns Beschnittenen in Konstantinopel beibringt, und Heinrich von Greisenhausen, der durch eine List Bischof von Augsburg geworden war, hatte es mir vergolten. Aber als alle Rechnungen beglichen waren, blieben wir, verbrannt und verschnitten, in unserer Versehrtheit verbunden. In dem Winter in Salerno trafen wir uns wieder, vom gleichen Verlangen erfüllt, und die Tage reihten sich wie Perlen aneinander, die Nächte waren ganz aus Silber.

Eine berauschende, ja betäubende Begeisterung hatte den fränkischen Hof erfasst. Jeder von uns baute auf den Sieg, er war nur eine Armeslänge entfernt, und er würde uns zu denen machen, die wir schon immer sein wollten. Gisiler und Dietrich kehrten zurück, als die Nachricht von Othrichs Tod sie erreichte. Ohne den Widersacher war ihnen Magdeburg sicher, es konnte warten, und auch sie wollten am Triumph des Kaisers teilhaben. Henner sprach von Augsburg, als würden wir gemeinsam dorthin zurückkehren, und die Stadt, in der man nicht aufgehört hatte, ihm zu misstrauen, würde ihn endlich wie einen der ihren empfangen. Alles schien möglich, wenn Italien erst ganz in der Hand des Kaisers war. Selbst meine Basileia, die sich wenige Monate zuvor noch mit jedem Gedanken gegen den Feldzug gewehrt hatte, wurde vom Strom erfasst, und es war nicht nur eheliche Treue, die sie dazu bewog, die Entscheidung des Kaisers mitzutragen. Selbst in den Fluten treibend, überlegte ich mir nicht, was andere mitzog, doch hätte ich es getan, hätte ich tausend Gründe gefunden, weshalb sie ihre Meinung geändert hatte: die Ansprüche ihres Sohns, das Vertrauen ins Gelingen. Erst später erfuhr ich, dass ein Einziger sie überzeugt hatte: der die Tugend fördernde Johannes, der sich mit seinen leisen Worten wie ein Wurm in die Köpfe der Menschen fraß.

Von Prinz Manso begleitet, verließen wir Salerno zu Beginn des neuen Jahrs. In Matera sahen wir die Gräber derer, die von den Sarazenen getötet worden waren. Nur wenige hausten noch in den Höhlen, und die weigerten sich, sie zu verlassen. Wir bedauerten die Überlebenden für ihren Verlust und ihre Furcht und versprachen ihnen, sie zu rächen. In Tarent erzählte man uns, wie man das, was die Araber zerstört, mit Hilfe des Kaisers von Konstantinopel wiederaufgebaut hatte, nur um erneut gebrandschatzt zu werden. Mit Wehmut fast hörte ich Nikephoros' Name, dessen Untergang mich einst gezwungen hatte, die Stadt am Goldenen Horn im Gefolge der jungen Basileia zu verlassen.

Wir lagerten das ganze Frühjahr vor Tarent. Mit allen Getreuen war der Hof so angeschwollen, dass er keinen Platz fand in der Zitadelle zwischen den zwei Meeren, und die Herren der Stadt waren wohl froh, uns nicht in ihrer Mitte zu haben. Der Wein, den sie uns schickten, war süß wie der in meiner Heimat, und wir aßen die Feigen aus ihren Gärten. Mittags wehte manchmal der Gestank der Färberhütten vom Strand herauf. An keiner anderen Küste Italiens findet sich die Purpurschnecke so zahlreich. Die Tarentiner kochen die schleimigen Drüsen, die sie aus den Weichtieren schneiden, in Urin und türmen die leeren Schalen zu einem Berg. Henner und ich trafen uns in den Gassen unter der Zitadelle. Sorglos streiften wir über die Plätze, auf denen einst die berühmten Philosophen disputiert hatten. Es störte sich niemand an uns. Ost und West waren hier schon immer verschmolzen, und eines Nachmittags kaufte Henner mir bei einem schwarzhäutigen Händler einen Ring mit einem Opal, in dem alle Farben schimmerten.

Mit Tarent hatte der Kaiser auch die letzte der italienischen Städte eingenommen, und er nannte sich «Romanorum imperator augustus» nun, erhabener Kaiser der Römer. Über zweitausend Panzerreiter hatten die Fürsten ihm auf sein Aufgebot geschickt. Wir warteten voller Ungeduld auf die Kunde der Späher. Doch der Emir von Palermo wich vor uns zurück, und als der Sommer anbrach, folgten wir ihm tiefer in den Süden.

Der Hinterhalt

Rossano, im Juli 982

«Komm!» Thea streckt die Arme aus, und der kleine Otto läuft lachend auf sie zu.

«Sag: invictissimus augustus.» Das Lachen erlischt, der Junge presst die Lippen zusammen.

«Warum spricht er nicht?», fragt Thea ärgerlich. «Seine Schwestern haben alle gesprochen in seinem Alter.»

«Er versteht jedes Wort», verteidigt ihn Martje und streckt dem Kind ein Stück Süßholz hin, an dem es sofort zu kauen beginnt .

«Das nützt nichts, er muss reden. Ein Kaiser muss reden.» Mit einem Seufzen wendet Thea sich ab. «Bring ihn zu den Mönchen. Vielleicht lehren die ihn das Sprechen. Und schick den Bischof von Metz zu mir.» Sie beginnt in der Loggia auf und ab zu wandern, bis das ziellose Gehen sie an ihren Schwiegervater erinnert. Sie bleibt stehen und blickt auf die Küste hinunter. Ein gelber Dunst schwebt noch über den Hügeln im Süden, vom Heer ist nichts mehr zu sehen.

Drei Tage zuvor war die Nachricht gekommen, Abu al-Qasim habe den heiligen Krieg gegen den Kaiser ausgerufen und sei auf dem Weg nach Cotrone. Die Soldaten jubelten – Cotrone war keine zwei Tagesritte entfernt. Die Männer begannen sofort, sich zu rüsten. Auch die Gesichter der beiden Ottos leuchteten, und Thea verbarg die Zweifel vor ihnen, die plötzlich wieder an ihr nagten. Johannes Philagathos zeichnete die Umrisse der Bergfeste, in der die Sarazenen Stellung beziehen würden, auf eine Wachstafel und beschrieb ihr, wie einfach es sein werde, den Gegner auszuhungern. Seine Argumente waren überzeugend, und Thea schämte sich für ihren Kleinmut. Die Tage waren mit Vorbereitungen gefüllt; überall lagen Rüstungen, Schwerter, Schilde. Die Nächte verbrachte der Kaiser mit seinen Heerführern im Oratorium der Mönche, um für den Sieg zu beten.

Thea fährt sich über die Augen, vielleicht ist es auch nur der Dunst des Meeres über den Hügeln. Sie hätte Otto medius gern noch einmal allein gesehen, aber er war stets von Männern umgeben. Heute in der Morgendämmerung standen sie sich einen Moment lang gegenüber. Das Heer war zum Aufbruch bereit, der Kaiser saß bereits auf seinem Pferd, da nahm Otto medius sie vor aller Augen in die Arme. Unauffällig hatte sie den kleinen Bernsteinlöwen in seine Tasche gleiten lassen. «Νίκη!», flüsterte sie, mehr zu sich selbst, «siege!», und seine Lippen streiften ihre Wange.

Hinter ihr erklingt das trotzige Aufheulen des kleinen Otto, gleich darauf betritt Dietrich von Metz die Loggia. Thea hätte es vorgezogen, wenn Otto jemand anderen zu ihrem Schutz zurückgelassen hätte. Doch alle Männer wollten an dem Feldzug teilnehmen, auch Philagathos, und seine Ortskenntnisse würden dem Kaiser von Nutzen sein. Thea verschränkt die Arme. Sie wird sich mit dem hochnäsigen Bischof arrangieren, bis die Männer zurück sind. Es kann nicht lang dauern.

Capo Colonna, 13. Juli 982

Die Speerspitzen funkeln wie das Wasser. Es sieht aus, als habe das Meer die Feinde an Land gespült, und es scheinen immer mehr zu werden. Otto und seine Leute haben die Bergfeste von Cotrone vor dem Emir erreicht und sie eingenommen. Von dort rückten sie gegen die Sarazenen aus, die auf einem Kap südlich der Stadt Stellung bezogen hatten. Von seinem Aussichtspunkt auf der Anhöhe mustert Otto seine Truppen auf den Hügeln ringsum: Konrad, Richar, Berchthold, Otto, Bezelin – die Luft flimmert über ihren Köpfen. Otto spürt die Erregung auf seiner Haut. Mit einem kleinen Ruck hebt er den Arm zum Angriff.

Unendlich langsam setzen sich die Züge in Bewegung und gleiten die Hänge hinab. Lanzen, Helme, Schwerter; die Sarazenen rühren sich nicht. Die Luft ist von Geschrei erfüllt; in Otto ist es totenstill. Er erinnert sich an den Morgen im Wald von Memleben. Er hatte eine Hirschkuh auf einer Lichtung aufgespürt, die er erlegen wollte. Im letzten Moment hob sie den Kopf und statt in den Hals traf er sie in die Schulter. Sie flüchtete ins Gebüsch. Gleich darauf kam die Nachricht, sein Vater sei tot. Bis heute sieht Otto das blutende Tier durchs Unterholz straucheln, mit Schaum vor dem Mund verenden. Ein Pfeilschwarm sirrt durch die Luft, die Sarazenen stehen unverrückt, die kaiserlichen Soldaten sind nur noch Schritte von ihnen entfernt. Da ist das Gesicht seines Sohnes, die runden Wangen, das helle Haar. Die Gewissheit trifft Otto wie ein Schlag: Er wird ihn nicht wiedersehen.

Ein dumpfes Heulen schallt aus der Ebene herauf, und Otto braucht einen Moment, bis er begreift, dass es aus menschlichen Kehlen kommt. Eine Woge hat die feindlichen Speere erfasst, die Reihen lichten sich, brechen auseinander. Im Innern des arabischen Heeres bildet sich ein Kreis. Dort hat Otto zu Beginn der Schlacht den Emir auf seinem goldgepanzerten Schimmel ausgemacht. Ein Ruf löst sich aus dem Heulen. Das sind seine eigenen Leute. «Qasim ist tot!» Otto zieht die staubige Luft ein. «Herr im Himmel …», beginnt er, und seine Stimme zittert vor Freude.

Mit prüfendem Blick trabt Otto medius zwischen den Soldaten hindurch. Ihre Gesichter sind schweißbedeckt, einige helfen den Verwundeten, andere untersuchen die Waffen, die die Sarazenen auf dem Schlachtfeld zurückgelassen haben, Säbel, Speerspitzen; an manchen klebt Blut. Einer versucht, einen prachtvollen, schwarzen Hengst zu bändigen, aber das Tier bäumt sich immer wieder auf. Es riecht nach versengtem Leder.

Auf der Anhöhe zügelt Otto medius sein Pferd neben dem des Kaisers.

«Wir haben kaum einen Mann verloren», meldet er.

«Wie die Hasen sind sie geflüchtet», grinst der bärtige Jakob.

«Ich hätte nicht gedacht, dass es so einfach sein würde», gesteht Otto medius, «bei aller Zuversicht.»

Der Kaiser schweigt.

«Wisst Ihr, wessen Lanze den Emir traf?», erkundigt sich Hildibold, den erst die Siegesnachricht aus dem Heerlager gelockt hat.

«Es war ein Pfeil», erklärt Otto medius. «Einer von Mansos Schützen hat ihn in den Hals getroffen.»

«Der Grieche sagt, es sei eine Mahnung Gottes.» Bernward hat sich mit Johannes Philagathos zu ihnen gesellt. Die Wangen des Notars glühen von der Aufregung der Schlacht. Johannes sitzt unsicher auf seinem Pferd.

Otto blickt ihm ins Gesicht. «Eine Mahnung Gottes?» Für einen Augenblick sieht er die Hirschkuh vor sich.

«Dass Ihr den eingeschlagenen Weg weitergehen sollt», beginnt Bernward, doch Philagathos fällt ihm ins Wort: «Dass Ihr Italien von den Heiden befreit und Eurem Reich einverleibt.» Wie rasch der Mönch Deutsch gelernt hat. «Das ist der Wille Gottes. Gelobt sei der Herr.»

Die Männer bekreuzigen sich.

Otto medius prüft den Stand der Sonne. «Es ist erst Mittag. Wir können das Lager abbrechen und noch vor Einbruch der Dämmerung in die Bergfeste zurückkehren.»

«Entgegen der Mahnung Gottes?», fährt der Kaiser ihn an.

Otto medius zuckt zusammen. Sein Mund beginnt sich zu einem Grinsen zu verziehen, doch die Miene des Kaisers bleibt starr. «Wir werden den eingeschlagenen Weg weitergehen», erklärt er feierlich.

«Wohin? Der Emir ist tot, seine Leute geflohen. Schau dich um», Otto medius deutet auf die verwüstete Ebene. Am Strand sind noch vereinzelt Araber zu sehen, die Verwundete tragen, die Habe ihrer Gefallenen einsammeln. Der tote Abu al-Qasim ist von seiner Leibgarde in ein Boot geladen und aufs Meer hinausgerudert worden. Die beleibten Männer in ihren farbigen Umhängen erinnerten den Kaiser an Theas Astrologen, und er fragte sich, ob sie alle beschnitten seien.

«Wir werden so lange nach Süden ziehen, bis wir sicher sind, dass die Heiden unser Land verlassen haben, und auch das letzte Dorf weiß, welchem Kaiser es untersteht.»

«Romanorum imperator augustus», sagt Johannes Philagathos leise, und Bernward wiederholt es laut.

«Aber das kann Wochen dauern, Monate», wendet Otto medius ein, «in diesem unübersichtlichen Gebiet.» Er deutet auf die von braunem Dickicht bedeckten Hänge, die sich der Küste entlangziehen. «Und unsere Kundschafter sagten, das Heer des Emirs sei größer. Er habe auch Bogenschützen, Reitertruppen –»

«Wir ziehen nach Süden», herrscht der Kaiser ihn an.

«Aber –»

«Das ist der Befehl des römischen Kaisers.» Seine Stimme überschlägt sich.

«Ich werde dafür sorgen, dass Euer Heerlager abgebrochen wird, und Euch dann folgen», erklärt Otto medius mit einer kleinen Verbeugung und wendet sein Pferd.

Das Meer liegt bleiern in der Hitze, die Augen der Männer sind salzverklebt. Die Schlacht hat mehr Kraft gekostet, als sie in der ersten Siegesfreude meinten; der Zug kommt kaum voran. Der Kaiser vernimmt das Keuchen des bärtigen Jakobs hinter sich. Er will sich nicht umdrehen, er schaut auf den weißen Schweißrand, der sich am Hals seines Pferdes über dem Zügel gebildet hat; bei jedem Schritt des Rosses verschiebt er sich ein wenig. Mit einem Mal hört das Keuchen auf, Otto blickt hoch. Auf dem Strand vor ihnen glitzert etwas – ein Flusslauf? Oder ist es nur eine Spiegelung? Das Glitzern kommt näher. Otto blinzelt, es ist nicht möglich.

«Die Heiden», murmelt Jakob in seinem Rücken.

Einen Augenblick später sind Helme und Säbel zu erkennen; dann erreicht sie das Donnern der Hufe.

Der Lärm ist ohrenbetäubend, auf allen Seiten blitzen Waffen, Otto kann kaum atmen, so schwer ist die Luft. Er weiß nicht, wohin er sich wenden soll. Seine Leute drängen sich um ihn, er riecht ihre Angst. Jakob an seiner Seite schreit ihm etwas zu; die Narbe auf dem Gesicht des alten Soldaten ist dunkelrot.

Rossano, 16. Juli 982

«…der Lanzenträger Richar, die Grafen Gebehard, Kunimunt, Irmfrid, Arnold, Berchthold, Werinhar, zwei Bezelin, zwei Konrad…» Dietrich lässt das Pergament sinken.

«Und Otto?», fragt Thea angstvoll.

«Vom Kaiser steht nichts.» Dietrich überfliegt das Gelesene nochmals.

Thea wendet sich ab, sie wagt nicht, nach Otto medius zu fragen.

«Offenbar hat der Kaiser nach dem Sieg beschlossen, sogleich weiter nach Süden zu ziehen.» Warum?, wundert sich Thea, ohne etwas zu sagen. «Und die Sarazenen haben ihm aufgelauert. Bernward sagt …»

Während Dietrich weiterspricht, überlegt Thea, ob sie den Notar, der ihnen die schlechte Nachricht gebracht hat, selbst befragen will, aber sie kann es sich vorstellen: Der ungeordnete Zug der erschöpften Männer, die bluthungrigen Reiterhorden. Zu Dutzenden brachen die Sarazenen aus dem Dickicht der Hänge, nachdem das kaiserliche Heer am Strand zum Stillstand gekommen war, kreisten die Übertölpelten ein, metzelten sie nieder. «Sieg oder Tod», schrien die Araber, und beides war ihnen gleich willkommen. Wie konnte man einen solchen Angriff überleben?

«Wir müssen abwarten», sagt Dietrich, als habe er ihre Gedanken erraten. «Es liegt alles in Gottes Hand.» Thea hat den Bischof noch nie von Gott reden hören. Der kleine Otto fällt ihr ein, der von Martje in der Küche gefüttert wird, seine runden Wangen, das helle Haar, und einen Moment lang glaubt sie, ihr Herz stehe still.

Es ist lange nach Mitternacht, als die ersten Verwundeten eintreffen. Thea hat im Oratorium gewartet, ohne ein Gebet zu sprechen. Die Madonna der Mönche von Rossano erinnert sie an Konstantinopel, auch die Kirche, der Ort, und es kommt ihr wie eine Drohung vor. Nun steht sie da und weiß nicht, was sie soll. Die Mönche heben die Verletzten von den Wagen und betten sie auf das Stroh, das sie im Klosterhof ausgestreut haben. Thea sieht zerschnittene Gesichter, blutige Stümpfe. Martje geht zwischen den Männern hin und her, gibt Anweisungen. Sie hat ihren Rock in den Gürtel gesteckt, und ihre nackten Beine leuchten in der Dunkelheit.

‹Ich tat, was ich konnte, aber die arabischen Säbel hatten Glieder und Schädel wie Beile gespalten. In der Hitze begannen die Verletzungen zu eitern. Beim Angriff auf das Lager war der Hofarzt gefallen. Die Heiden schreckten vor nichts zurück, sie stachen auch die Pferdeburschen nieder, die Küchenjungen, manche waren nicht älter als zehn.

Die Salben und Wundpflaster, die ich in Salerno gekauft hatte, reichten nicht weit. Die Stadt ist zu recht für ihre Ärzte bekannt, und wie Trota sagte, sind auch Frauen darunter. In der Nacht in Rossano wünschte ich mir, ich hätte wenigstens einen Teil ihres Wissens. Die Mägde wuschen die Wunden aus. Die alte Line trieb sie an, dass ihnen Ekel und Angst vergingen. Die Schnitte konnte ich nähen, aber die Löcher in den Köpfen, den Leibern – die Mönche ölten die Sterbenden, und es kamen immer neue Verletzte …›

«Die Toten müssen sofort begraben werden», befiehlt Dietrich von Metz.

«Wir haben nicht genug Leute», stellt Thea fest. Sie stehen in der Küche, dem einzigen Ort, wo keine Verwundeten liegen. Mägde tragen Kessel mit heißem Wasser an ihnen vorbei, Line wärmt Wein mit Bilsenkraut über dem Feuer.

«Wenn sie nicht begraben werden, bekommen wir die Seuche», beharrt der Bischof.

«Ich weiß», entgegnet Thea ungeduldig.

«Die Mönche sollen Männer aus dem Dorf holen», fordert Dietrich.

Der kleine Otto schläft auf einer Decke am Boden, zusammengerollt wie ein Hund. Sie haben noch immer keine Nachricht vom Kaiser, und auch von Otto medius fehlt jede Spur. Thea versucht, nicht daran zu denken. «Ich werde selbst mit den Dorfobersten reden», beschließt sie.

Benommen geht Thea im Mondlicht zwischen den stöhnenden Körpern hindurch. Manchmal weiß sie kaum, wo sie hintreten soll, so dicht liegen die Verwundeten nebeneinander, und einige regen sich, versuchen nach ihr zu greifen. Sie verbietet sich, in ihre Gesichter zu schauen. Es stinkt nach Urin und Erbrochenem. Als Theas Kleid an einem verbundenen Fuß hängen bleibt, erfasst sie für einen Augenblick Panik.

Auch auf der Straße ins Dorf liegen Verletzte. Sie sieht Martje mit zwei Mönchen über einen Leib gebeugt, aus dem etwas Blutiges quillt. Neben Thea fährt ein Mann mit einem Schrei aus der Betäubung. Sie erkennt die roten Flecken auf seinem Schädel: Heinrich von Greisenhausen. Sie hat gehört, dass er gekommen ist, um mit hundert Reitern an der Seite des Kaisers zu kämpfen – zur Sühne wohl für seine Teilhabe an der Verschwörung des roten Heinrich. Aber sie hat den Augsburger nie unter den Heerführern gesehen. Greisenhausen sinkt auf sein Lager zurück, den Blick auf sie gerichtet. Sie zögert. Es gab eine Zeit, in der sie niemanden mehr fürchtete als den Narbigen; sie beugt sich zu ihm.

Der Oberkörper des Bischofs scheint unverletzt. Eine Pferdedecke liegt über seinem Unterleib. Sie wölbt sich auf eigenartige Weise; Thea dünkt es, die Flecken darauf werden größer.

«Martje wird gleich hier sein», sagt sie.

Der Mann starrt sie unverwandt an.

«Habt Ihr große Schmerzen?», fragt sie.

Ein schmatzendes Geräusch dringt aus seinem Mund. Thea blickt sich um.

«Ich werde Euch Wein bringen.»

Zum ersten Mal scheint der Bischof sie zu erkennen und wiegt den Kopf. Thea hält seinem verwirrten Blick stand. Er versucht etwas zu sagen. «Stephan», kommt endlich aus seinem Mund.

Thea überlegt, warum der Verletzte den Namen des Märtyrers nennt. Soll der sein Fürsprecher beim Allmächtigen sein? Oder hat sie ihn nicht recht verstanden?

«Was sagt Ihr?»

Greisenhausen hebt den Blick, als versuche er etwas am Nachthimmel zu sehen, und da begreift Thea. «Stephanos», sagt sie. War er damals nicht nach Augsburg gereist, bevor er ihr half, die Verschwörung des roten Heinrich aufzudecken? Der Narbige muss den Astrologen kennen, mehr vielleicht. Die Augen des Bischofs werden glasig. Wo ist Stephanos?

Benetnasch, Mizar, Megrez… Nacht für Nacht war ich Mars auf seinem Weg gefolgt, und ich hatte gesehen, dass er sich rötete. Aber von Venus betört, verstand ich es nicht. Henner hatte versprochen, mir eins der smaragdgrünen Tücher, die die Sarazenen trugen – zum Zeichen, dass ihnen das Paradies verheißen sei –, aus der Schlacht mitzubringen, als wir uns im Schutz der Felsen von Rossano voneinander verabschiedeten. Megrez, Phekda, Merak… Wir waren uns sicher, wir würden einander wiedersehen. Auch als die Nachricht von der Niederlage kam, fürchtete ich nichts. Sein Name stand nicht auf der Liste der Gefallenen. Er würde geschlagen, verwundet vielleicht, zu mir zurückkehren, und ich würde ihn mit all meinem Können pflegen. Das Schicksal hatte uns nicht zum zweiten Mal zusammengeführt, um uns nach ein paar Wochen wieder voneinander zu trennen. Ich wartete auf dem Dach der Loggia und zählte die Sterne der großen Bärin: Phekda, Merak, Dubhe … bis die Wachen am Tor seinen Namen ausrufen würden.

Thea fährt mit der Hand über die Lider des Toten. Langsam erhebt sie sich, eine Ewigkeit scheint vergangen. Nach einigen Momenten hört sie das Stöhnen der Verwundeten auf der Straße, riecht den Gestank wieder. Sie erinnert sich, dass sie die Leute im Dorf bitten wollte, die Leichen zu begraben. Und da ist etwas, das sie wissen muss – aber es tut zu sehr weh, daran zu denken.

Eine Gestalt kauert am Küchentisch, als Thea aus dem Dorf zurückkommt, und im ersten Moment meint sie, es sei der bärtige Jakob. Dann erkennt sie den schwarzen Schopf: «Otto!»

Er wendet sich um, und sie erschrickt. Erst allmählich findet sie die vertrauten Züge in der blutleeren Maske. «Otto», wiederholt sie, und eine Flut der Erleichterung durchströmt sie.

Mit einem Ächzen richtet Otto medius sich auf.

«Du bist verletzt!» Theas Blick irrt über seinen Körper, bis sie den blutverklebten Riss in seinem Ärmel unter der linken Schulter sieht.

«Es ist nur ein Säbelhieb.» Seine Stimme klingt fremd.

Thea beginnt die Wunde zu untersuchen. Die Morgensonne scheint in die Küche, als wäre es ein gewöhnlicher Tag.

«Der Kerl ist nicht weit gekommen. Ich habe ihn …»

Thea hört Ottos Zähne knirschen, während sie die Wunde betastet.

«Hol Martje», befiehlt sie der Magd, die mit einem Bündel blutiger Tücher in die Küche kommt. Thea denkt an

Stephanos, der am Straßenrand neben dem toten Heinrich von Greisenhausen hockt. Wie glücklich ist sie im Vergleich zu ihm. Sie streicht Otto über die Wange, und er versucht zu lächeln.

«Der Kaiser ...», beginnt er wieder ernst.

Der Kaiser, denkt Thea mit schlechtem Gewissen. «Was ist mit ihm?»

«Ich weiß es nicht. Ich kehrte ins Lager zurück, als er mit den anderen weiterzog, und während wir die Wagen beluden, ging ein Pfeilhagel auf uns nieder. Sie müssen es geplant haben. Die Speerträger, mit denen uns der Emir in der Ebene erwartete, waren nur ein Teil seiner Truppen. Die anderen hielten sich in den Hügeln versteckt, unter der Führung seines Sohnes Gabir, und der befolgte die Befehle seines Vaters auch nach dessen Tod.» Otto sinkt wieder auf den Hocker. «Oder vielleicht war auch das nur eine List.»

«Der Tod von al-Qasim?»

Otto medius nickt. Wie rasch hatte die Leibgarde den toten Emir weggetragen! Woher war das Boot gekommen, auf das sie ihn luden? Die Schlacht in der Ebene sieht in seiner Erinnerung plötzlich wie ein Spiel aus.

«Und der Kaiser?», fragt Thea.

«Es heißt, er habe sich mit seinem Pferd ins Meer gestürzt», berichtet Otto.

«Ins Meer gestürzt», fragt Thea ungläubig.

«Da war ein Schiff vor der Küste.»

«Ein Schiff?»

«Eine Salandria.»

«Eine Salandria», wiederholt Thea.

‹Unter den Letzten, die zurückkehrten, war der bärtige Jakob. Er trug einen jüdischen Rock, und sein Leib war von Schnitten bedeckt, aber er hatte die Schlacht überlebt. Er erzählte uns von dem Schiff. Er selbst hatte es gesichtet, als er mit dem Kaiser und dem griechischen Mönch den Meeresrand erreichte. Zu Fuß waren sie dem grausamen Gefecht entkommen, während unsere Soldaten sich in die Säbel der Sarazenen stürzten. Nun lag das Wasser vor ihnen, es blieb kein Ausweg. Doch da war ein Jude aus Lucca mit einem Pferd. Der Kaiser legte seine Waffen ab, wie der griechische Mönch ihm riet, und schwamm mit dem Pferd ins Meer hinaus. Das Schiff aber fuhr weiter, als hätte man den Verzweifelten nicht gesichtet, und der Kaiser drehte um und schwamm an den Strand zurück. Inzwischen war das Geschrei der Gemetzelten schwächer geworden. Die Sarazenen würden bald merken, dass der Kaiser geflohen war, und ihm nachsetzen. Da erschien ein zweites Schiff, genauso lang und schnell wie das erste, mit hundert Ruderern besetzt, und der Kaiser schwamm nochmals hinaus, von dem griechischen Mönch gefolgt, der sich in den Wellen in einen Fisch verwandelte. Diesmal hielt die Barke, und die Männer am Strand sahen, wie der Kaiser aus den Fluten stieg und in einem gleißenden Licht verschwand.›

Das Licht zittert über dem Meer. Eine Flamme formt sich darin, eine zweite, sie fließen ineinander, breiten sich aus, bilden einen Bug, ein Heck. Die Salandria brennt. Sie spiegelt sich im Wasser, auch das Wasser brennt. Eine glühende Woge erhebt sich –

Thea fährt aus dem Schlaf. Sie hat geträumt, immer wieder denselben Traum. Sie meint, das Harz und den Schwefel zu riechen, die man ins Öl mischt, bevor man es entzündet. Es gibt keine gefährlichere Waffe als das griechische Feuer. War es das, was die Männer vom Strand aus gesehen haben?

Die List

Vor der Küste, 17. Juli 982

«Sieg oder Tod!», riefen die Reiter, als sie die Hänge hinunterstürmten. Die Worte kreisen in Ottos Kopf. Sieg oder Tod. Er muss tot sein. Er spürt ein Schwanken, liegt er auf dem Grund des Meeres? Er erinnert sich, wie das Pferd des Juden unter ihm wegsank, er breitete die Arme aus, schwamm. Er hört das Rauschen von Wasser, Stimmen. «Basileus», sagt eine davon; sie reden Griechisch. Ein Vorhang wird weggezogen, Licht fällt auf ihn.

«Ihr seid erwacht, Herr.» Johannes Philagathos beugt sich über ihn. «Ihr dürft niemandem verraten, wer Ihr seid», flüstert er. «Der Kapitän wird mit sich reden lassen. Ich habe ihm gesagt, Ihr seid ein Kämmerer des Kaisers, und dass er ein Lösegeld für Euch bekommen wird.»

«Ein Kämmerer?», wundert sich Otto. Jetzt erinnert er sich, wie ihn die Männer an Bord der Salandria zogen. Er ist auf einem Schiff des Kaisers von Konstantinopel.

«Ihr müsst tun, als ob –»

«Der Herr Kämmerer ist erwacht!» Der Mann, der grinsend neben Philagathos tritt, muss der Kapitän sein; er spricht gebrochenes Italienisch.

«Ja», entgegnet Otto in der gleichen Sprache.

«Und wie fühlt Ihr Euch?», erkundigt sich der Mann.

Otto sucht nach Wörtern. Philagathos antwortet auf Griechisch. Der Kapitän hört ihm zu, entgegnet etwas, dann wendet er sich ab.

«Was sagt er?», will Otto wissen.

«Er glaubt uns nicht!»

Sie würden ihn nicht nach Augsburg zurückbringen, in die Stadt, in der sie ihn nie gewollt hatten, er stets der falsche Bischof geblieben war. Das schwor ich mir, als ich im Staub der Straße neben Henner hockte. Wie weich seine Züge geworden waren, und die Flecken auf seinem Schädel waren nur noch Linien. In der Ferne glitzerte das Meer. Es war unglaublich, dass Henner es nicht mehr sehen würde.

Ich machte keinen Hehl daraus, was er mir bedeutet hatte, und die Mönche von Rossano hatten Erbarmen mit uns. Wir begruben ihn auf dem kleinen Friedhof hinter dem Oratorium. Ich pflanzte einen Efeuspross auf das Grab, zum Zeichen unserer ewigen Freundschaft. In einem einzigen Tag hatte sich alle Freude in meinem Leben in Schmerz verwandelt.

«Ich bin es», bekennt der Kaiser, «meine Sünden haben mich in dieses Unglück gebracht.» Die italienischen Sätze klingen einstudiert, aber Johannes Philagathos nickt ihm unmerklich zu, und er spricht weiter: «Nun hört, was wir gemeinsam tun sollten.» Die Miene des Kapitäns ist voller Argwohn. «Ich habe die Besten meines Reichs verloren. Von diesem Schmerz getrieben, kann und will ich meine Länder nie wieder betreten. Ich werde mit Euch nach Konstantinopel kommen, und Euren Kaiser, meinen Bruder, bitten, mich aufzunehmen, in der Hoffnung, dass er mir in der Not ein Freund sein wird.» Der Argwohn im Gesicht des Kapitäns weicht Verwunderung. «Zuerst aber», fährt der Kaiser fort, «lasst uns Rossano anlaufen, wo meine Gemahlin wartet. Wir wollen sie und alles Geld – und ich habe sehr viel – holen und mit uns nehmen.»

Der Kapitän blickt von Philagathos zum Kaiser und wieder zurück. Dann lässt er die beiden stehen und geht zwischen den Reihen der Ruderer zum Steuermann im Heck des Schiffes.

«Wird er uns diesmal glauben?», fragt Otto leise.

Johannes Philagathos hebt die Schultern, ohne den Kapitän aus den Augen zu lassen. «Wir werden es gleich wissen», murmelt er.

Der Steuermann ruft einen Befehl.

Rossano, 20. Juli 982

«Ich stimme der Kaiserin zu», meint Dietrich von Metz. «Es hat keinen Sinn, etwas zu unternehmen, bevor wir nicht wissen, was mit dem Kaiser geschehen ist.»

Otto medius sitzt in einem Sessel in der Loggia. Sein linker Oberarm ist verbunden. «Sie werden den Kaiser als Geisel nehmen, wir brauchen Hilfe, mehr Truppen», widerspricht er.

«Die Salandria muss schon fast in Konstantinopel sein», wendet Thea ein. «Sie ist schneller als jedes andere Schiff.»

«Was werden sie dort mit unserem Kaiser machen?», fragt Hildibold, der wie durch ein Wunder unversehrt aus der Schlacht zurückgekehrt ist.

Thea denkt an die vom Licht unzähliger Kandelaber erfüllte Empfangshalle des Kaisers, die mit Marmor ausgelegten Plätze, die Mosaiken der Dromedare und des Dattel pflückenden Affen auf dem Weg zum Hippodrom.

«Sie werden ihn gefangen setzen», antwortet Dietrich von Metz, «so wie Liutprand damals. Er hat es in seiner *Legatio* beschrieben: in einem zugigen Schuppen, Hitze und Kälte ausgesetzt, Wind und Regen, von bewaffneten Sklaven bewacht, ohne Wasser, und der Wein, den sie ihm gaben, war mit Pech und Gips vermischt», der Bischof schaudert, «die Speisen von einer öligen Fischlake übergossen.»

Thea beißt sich auf die Lippen. Sie kennt den Reisebericht des beleidigten Liutprand, der sich mit dem Kaiser von Konstantinopel zerstritt und unverrichteter Dinge von seiner Gesandtschaft zurückkehrte. Es ist nicht der Moment, um von gebratenen Seebrassen zu erzählen, in Honig gekochtem Lamm, Pasteten, Mandelkuchen und den riesigen, mit Früchten gefüllten Schalen, die auf Wagen in die Speisehalle mit den neunzehn Tafeln gezogen werden.

«Wir können nicht einfach abwarten.» Otto medius erhebt sich mit verzerrtem Gesicht, und Thea glaubt, den Schmerz am eigenen Leib zu spüren. Wenn Stephanos die Wunde wenigstens angeschaut hätte, bevor Martje sie zunähte.

«Ist der Kaiser erst in Konstantinopel –»

Der Ruf eines Wachpostens unterbricht Otto medius. Thea traut ihren Ohren nicht, doch dann ertönt der Name nochmals.

Gemessenen Schrittes betritt Johannes Philagathos die Loggia. Seine Kutte ist nicht mehr weiß und hängt verzogen über seinen Schultern. Kopf und Wangen des Mönchs sind mit Stoppeln bedeckt, er hat sich seit Tagen nicht rasiert. Dietrich von Metz mustert ihn missbilligend.

«Wo kommst du her?», fragt Thea ungestüm.

«Wo ist der Kaiser?», will Otto medius wissen.

«Auf der Salandria vor der Küste», antwortet Philagathos ruhig.

«Verletzt?», fragt Hildibold.

«Heil.»

Während der Mönch berichtet, wie sie den Kapitän des Schiffs dazu gebracht haben, nach Rossano zu rudern, drängen sich Fragen in Theas Kopf. Hat sie erwartet, der Kaiser sei tot? Gehofft, Otto medius könnte seinen Platz einnehmen? Er ist der Enkel von Otto dem Großen, der Nächste in der Linie. Ist das hohle Gefühl in ihr Enttäuschung? Thea schiebt die Gedanken beiseite.

«Wir müssen den Eindruck erwecken, dass wir die Befehle des Kaisers ausführen.» Philagathos' Augen ruhen auf ihr. «Die Seeleute in Sicherheit wiegen.»

An diesem Nachmittag bewegt sich ein Zug von Saumtieren zum Strand von Rossano hinunter. Sie sind mit Säcken beladen. Thea sitzt auf dem vordersten, den kleinen Otto im Arm. Ihr hellrotes Kleid muss weit auf dem Meer draußen zu sehen sein, und sie trägt einen goldbestickten Schal um den Kopf. Neben ihr schreiten Johannes Philagathos und Bischof Dietrich von Metz.

Die Salandria liegt vor der Küste verankert. Thea kann die Köpfe der Ruderer erkennen. Das Schiff ist länger, als sie in Erinnerung hat, aber sie war noch ein Kind, als sie aus den Fenstern des Bukoleon-Palasts der Prozession der kaiserlichen Flotte auf dem Marmarameer zuschaute. Am Ufer liegt das Boot, das Johannes Philagathos an Land gebracht hat, und Otto medius' Männer beginnen sogleich, es mit den Säcken zu beladen. Sie tragen ihre Waffen unter den Kutten, die sie sich von den Mönchen geliehen haben. Als das Boot voll ist, steigen Dietrich von Metz und zwei der Männer dazu und lassen sich zur Salandria hinausrudern.

Otto beobachtet vom Bug des Schiffs aus, wie das Boot näherkommt. Er erkennt Dietrich von Metz und dann die beiden schwäbischen Ritter. Die zwei springen an Bord, sobald das Boot anlegt, beginnen Seile auszulegen, reden, rufen, helfen Dietrich auf das Schiff. Die Seeleute schauen neugierig zu. Der Bischof begrüßt den Kapitän – Otto wusste nicht, dass Dietrich Griechisch spricht –, bittet um etwas;

dann geht er zum Kaiser. Mit vielen Verbeugungen reicht der Bischof Otto eine saubere Tunika, und während die Schwaben beginnen, die Säcke an Bord zu hissen, legt der Kaiser seine schmutzige Kleidung ab. Dabei macht er einen Schritt auf die Reling zu, dann noch einen. Die Ruderer helfen den Schwaben mit den Säcken, sie sind schwer; der Kapitän erteilt Befehle. Otto sieht das Wasser unter sich, er trägt nur noch sein Hemd, er holt Luft – da packt ihn jemand am Arm: der Steuermann. Ein Ruf erklingt, die Ruderer lassen die Säcke los. Noch bevor sie ins Wasser klatschen, steht einer der Ritter neben Otto. Der Griff um seinen Arm wird fester, Otto sieht das Schwert. Die Ruderer weichen zurück, auch das Gesicht des Kapitäns ist angstverzerrt. Ein Rasseln kommt aus der Brust des Steuermanns, Otto reißt sich los und springt.

Thea sieht, wie sich das Boot von der Salandria löst, drei Männer sitzen darin – drei. Der kleine Otto deutet auf die Wellen, und sie entdeckt den Schwimmenden. Er nähert sich dem Strand mit kräftigen Zügen. Erst als er sich wenige Schritte vom Ufer entfernt im Wasser aufrichtet, erkennt Thea ihren Mann. Das Hemd klebt an seinem Leib, sein Haar schimmert rötlich. Lächelnd watet er auf sie zu, und sie spürt, wie sich auch ihre Lippen zu einem Lächeln verziehen.

‹Es war ein Wunder: Das Meer gab uns den verlorenen Kaiser zurück. Noch bevor er das Ufer erreichte, war die Barke verschwunden, und manche sagten, sie sei gar nie da gewesen. Ich kann unsere Freude kaum beschreiben; wir glaubten, alles sei gut. Die Verluste, die unsere Soldaten den Heiden beigebracht hatten, waren so groß, dass der Sohn des toten Emirs den Rückzug nach Sizilien angetreten hatte. Die Kaiserin war glücklich, auch der verletzte Herzog von Schwaben, und sogar der Bischof von Metz, den niemand von uns je lächeln gesehen hatte, freute sich. Die Mönche holten, was noch in ihren Vorratskammern und Kellern war, und wir tafelten bis in die Nacht. Der kleine Otto wanderte von Schoß zu Schoß, und als er auf dem seines Vaters saß – es war still in diesem Moment –, sagte der Zweijährige: «Der Löwe schwimmt die Wüste.» Sein erster Satz.

Niemand verstand ihn, aber natürlich begannen die Leute sogleich, Bedeutungen hineinzulesen. Der Löwe musste der Kaiser sein, der war ja auch geschwommen, und es hätte wohl «durch die Wüste» heißen sollen. Manche sahen gar eine Prophezeiung darin, der Löwe würde alles überwinden, wie Christus geläutert und in seinem Glauben gestärkt aus der Wüste zurückkehren. Später gab es solche, die behaupteten, sie hätten immer gewusst, der Thronfolger habe «in die Wüste» gemeint, und der Satz bedeute etwas ganz anderes.›

«Was war in den Säcken?», fragt der Kaiser.

«Steine», schmunzelt Otto medius.

Sie sitzen immer noch in der Loggia, die anderen sind schlafen gegangen.

«Du hattest recht mit den Truppen des Emirs …», beginnt der Kaiser ernst.

«Ich wünschte, ich hätte unrecht gehabt.» Mit einem unterdrückten Stöhnen rückt Otto medius sich in seinem Sessel zurecht.

«Schmerzt dein Arm?»

«Nur manchmal», wehrt Otto medius ab. «Das war eine geschickte Weise, den Kapitän zu überlisten.»

«Es war Philagathos' Idee», bekennt der Kaiser. «Ich werde ihn dafür belohnen. Auch deine Leute und Dietrich von Metz.» Er versucht sich an die Ereignisse auf dem Schiff zu erinnern, es ging alles so schnell.

«Warum haben sich die Seeleute nicht gewehrt?», fragt Otto medius.

«Sie waren unterwegs, um den jährlichen Tribut einzutreiben, den die Bewohner der Gegend dem Kaiser von Konstantinopel schulden. Die Furcht vor ihm ist hier so groß, dass niemand sich gegen die Abgaben zu wehren wagt. Deshalb hatten die Seeleute keine Waffen an Bord, außer einem Fass Öl, griechisches Feuer, falls die Sarazenen sie angriffen.»

«Du hast Glück gehabt», meint Otto medius.

«Glück», wiederholt der Kaiser, und eine Weile herrscht Schweigen.

«Was hättest du getan, wenn es nicht geklappt hätte?», fragt Otto medius.

«Ich weiß nicht. Heute Nachmittag, als ich auf der Salandria wartete...» Der Kaiser zögert.

Otto medius sieht die Erschöpfung im Gesicht des Freundes, und noch etwas anderes: Enttäuschung, Trauer?

«Vielleicht wäre es besser gewesen, wenn es nicht geklappt hätte –»

Es war ein kleiner Zug, der Rossano verließ, während der Löwe im Westen versank. Viele waren auf dem Schlachtfeld gefallen, und fast alle Verletzten starben in der Hitze des Sommers. Die wenigen, die den Sarazenen entkommen waren, kehrten in ihre Heimat zurück und trugen die Nachricht von der Niederlage des Kaisers in jeden Winkel des Reiches.

Noch einmal nahm uns der Prinz von Salerno auf, aber wir wohnten nicht mehr in seinem Kastell, sondern in einem Haus in der Stadt, das man für uns geräumt hatte. Niemand sprach von der Zukunft. Der kleine Thronfolger, der eben erst zu reden begonnen hatte, verstummte wieder.

In der Nacht, bevor wir Rossano verlassen hatten, war ich noch einmal auf den Friedhof hinter dem Oratorium der Mönche gegangen. Es schien mir unmöglich, mich von Henner zu trennen. Ich wollte bei ihm bleiben, zusehen, wie der Efeuspross auf seinem Grab wuchs, bis der Allmächtige mir erlaubte, mich zu ihm unter die Erde zu legen. Doch als der Morgen dämmerte, hörte ich die Rufe der Knechte, die die Wagen der Kaiserin beluden. Mit einem Schnitt hatte man mich in meiner Kindheit von den Gelüsten und Verpflichtungen des Blutes befreit und zum Diener gemacht. Ich erhob mich. Der Weg der Kaiserin war auch meiner, so war es mir bestimmt. Und da war das Kind, der zukünftige Kaiser. Warum hatte er seine ersten Worte im sächsischen Dialekt seines Vaters und nicht auf Griechisch, seiner Muttersprache, gesprochen? Es war an mir, das Vermächtnis zu hüten, das in seinen Adern floss. Ich war der Einzige, der es vermochte, und ich hatte schon so viel Zeit vertan, in meine eigenen Wünsche verstrickt. Ich drehte mich nicht um nach dem Grab, dem Glück, das hinter mir lag. Ich nahm den Weg, der sich mir auftat, und merkte nicht, dass der Tod mir folgte.

Der Traum

Capua, 31. Oktober 982

Das Wasser spült über die Kiesel, und durch die Erlen scheint die Sonne. Thea weiß, dass sie auf der Insel ist... Draußen erklingt das Quengeln ihres Sohnes. Sie versucht den Traum hinter geschlossenen Lidern festzuhalten. Zehn Jahre sind vergangen, seit sie mit Otto medius auf der Insel Reichenau war. Sie schlägt die Augen auf.

Thea findet Otto medius in seiner Kammer. Er scheint sich kaum gerührt zu haben während der Nacht. Die Decke liegt glatt über seinem Körper. Sein Gesicht ist weiß, auch in seinem schwarzen Schopf sind weiße Strähnen. Er hat die Augen geschlossen. Sie wendet sich ab.

«Hat Willigis geschrieben?», fragt er.

«Du bist wach!» Erfreut setzt Thea sich auf den Bettrand.

Otto blickt sie fragend an.

«Nein», lügt sie, «wir müssen warten.» Sie hat ihm nicht erzählt, dass der Abt von Fulda auf der Heimreise in Lucca seinen Verletzungen erlegen ist. «Gute Nachrichten brauchen immer länger.» Wie leicht ihr das Lügen fällt.

«Mein Vater hat mir befohlen, nach Schwaben zu reiten», meint Otto erschöpft.

Sein Vater ist seit Jahrzehnten tot. Thea legt die Hand auf Ottos Stirn, aber sie spürt kein Fieber. «Du musst dich zuerst ausruhen.»

Otto medius schließt die Augen wieder.

«Ich habe von der Insel geträumt.» Thea versucht das Zittern in ihrer Stimme zu unterdrücken. Sie sieht, wie Otto die Lippen zusammenpresst.

«Von jenem Tag auf der Insel an wusste ich, dass ich dich …» Sie kann den Satz nicht fertig machen.

«Der Kaiser …?», beginnt Otto.

Während der Kaiser mit Otto medius spricht, wartet Thea im Schatten der Pinie, um die herum die Gebäude des Gutshofs stehen.

Hildibold kommt. «Was sollen wir Willigis antworten?» Das Gesicht des Kanzlers ist von Sorge zerknittert; er hat sie noch nie um ihre Meinung gefragt.

Kurz nach ihrer Ankunft in Capua vor einem Monat hat Dietrich von Metz, mit einem Bündel neuer Vergabungen und Privilegien versehen, als Letzter der Bischöfe, seinen Abschied vom Kaiser genommen. Am Tag danach war auch Johannes Philagathos ins Kloster Nonantola aufgebrochen, zu dessen Abt er in Anerkennung seiner Verdienste ernannt worden war. Thea erinnert sich Wort für Wort an Willigis' Brief; er übersteigt all ihre Befürchtungen.

«Ich glaube nicht, dass der Kaiser bereit ist zurückzukehren.» Während Thea spricht, sieht sie ihren Gatten aus Otto medius' Kammer kommen. Gleich darauf erscheint der Hofkaplan, mit einem Krüglein und einer Schale, in der die Hostie sein muss, und verschwindet in der Tür. «Und der Kaiser sagt, wenn er sich jetzt – wie Willigis vorschlägt – den Fürsten stelle, werde er ihnen nur noch schwächer erscheinen.» Thea schaut unverwandt auf die Tür.

Das heilige Öl glänzt auf Otto medius' Stirn, als Thea wieder an sein Lager tritt. Er schlägt die Augen auf. Ihre Kehle ist zugeschnürt. Sie sieht die Insel, vom Boot aus, gegen den blauen Himmel und gespiegelt im blauen See – zwei Hälften eines Ganzen. Ihr Blick verschwimmt, Otto schließt die Augen. Sie schiebt ihre Hand in seine.

«Ist er…?» Der Kaiser steht hinter ihr.

Thea nickt und wendet sich um.

«Er war…» Die Schultern ihres Mannes zucken. Sie legt die Arme um ihn. Eine eisige Kälte breitet sich in ihr aus.

«Er war mein wichtigster Verbündeter, mein bester Freund, mein einziger.»

Sie sitzen auf der Bank unter der Pinie. Die Abendsonne scheint auf die Dächer des Gutshofs, den der junge Pandulf ihnen als Quartier überlassen hat. Thea versucht nicht an den Körper zu denken, den der Arzt nun aufschneidet, um ihn für die Reise vorzubereiten. Man wird den Toten nach Aschaffenburg bringen, und seine Schwester Hilde, die Äbtissin von Essen, wird ihn dort begraben lassen.

«Und er hat keinen Erben», klagt der Kaiser, «keinen Sohn, der ihm nachfolgen könnte, nicht mal eine Tochter.»

«Otto war auch mein…» Thea stockt. Die Wörter, die ihr einfallen, passen nicht.

«Ich weiß», entgegnet der Kaiser barsch.

«Hat er es dir gesagt?» Thea blickt ihn verwundert an.

«Es ist nicht wichtig, wer es mir gesagt hat.»

Sie hört die Bitterkeit in der Stimme ihres Mannes. «Er ist tot», wirft sie ein.

«Und wir sind verdammt», fügt Otto hinzu.

Thea schweigt. Wenn jemand die Fürsten des Reichs hätte überzeugen können, dass die Niederlage gegen die Sarazenen nicht die Schuld des Kaisers war, dann wäre es der Herzog von Schwaben und Bayern gewesen. Sie haben auch ihren besten Fürsprecher verloren.

«Was hat er gehabt, das ich nicht habe?», fragt der Kaiser unvermittelt.

Nichts, denkt Thea. Alles.

Es ist dunkel, als Thea ihre eigene Kammer betritt. Die Tage sind kurz geworden. Auf dem Messingtischchen neben ihrem Bett brennt ein Öllämpchen. Sie öffnet ihre Hand. Sie wusste sofort, was Otto medius in seiner hielt. Im Schein der Flamme schimmert der kleine Bernsteinlöwe.

‹Es war nur eine Fleischwunde, der Arm war nicht gebrochen, der Herzog konnte ihn bewegen. Auch der gelehrteste Hofarzt hätte den Schnitt zugenäht; und er heilte. Doch um die Narbe bildeten sich Schwellungen, rote Flecken, und die Schmerzen hörten nicht auf. Der Herzog redete nicht davon, aber er bekam diese Linien um den Mund, und seine Haare wurden grau. Wir sprachen in der Küche davon, denn alle mochten Otto von Schwaben. Er war freundlich zu uns, sprach uns mit Namen an, vor der Schlacht. Danach war er verändert. Manche vermuteten, die Klinge des Säbels sei mit einem Gift bestrichen gewesen, das sich allmählich in seinem Körper verbreite. Andere sagten, die Heiden würden ihre Waffen mit einem Fluch besprechen, und er gehe an diesem zugrunde. Der bärtige Jakob redete von dem Licht, das er über dem Meer gesehen hatte. Er sprach oft davon, und es wunderte niemanden, als er nach Rossano zurückkehrte, um sein Leben bei den Mönchen zu beenden. Jeder von uns trug das Geschehene in sich.

Der Tod des Herzogs war ein großes Unglück, und mit seinem schwarzen Haar, den lachenden Augen – ich verstand die Kaiserin schon. Aber ich war nicht Line. Ich dachte, es sei meine Pflicht, dem Kaiser zu sagen, was ich wusste, und er danke mir. Doch was dem einen Ehrlichkeit ist, ist dem andern Verrat.

Am zweiten Tag also nach dem Tod des Herzogs brach der Wagen mit seinem Leichnam nach Norden auf. Der italienische Arzt, den man aus der Stadt kommen ließ, wollte mich nicht dabeihaben, als er ihn aufschnitt. Nur um die Leiche zu waschen, war ich gut genug, und ich weiß nicht, was er an Stelle der Eingeweide in den Leib füllte. Wir scheuen uns, in den Körper zu schauen, der Gott nach seinem Abbild erschaffen hat, aber die Heiden haben viel zum Nutzen der Heilkunst daraus gelernt, und ich wäre gern dabei gewesen. In Lucca warteten die Gebeine des Abts von Fulda, und von dort würde der Zug mit den beiden Toten über die Alpen ziehen. Doch dann hörten wir, dass sie den Abt schon begraben hatten. Heute sagt man, der Herzog sei auch in Lucca gestorben, vielleicht um die Leute glauben zu machen, sogar er habe den Kaiser verlassen.

Das Gut, auf das man uns gebracht hatte, war ein gewöhnlicher Bauernhof, aber wir hatten Platz darin. Line hatte die italienischen Mägde entlassen, und nachdem Jakob gegangen war, saßen nur noch ein paar Wachen in der Küche. Nie zuvor waren wir so lange am selben Ort geblieben. Tag für Tag ließ der Kaiser sich seinen Sohn bringen, doch dann betrachtete er ihn nur und schickte ihn wieder weg. Auf Befehl der Kaiserin begann Bernward dem kleinen Otto die Psalmen vorzulesen. Der Notar war ein kluger Mann, aber so sehr er sich auch bemühte, der Junge wiederholte die Worte nicht. Nur wenn er sich allein glaubte, redete er, in einer knisternden Sprache, zu den Bäumen, den Hunden, und sie hörten ihm zu.›

Capua, im Januar 983

Die Stille drückt auf Theas Lider, und sie schließt die Augen. Sie wird nie mit ihm durch den schattigen Park des Palasts von Konstantinopel gehen, in dem Wasser aus marmornen Becken in Kanälen die Wege entlangfließt. Sie wird ihn nie an den Werkstätten der Elfenbein- und Perlmuttschnitzer vorbei zu der kleinen Kirche von Sergius und Bacchus, den Schutzpatronen der Soldaten, führen, und auf den Friedhof dahinter, auf dem ihr Vater begraben sein muss. Sie werden nicht durch die Stände voller Gewürze und Süßigkeiten an der Mese schlendern oder von der Seemauer aus zuschauen, wie der Abend sich fliederfarbig auf den Bosporus senkt. Thea hat immer gewusst, dass dies alles unmöglich ist, und doch hat sie erst jetzt, als Otto medius tot ist, aufgehört, darauf zu hoffen. Sie öffnet die Augen, und ihr Blick fällt auf Mathildes Brief. Seit Tagen sollte sie der Schwägerin antworten.

«Der Henker hol dich!» Die Stimme ihres Gatten, der einen Knecht beschimpft, ein Pferd, seinen Sohn. Manchmal wünscht Thea, sie wäre taub. Einen Augenblick später steht Otto neben ihr in der Gutshofstube, mit einem kaputten Stiefel in der Hand. Einer der Welpen, mit denen der kleine Otto so gern spielt, muss ihn zerkaut haben. Thea betrachtet ihren Mann. Die italienische Sonne hat sein Gesicht verbrannt, und die Haut schält sich von seiner Stirn. Er sieht aus wie ein Bauer in der fleckigen Tunika. Sie schiebt ihr Haar unter die Haube; sie sehen beide wie Bauern aus.

«Kannst du deinen Frauen nicht befehlen, auf meine Stiefel aufzupassen?», fragt Otto gehässig.

Thea unterdrückt ein Seufzen. Die Mägde, die sie nicht entlassen haben, sind von sich aus gegangen. Es arbeiten nur noch ein paar Bauernmädchen in der Küche. «Ich werde es Line sagen», antwortet sie. Es hat keinen Sinn, mit Otto über das fehlende Gesinde zu reden, die leeren Vorratskammern, die Schulden, die sie bei den Händlern in Capua haben. Alles, was sie sagt, kann zu einem neuen Wutausbruch führen. «Wann wirst du nach Rom reisen?», fragt sie stattdessen.

Seit Weihnachten redet Otto davon, er wolle den Papst bitten, an die Fürsten zu schreiben und sie an ihr Treuegelöbnis zu erinnern. Weniger als ein Jahr ist es her, dass sie den Kaiser in Rom als ihren Herrscher gefeiert haben.

«In drei Tagen, oder in vier», brummt Otto und wirft den zerkauten Stiefel auf den Tisch neben die leeren Schreibtafeln. Auch von den Notaren und Schreibern sind viele gegangen. Hildibold pilgert jeden Morgen zu Fuß nach Capua, um in der Kathedrale für die Vergebung der Sünden zu beten, deretwegen Gott ihnen seine Gnade entzogen habe. Bernward verbringt seine freie Zeit in den Werkstätten vor der Stadt, als müsse er sein Brot bald als Baumeister oder Schmied verdienen. Niemand bittet den Kaiser mehr um Gunst oder Güter, und in den wenigen Briefen, die noch kommen, steht nur die Frage, wann er zurückkehrt.

Nachdem Otto die Stube verlassen hat, greift Thea nach Mathildes Brief und liest ihn nochmals. Die Schwägerin hat recht, der Kaiser muss sich seinen Pflichten stellen. Hatte nicht auch Otto medius das gesagt? Thea versucht sich zu erinnern. Mathildes Sätze zerfließen vor ihren Augen.

So selten wie Sonne und Mond sich am Himmel begegnen, müssen die Nächte gewesen sein, die meine Basileia mit dem falschen Otto verbrachte, der doch der richtige war in ihrem Herzen. Sie können nicht mehr als ein paar Küsse getauscht haben, Liebkosungen, ein Lächeln, und wer weiß, ob wir wirklich einen anderen zu lieben vermögen oder nur das, was wir in ihm sehen?

Wie alle war auch ich von der Niederlage erschüttert, den Verlusten, den Schmerzen; und das Leben zerrte plötzlich mit unzähligen Haken an uns. In den kaiserlichen Truhen lagen nur noch Wechselbriefe, das Wohlwollen unserer italienischen Gastgeber war erschöpft, der Winter stand bevor. Der Kaiser war kaum mehr zu erkennen, so sehr fraß der Verrat an ihm, von dem er sich umgeben glaubte, die Abtrünnigkeit seiner Bundesgenossen, seiner Berater, seiner Frau. In einem Nebel von Zorn wandelte er unter uns, und manchmal glaubte ich, seine Verzweiflung zu riechen. Er wäre der Letzte gewesen, der bemerkt hätte, wie die Basileia litt, und sein Schicksal enthob ihn bald jeder Sorge. Ich selbst war vom Gedanken beseelt, das Versäumte nachzuholen, und es war nicht schwer, den kleinen Otto der Aufsicht seiner friesischen Kinderfrau zu entziehen. So begriff auch ich erst später, dass meine Basileia nie mehr dieselbe sein würde. Die Liebe zu ihrem schwarzhaarigen Herzog hatte ihr Leben wie ein Keil zusammengehalten. Mit seinem Tod brach es auseinander.

Der Reichstag

An Willigis, Erzbischof von Mainz
Mein Kopf und mein Herz zwingen mich, Dir zu schreiben. Ich kann nicht länger zuschauen, wie das, wofür wir leben (und dem wir unsere Wünsche geopfert haben), vor unseren Augen zerbricht.
Wie Du weißt, bin ich im Herbst vor einem Jahr – als der Kaiser voller Zuversicht an der Spitze seiner Truppen nach Süden aufbrach – mit meiner Mutter nach Pavia zurückgekehrt und hiergeblieben in Erwartung des Ausgangs des Feldzugs, obwohl die Pflicht mich über die Alpen nach Quedlinburg zu meinen Stiftsfrauen zurückrief, deren Wohlergehen mein oberstes Anliegen sein muss. Hier in Pavia habe ich im vergangenen Sommer von dem Unheil erfahren, das meine Familie und das Reich heimsuchte. So wie Du habe ich von den wenigen, die aus dem Süden zurückkehrten, gehört, dass mein Bruder den Heiden im Hinterhalt unterlag und sein Heer und seine Ehre verlor. Wie Du verstehe ich den Zorn und die Zweifel unserer Fürsten, von denen ich in den Briefen meiner Stiftsfrauen lese, und teile sie auch. Die Ämter und Güter der Gefallenen müssen neu verteilt werden, die Forderungen der Überlebenden angehört. Und ich begreife die Angst, einem Kaiser zu dienen, der die Gunst Gottes offenkundig verloren hat. Allein, Otto ist mein Bruder. Wir sind im selben Jahr geboren, ich vor Ostern, er vor Weihnachten. Wir wurden auf dem gleichen Amboss geschmiedet, und ich kann ihn nicht lassen.

Sieben Monate sind seit dem Sieg der Sarazenen vergangen, sieben Monate sind genug, um Schimpf und Schande über einen Geschlagenen zu gießen. Doch entgegen meinen Hoffnungen scheint die Empörung im Reich nicht Vernunft und Vergebung zu weichen, sondern ins Unermessliche zu wachsen. Meine frommen Kanonissinnen, die, wie Du weißt, aus den besten Familien stammen, berichten mir von immer neuen Vorwürfen, die man gegen meinen Bruder erhebt. Unbedarft und unvorsichtig nennt man ihn, weil er sich von dem kriegserfahrenen Emir und seinem Sohn täuschen ließ, und nun höre ich, dass die Fürsten sich in Sachsen treffen wollen, wohl um seinen Untergang zu besiegeln.
Wir können und dürfen das nicht zulassen, Willigis. Ich weiß, wie viel Dir mein Vater, der große Otto, bedeutet hat, und ich bitte Dich in seinem Andenken und in Erinnerung an alles, was Dich je mit mir verband, um Deine Hilfe. Weder mein Bruder noch meine Schwägerin antworten auf meine Briefe. Ja, ich weiß nicht einmal, ob sie noch in Capua, in Rom oder anderswo sind. Du bist der Statthalter des Kaisers, Dir muss er antworten, und Du musst ihn dazu bringen, sich den Fürsten zu stellen. Vielleicht fehlt meinem Bruder tatsächlich das Königsheil, das Gott meinem Vater und meinem Großvater so gnädig zuteil werden ließ. Aber nur Otto selbst kann das Netz von Verdächtigungen und Verleumdungen zerreißen. Nur sein leibhaftiges Erscheinen kann die Woge des Unwillens aufhalten, in der er und wir unterzugehen drohen.
Schreib ihm, ich bitte Dich, in Deinem und meinem Namen, gib ihm Mut und Zuversicht in seinem Unglück und überzeuge ihn, nicht weiter dem Unmöglichen

nachzujagen. Wir müssen uns alle bescheiden, unseren Träumen Einhalt gebieten, bevor sie uns vernichten, und wenn es richtig war, dass wir unser Glück einst dem Reich opferten, dann muss es jetzt auch recht sein, gemeinsam für dessen Fortbestehen zu kämpfen.

Deine Mathilde

Zu Pavia, anno Domini 983, in der Woche nach Lichtmess

Pavia, Ende März 983

«Auch seinem Statthalter antwortet er nicht.» Maiolus schüttelt den Kopf.

«Er dachte, der Papst würde ihm helfen», erklärt Adelheid.

«Benedikt?», fragt Maiolus spöttisch.

«Mein Sohn ist in großer Verwirrung, seit ihn die Feinde Christi geschlagen haben.» Adelheid greift nach dem hölzernen Kreuz, das sie um den Hals trägt. «Er braucht Euren Beistand, ehrwürdiger Vater, Euren Rat; und ich bin Euch zu großem Dank verpflichtet, dass Ihr meiner Bitte Folge geleistet habt und nach Pavia gekommen seid.» Der Abt lächelt huldvoll. «Die Strafe, die Gott meinem Sohn auferlegt hat», fährt Adelheid fort, «lastet schwer auf ihm. Ihr müsst behutsam mit ihm sprechen. Er hat schon lange kein ehrliches Wort mehr gehört. Seine Berater haben ihn verlassen, sein Kanzler redet ihm nach dem Mund, und seine Frau, die Griechin –»

«Euer Sohn», meldet ein Diener. «Der Kaiser», fügt er hinzu, und hinter ihm betritt Otto die Kapelle, in der seine Mutter und der Abt von Cluny sitzen.

«Unser verehrter…» Maiolus erhebt sich, aber Otto beachtet ihn nicht. Sein Blick gleitet über die Wände, bis er an einem Bild des Gekreuzigten hängenbleibt. «Warum hier?», beginnt er. Adelheid und Maiolus schauen sich an.

«Der Abt von Cluny ist gekommen, um uns zu beraten», meint Adelheid sanft.

«Beraten», wiederholt Otto höhnisch.

Maiolus räuspert sich. «Ich höre, Eure Getreuen haben sich in Sachsen zusammengefunden, um –»

«– mich abzusetzen», beendet Otto seinen Satz.

«Das stimmt nicht», widerspricht Adelheid. «Willigis schreibt, die Fürsten wünschen, dass du einen Reichstag einberufst.»

«Als Vorwand, um mich abzusetzen», entgegnet Otto, den Blick noch immer auf den Gekreuzigten gerichtet.

«Es wäre sicher gut, die Lage an einem Reichstag zu klären», wendet Maiolus ein.

«Die Fürsten können keinen Reichstag einberufen», fährt Otto ihn an.

«Aber Ihr könnt es, verehrter Kaiser», erwidert Maiolus nachsichtig. «Und ich und Eure Mutter …»

Otto geht einen Schritt auf ihn zu. «Ich werde nicht wie ein geschlagener Hund nach Sachsen zurückkehren.»

«Das verlangt auch niemand.» Adelheid wirft dem Abt einen warnenden Blick zu.

Otto sackt auf die Bank neben seine Mutter. «Ich kann nicht.» Ein Zittern packt seinen Körper.

Adelheid greift nach seiner Hand. «Wir werden einen Weg finden.» Sie streichelt seine Hand. «Es ist gut, dass du zu mir gekommen bist.»

Maiolus dreht den beiden den Rücken zu und geht zum Altar. «Gott wird uns einen Weg zeigen.» Er wendet sich um. «Der Reichstag muss ja nicht in Sachsen stattfinden.»

Adelheid schaut ihn an. «Er wird hier stattfinden.»

Capua, Anfang April 983

«In Pavia?» Thea nimmt den Brief aus Bernwards Hand. Ihre Erleichterung über die Nachricht, dass Otto einen Reichstag einberufen will, ist verflogen.

«Der Kanzler schreibt, man habe sich mit Willigis geeinigt, die Fürsten nach Italien zu berufen», erklärt der Notar.

«Ich werde nicht nach Pavia gehen», entgegnet Thea brüsk. «Und mein Sohn auch nicht.»

«Der Kanzler schreibt, Eure Schwiegermutter –»

«Meine Schwiegermutter!» Thea wirft den Brief auf den Tisch. Warum hat sie Otto nicht daran gehindert, nach Pavia zu reisen? Durchs Fenster sieht sie ihren Sohn mit einem schwarzen Welpen balgen; er spricht noch immer kein Wort. Sie seufzt. Sie weiß genau, warum sie den Kaiser nicht daran gehindert hat, zu seiner Mutter zu reisen. Sie tut überhaupt nichts mehr. Sie beginnt zwischen den Pergamenten, die auf dem Tisch liegen, nach dem letzten Brief von Mathilde zu suchen. Die Schwägerin hat ausführlich von der Zusammenkunft der Fürsten in Sachsen berichtet. Es muss sich ein Grund finden lassen, warum der Reichstag nicht in Pavia stattfinden kann. Thea hält inne.

«Pavia ist doch der Sitz der italienischen Könige?»

Bernward nickt.

«Und Italien kam erst durch die Heirat meines Schwiegervaters mit Adelheid, der Königin von Italien, zum Reich?»

«Ja.»

«Wenn Otto die Fürsten nun nach Pavia bestellt, sieht es dann nicht so aus, als ob er nur noch König von Italien wäre? Der Sohn seiner Mutter?» Theas Miene hellt sich auf. «Als habe er seine Ansprüche als Kaiser bereits aufgegeben?»

Bernward wiegt den Kopf. «Das könnte so ausgelegt werden.»

«Dann müssen wir den Kaiser darauf aufmerksam machen», meint Thea triumphierend.

«Ich werde Hildibold schreiben», stimmt Bernward zu.

«Sofort», befiehlt Thea.

Bernward nimmt eine der Schwanenfedern vom Tisch, die er am liebsten benützt, und beginnt sie mit seinem Federmesser zurechtzuschneiden. «Wir könnten einen anderen Ort in Italien finden», überlegt er laut.

«Ravenna», schlägt Thea vor.

«Verona», entgegnet Bernward. «Seit Euer Schwiegervater die Markgrafschaft vom italienischen Königreich getrennt hat, untersteht sie dem Herzog von Kärnten.»

«Otto von Worms.» Thea versucht den Stich in ihrer Brust nicht zu beachten. Otto von Worms, der Herzog von Kärnten, ist wie Otto medius ein Enkel von Otto dem Großen.

«Zudem ist Verona besser zu erreichen», fügt Bernward hinzu. «Von Sachsen aus.»

In jenem Frühjahr auf der Reise nach Verona gewahrte ich den leichtfüßigen Merkur, den Begleiter der Toten und auch der Lebenden, der kaum sichtbar in der Dämmerung über dem Horizont erscheint, um uns an das zu erinnern, was uns möglich ist. Jeder Schritt, der uns von dem Erlittenen entfernte, schien mir gut. Wenn wir nur weitergingen, würde die Last leichter, das Unerklärliche erträglicher, ja vielleicht würden wir dereinst sogar einen Sinn in unserem Schmerz und unserer Trauer finden.

Fast jeden Tag kam der kleine Basileus zu mir, und während ich sprach, spielte er mit meinen Instrumenten, betrachtete die Tierzeichen auf den Himmelskarten. Meine Andersartigkeit weckte nicht Misstrauen, sondern Neugier in ihm. Er bestaunte die Pfauen auf meinem Kaftan, lachte, wenn ich eine Zitrone aus meinem Ärmel zog, und wenn er sich nach einer Weile wortlos erhob, wusste ich, dass er ein Steinchen meiner Welt mit sich nahm.

Verona, Pfingsten 983

Thea betrachtet den Zug der Geistlichen, die zum Altar schreiten: Willigis von Mainz, Gisiler von Magdeburg, Egbert von Trier, Notker von Lüttich, Wolfgang von Regensburg, Dietrich, Maiolus, Ramwold... Alle sind gekommen; und in der Kirche hinter ihr sind die Herzöge und Grafen des Reichs versammelt.

«Emitte spiritum tuum, sende uns deinen Geist», betet Willigis am Altar. Nicht weit von Thea entfernt kniet Adelheid zwischen ihren Frauen, den Kopf über ihre gefalteten Hände gesenkt.

«Et renovabis faciem terrae, und du wirst das Antlitz der Erde erneuern», klingt es durch die Kirche.

Thea war überrascht, als sie ihren Gatten bei ihrer Ankunft in Verona traf. Der Zorn war aus seinem Gesicht gewichen, Otto sah gelassen aus, jünger. Der elegante italienische Mantel stand ihm, und er schien erfreut, sie wiederzusehen. Seine Mutter hatte es verstanden, seine Verstörung zu lindern. Thea müsste Adelheid dankbar sein.

«Da nobis in eodem spiritu, gib, dass wir in demselben Geist das, was recht ist, verstehen.»

Nach der Messe wird Otto den Reichstag eröffnen. Die herrenlosen Gebiete werden neu verteilt werden. Konrad von Öhningen, der sich im Kampf gegen die Sarazenen ausgezeichnet hat, wird das Herzogtum Schwaben erhalten, und Hezilo, der Liutpoldinger, dem Otto bei der Verurteilung der Verschwörer vor sechs Jahren das Herzogtum Kärnten weggenommen hat, soll Bayern bekommen; der

Kaiser hat ihn begnadigt. Einzig der rote Heinrich, der Anführer der Aufrührer, sitzt noch in Utrecht in Haft. Otto medius würde sein geliebtes Schwaben gern in den Händen des tapferen Konrads wissen, und Bayern – Thea versucht die Gedanken an den Verstorbenen abzuschütteln.

«…et de ejus semper consolatione, und seines Trostes uns allzeit erfreuen…»

Auch die Gebiete der anderen Gefallenen werden neue Herren bekommen. Thea gewahrt eine Unruhe hinter sich in der Kirche. Willigis am Altar vorn kommt ins Stocken, er beobachtet etwas. Thea kann sich nicht umdrehen. Leute verlassen die Kirche, das Portal fällt ins Schloss, nach einer Weile kehrt wieder Ruhe ein.

Als Thea nach dem Segen hinter Otto die Kirche verlässt, hört sie es im Geflüster der Wartenden: «Die Dänen.» Draußen steht ein Bote, von einer Schar Männer umringt. Die Dänen sind in den Norden Sachsens eingefallen, haben eine Burg niedergebrannt, mehrere Burgen. In Wellen verbreiten sich Nachrichten und Vermutungen. Niemand beachtet die in der Sonne wehenden Fahnen, die geschmückten Pferde und Wagen, die darauf warten, die kaiserliche Familie zur Eröffnung des Reichstags zu bringen. Thea erinnert sich, dass Otto die Burgen an der sächsischen Grenze mit Wällen und zusätzlichen Wachen sichern ließ, nachdem er den dänischen König vor einigen Jahren zurückgedrängt hatte. Aber auch Harald Blauzahn wird von der Niederlage in Kalabrien gehört haben. Thea beobachtet Otto. Mit regloser Miene steht er zwischen Willigis und Hildibold im Kreis der Männer. Wird er sich überreden lassen, nach Sachsen zurückzukehren? Thea hat ihm nicht widersprochen, als er ihr eröffnete, er werde die Alpen erst überqueren, wenn die Niederlage von Cotrone gesühnt und Italien ganz in seiner Hand sei; sie erkannte Adelheids Wendungen in seinen Sätzen. Jetzt redet die Schwiegermutter mit Dietrich von Metz, von ihren Frauen umringt. Thea steht allein – wie in einem von unsichtbarer Hand gezogenen Kreis. Sie blickt wieder zum Kaiser. Otto von Worms ergreift eben das Wort. Sie ist zu weit weg, um zu hören, was er sagt. Er muss einige Jahre älter sein als Otto medius, sein Haar ist vollkommen weiß, aber es ist der gleiche, dichte Schopf. Thea wendet sich ab.

Der Fluss windet sich träg in seinem Bett. Otto steht auf dem Balkon des Veroneser Palastes und betrachtet, wie der Abend sich auf das Land senkt; der Tag ist anders verlaufen, als er es sich vorgestellt hat. Anstatt den Dank der neuernannten Herzöge und Grafen entgegenzunehmen, die Fürsten für einen zweiten Feldzug gegen die Sarazenen zu gewinnen, muss er jetzt Sachsen gegen die Dänen verteidigen – und sich selbst gegen das neuerwachte Misstrauen seiner Verbündeten.

«Zugeständnisse. Was meinst du mit Zugeständnissen?» Er wendet sich zu seiner Mutter, die im Zimmer hinter ihm sitzt. Sie hat ihr Festtagskleid abgelegt und trägt statt der italienischen Krone wieder eine ihrer grauen Hauben.

«Du musst den Fürsten entgegenkommen», erklärt sie.

«Ich kann nicht nach Sachsen zurück, noch nicht.» Die Mutter war dabei, als er vor dem Bild des Gekreuzigten gelobte, erst wieder heimatlichen Boden zu betreten, wenn er die Ungläubigen aus Italien vertrieben haben wird.

«Dann musst du mindestens den Anschein erwecken, dass du ihnen entgegenkommst», beharrt Adelheid. «Dass du das Reich gegen alle Widersacher verteidigen kannst.»

«Wie?» Otto hebt die Hände.

«Indem du zuerst einmal die Widersacher an deinem Hof entlarvst», meint sie schnell.

Otto schaut sie an.

«Hast du nicht gesagt, auch die, die dir am nächsten stehen, hätten dich hintergangen?»

Otto hat ihr nichts von Thea und Otto medius erzählt, aber seine Mutter hat ihn stets durchschaut.

«Die Heiden haben dich auf dem Boden geschlagen, der uns nach Natur und Recht zusteht.» Ihre Stimme ist kühl; so hat sie früher mit seinem Vater gesprochen. «Gott hat dich dafür bestraft, dass du deinen Anspruch nicht eingefordert hast. Der Kaiser von Konstantinopel hat dich betrogen, als er uns Kalabrien bei deiner Heirat vorenthielt, und nun haben seine Schergen dich zu entführen versucht. Wer weiß, ob die Griechin nicht selbst ...»

Otto erinnert sich an die Unterhaltung in der Hitze von Rocca de Cedici. Wie sehr sich Thea damals gegen den Feldzug wehrte, doch dann änderte sie ihre Meinung plötzlich. Sie kam mit nach Rossano, obwohl es angemessener und sicherer gewesen wäre, mit dem kleinen Otto in Pavia den Ausgang des Feldzugs abzuwarten. Otto spürt ein Pochen in seinen Schläfen. Aber damit hätte sie auch Otto medius verlassen. Das Pochen wird zu einem Hämmern. Hat seine Frau die Niederlage erwartet, erhofft sogar? Und der griechische Mönch, der sich in ihrem Auftrag an seine Fersen heftete. Hatte Johannes ihn wirklich von der Salandria retten wollen, oder war auch das nur eine List, um ihn loszuwerden?

«Ist dir nicht gut?»

Otto hat nicht bemerkt, dass seine Mutter neben ihn getreten ist.

Er dreht sich um. Die Abendsonne glitzert auf dem Fluss.

«Auch dein Großvater hat sich von seiner ersten Frau getrennt, als es das Reich verlangte.» Die Stimme der Mutter verklingt in seinem Rücken.

«Ihr müsst Euch nicht bei mir bedanken.» Willigis steckt das Buch, in dem er gelesen hat, unter seinen Arm. Thea setzt sich neben ihn auf die Bank. Nachdem die Fürstenversammlung für diesen Tag aufgehoben worden war, hat die Suche nach ihrem Sohn sie in den Garten geführt. «Ihr hattet eine mächtige Fürsprecherin.»

Thea schaut ihn verwundert an. «Eine Fürsprecherin?» Wer würde beim Erzbischof von Mainz für sie sprechen?

Willigis' Lippen zucken. «Eure Schwägerin», verrät er.

«Mathilde?» Thea hört das Bellen eines Hundes, ihr Sohn kann nicht weit sein.

«Sie war sehr besorgt um den Kaiser.» Willigis' Mund verzieht sich zu einem Lächeln. «Und um Euch.»

Auch Thea lächelt. Sie erinnert sich an den Brief, den ihre Schwägerin damals in Ravenna verbarg. Mathilde muss Willigis schon gekannt haben, als er noch Notar am Hof ihres Vaters war. Einen Augenblick sieht Thea die beiden nebeneinander, die Äbtissin, den Erzbischof. Warum ist ihr nicht früher aufgefallen, wie ähnlich sich ihre Gesten sind?

«Dann verdanken wir es Euch beiden, dass sich die Fürsten nicht vom Kaiser abgekehrt haben», meint Thea.

«Die Herzöge waren sich uneinig in Sachsen, und Heinrich schickte eine Botschaft, der Thron stehe ihm zu.»

«Aus Utrecht?»

«Folkmar kann ihn dort zwar gefangen halten, aber das Schreiben verbieten kann er ihm nicht.»

«Und was meinten die Herzöge dazu?», will Thea wissen.

«Sie stritten sich. Manche sagten, Heinrich habe seine Strafe verbüßt und müsse wieder als Herzog von Bayern eingesetzt werden.»

«Die werden enttäuscht sein», wirft Thea ein. Sie entdeckt ihren Sohn mit dem Hund auf der Wiese vor einem blühenden Kirschbaum.

«Andere», fährt Willigis fort, «sagten, Otto sei vom Papst im Namen Gottes gesalbt worden, und solange der Kaiser lebe, könne es keinen anderen geben.»

«Und die waren in der Überzahl?», will Thea wissen. Die Gestalt im Schatten des Kirschbaums ist nicht Martje.

«Das ließ sich nicht feststellen», weicht Willigis aus. «Die Fürsten stritten sich so lang, bis niemand mehr wusste, wer was gesagt hatte, und dann kam die Nachricht, der Kaiser berufe sie alle zu einem Reichstag nach Italien.»

Thea betrachtet ihn von der Seite. Sie hat keinen Zweifel, wer die Nachricht verkündete. Willigis hat es stets verstanden, auf den richtigen Moment zu warten.

«Ihr wisst, dass Otto vorerst nicht gegen die Dänen ziehen wird?», fragt Thea. «Er hat ein Gelübde abgelegt.»

Willigis nickt. «Harald Blauzahn sitzt nicht sehr sicher auf dem Thron, er wird bald wieder mit seinen eigenen Angelegenheiten beschäftigt sein. Aber», der Erzbischof erhebt die Stimme warnend, «die Überfälle sind eine Folge der Abwesenheit des Kaisers.»

«Otto kann nur an einem Ort sein.» Es ist Stephanos, der im Schatten des Kirschbaums sitzt.

«Er hat einen Sohn», stellt Willigis fest. Im ersten Moment meint Thea, der Erzbischof habe den spielenden Jungen entdeckt. Doch Willigis' Blick ist auf die Kamillenbüschel gerichtet, die zwischen den Steinplatten zu ihren Füßen wachsen.

«Er ist noch keine drei Jahre alt», wendet Thea ein.

«Das Alter eines Königs fällt nicht ins Gewicht.»

«Eines Königs?» Thea hört Mathildes Entschiedenheit in Willigis' Stimme. Die beiden haben nicht nur den Kaiser vor der Entthronung bewahrt, sie haben auch über ihren Sohn bestimmt.

‹Am Reichstag in Verona wählten die Fürsten den kleinen Otto zum König. Er war ein Knabe, kein Kind mehr, mit rötlichem Haar, heller Haut, wie sein Vater. Ich war nicht dabei, als Erzbischof Willigis ihn den Fürsten vorführte, er brauchte keine Kinderfrau mehr. Aber ich hörte, dass er den großen Herren unerschrocken gegenübertrat, und ich war stolz auf ihn.

Nach der Versammlung schickte die Kaiserin nach mir. Ich dachte, sie werde mich vom Hof entlassen, wie so viele in den Monaten davor. Der kleine Otto würde in der Obhut des Erzbischofs von Mainz über die Alpen reisen, um, dem Brauch gemäß, in Aachen zum König gekrönt zu werden. Während ich an die Tür der Kaiserin klopfte, überlegte ich, ob das, was sie mir für meine Dienste geben würde, genug wäre, um nach Salerno zurückzukehren und dort die Heilkunst zu studieren. Doch die Kaiserin bot mir kein Geld.

Sie wollte, dass ich den kleinen Otto begleite, «als seine Vertraute», sagte sie. Er sei noch zu klein, um nur unter Männern zu leben, und es gebe niemanden, der so für ihn sorgen könne wie ich. Ich war geschmeichelt. Gewiss habe ich stets versucht, meine Arbeit nach bestem Wissen zu verrichten. Aber ich hatte nicht bemerkt, dass die Kaiserin mich beobachtete, dass sie sah, wie viel Mühe ich mir mit dem Kleinen gab, der ja auch widerborstig sein konnte. Und ich fürchtete, man würde mir zur Last legen, dass der Thronfolger noch immer nicht sprach, wobei sich auch das in den Wochen vor unserer Abreise änderte. Denn als man dem kleinen Otto erklärte, sein Hund müsse in Italien bleiben, kam ein Schwall griechischer Wörter aus seinem Mund. In fehlerfreien Sätzen, versicherte man mir, erklärte er, er werde nicht ohne Byzas – so hieß der Hund, nach irgendeiner Geschichte, die jemand dem Kleinen erzählt hatte – nach Aachen gehen, und die Kaiserin war so erfreut über seinen Vortrag, dass sie einwilligte.

Anstatt nach Salerno reiste ich in jenem Sommer also mit dem Kaisersohn und seinem Hund über die Alpen. Ich dachte, nach der Krönung würden wir an den Hof zurückkehren, und ich würde mein Leben dort weiterführen. Aber es kam ganz anders.›

Verona, im Juni 983

Thea hört von ihrem Zimmer aus, wie die venezianischen Kaufleute sich im Hof des Palasts von Hildibold und Bernward verabschieden. Die reichen Handelsherren haben es stets verstanden, ihre Freiheit gegenüber König und Kaiser zu bewahren. Früher hat Thea sich ausgemalt, sie würde die Stadt in der Lagune einmal heimlich besuchen, um das miraculum mundi mit eigenen Augen zu sehen, die mit Brücken verbundenen Paläste im Wasser und die Gewölbe, in denen die kostbarsten Waren der Welt gelagert werden.

«Du hast dich mit den Venezianern geeinigt?», fragt sie, als die Tür sich öffnet, ohne von den Abrechnungen, die ihr der neue Kämmerer vorgelegt hat, aufzublicken.

«Wir haben einen höheren Tribut vereinbart» antwortet Otto, «und ich werde der Stadt die alten Privilegien und Verträge bestätigen.»

«Das heißt, freier Handel im ganzen Reich?» Thea unterdrückt ein Gähnen.

«Ja. Aber bisher haben nur die Morosini das neue Bündnis unterzeichnet, die Caloprini nicht.»

«Und werden die Caloprini sich an die Abmachungen halten?» Sie weiß, dass Otto nicht gekommen ist, um über die zerstrittenen Kaufleute von Venedig zu sprechen, aber es ist einfacher, als über anderes zu reden.

«Das wird sich weisen.» Otto betrachtet die Fläschchen auf dem kleinen Messingtisch. Thea schläft schlecht, und Stephanos gibt ihr immer wieder neue Mittel.

«Meine Mutter sagt, wir müssen Otto hier in Italien krönen lassen.»

Deshalb ist er gekommen. Thea schweigt. Die Pferde der venezianischen Kaufleute traben aus dem Hof. Der höhere Tribut wird den leeren Truhen des Kaisers guttun.

«Sie sagt, er werde sonst nicht als König von Italien anerkannt.»

«Aber der Bischof von Ravenna wird ihn in Aachen mitkrönen», wendet Thea ein.

«Meine Mutter sagt, die Krönung müsse auf italienischem Boden stattfinden.»

«Und der Kaiser tut stets, was seine Mutter sagt?», fragt Thea spöttisch.

«Wir müssen Zugeständnisse machen.» Otto denkt an die Unterhaltung mit seiner Mutter. «Wirst du mit nach Aachen gehen?», fragt er nach einer Weile.

Thea blickt ihn erstaunt an: «Willst du, dass ich nach Aachen gehe?»

Otto zögert. «Warum bist du damals nach Rossano mitgekommen? Du warst zuerst doch gegen den Feldzug?»

«Ich habe …», Thea fährt sich mit der Hand über die Augen. «Ich habe meine Meinung geändert. Du warst so sicher, und auch Johannes Philagathos sagte –»

«Was sagte er?»

«Dass wir die Sarazenen besiegen können und dass es richtig sei, die Heiden aus Italien zu vertreiben. Aber warum willst du das wissen?», wundert sie sich mit einem Mal.

«Ich dachte, du hättest vielleicht genug von Feldzügen.» Thea hört, dass er lügt. «Und in Aachen –»

«Was soll ich in Aachen?», unterbricht sie ihn.

«Du könntest an der Krönung deines Sohns teilnehmen.»

Thea erinnert sich an den Aachener Dom. Er ist kleiner, aber er gleicht der Sophienkirche in Konstantinopel. Sie würde gern sehen, wie ihr Sohn die Stufen zum marmornen Thron Karls des Großen hinaufsteigt und dort ein Vaterunser lang sitzt. Der erste Sommer, den sie in der Stadt verbrachte, fällt ihr ein. Wie glücklich sie damals war. Sie würde in Aachen jeden Augenblick an Otto medius denken. «Mein Platz ist hier.» Ihre Stimme ist heiser. «Ich habe keinen anderen Ort.»

Weiß schien die Sonne in diesem Sommer auf Verona, und die Mienen der Menschen erstarrten. Der Kaiser entlohnte die Fürsten für ihre wiedergefundene Treue, und sie kehrten zu ihren neuen Pfründen in die Heimat zurück. Adelheid begab sich nach Pavia, nachdem ihr Sohn sie in aller Form als seine Statthalterin im Königreich Italien eingesetzt hatte, und er selbst zog nach Mantua. Es blieb meiner Basileia überlassen, den Thronfolger zu verabschieden. So stand sie eines Morgens in dem unbarmherzigen Licht und schaute zu, wie ihr dreijähriger Sohn in den Wagen stieg, der ihn in ein Land bringen würde, das durch Berge und Schluchten von ihr getrennt war. Es kann ihr nicht leichtgefallen sein, und doch muss sie erleichtert gewesen sein. Der kostbare Erbe wäre jenseits der Alpen besser aufgehoben, als am unsteten Hof seines Vaters. Willigis würde ihn unterrichten lassen, wie es sich für einen Kaisersohn, einen König gehörte, und der Kleine hatte seine friesische Kinderfrau und den Hund. Noch bevor der Wagen durch das Hoftor fuhr, wandte die Kaiserin sich ab und kehrte zu den Vorbereitungen ihres eigenen Aufbruchs zurück. Ich beobachtete den erzbischöflichen Zug noch eine Weile von den Zinnen des Palastes aus – nicht ohne Zuversicht. Der Keim, den ich in den Monaten zuvor dem zukünftigen Herrscher eingepflanzt hatte, würde aufgehen und ihn auf alle Zeit an seine Mutter und ihre Heimat binden.

Während der Drache im Norden über die Äpfel der Hesperiden wachte, traf sich das kaiserliche Paar im Zeichen der zweigeteilten Schlange in Ravenna wieder, und gemeinsam zogen sie noch einmal nach Süden. Mit letzter Kraft versuchte die Basileia sich aus der Schlinge des Schicksals zu winden, aber sie zog sich immer fester zu.

Der schwarze Saft

Im kaiserlichen Lager vor Bari, im Herbst 983

Thea atmet tief und schiebt die Zeltplane beiseite. «Mathilde schreibt, Gisiler habe die Slawen bei Bellingen an der Tanger geschlagen.»

Otto sitzt zwischen offenen Truhen an einem Tisch, auf dem Landkarten ausgebreitet sind. «Ich habe es gehört», meint er teilnahmslos.

«Warum hast du mir nichts gesagt?» Thea versucht sich ihre Verstimmung nicht anmerken zu lassen. Seit Wochen häufen sich die schlechten Nachrichten: Der Abodritenfürst Mitsui hat Hamburg zerstört, die Liutizen und Heveller haben Havelberg überfallen, die Redarier Brandenburg verwüstet.

«Wenn wir wüssten, welche Festungen die Sarazenen in Kalabrien besetzt haben», überlegt Otto laut.

Thea betrachtet die kahle Stelle auf seinem Hinterkopf. «Freust du dich nicht über Gisilers Sieg?»

«Doch, natürlich.» Otto blickt hoch, und in seinem Gesicht zuckt es.

«Mathilde schreibt auch, sie werde nach Mainz reisen, um Otto minimus zu sehen, sobald die Weihnachtszeit vorbei ist.» Thea sieht ihren Sohn zwischen Willigis und der Schwägerin.

«In Konstantinopel weiß man bestimmt, wo die Sarazenen ihre Lager haben.»

Thea hört den Vorwurf in Ottos Stimme. Die Vertreibung der Heiden aus Italien ist das Einzige, was ihren Mann interessiert. «Stephanos hat nach Konstantinopel geschrieben», verteidigt sie sich. «Wenn seine Vertrauten es nicht herausfinden können, kann es niemand.»

Otto wendet sich wieder den Landkarten zu. Einen Augenblick wartet Thea, dann dreht sie sich um und verlässt das Zelt.

«Verzeih mir.» Otto setzt sich auf den Hocker neben Theas Lager. Nach Sonnenuntergang hat sich ein Wind erhoben, der an den Zeltwänden zerrt, und die Flamme der Öllampe auf dem Messingtischchen flackert. «Ich kann erst wieder an Sachsen denken, wenn meine Schande hier gesühnt ist.»

«Ich weiß.» Thea richtet sich auf.

«Hast du schon geschlafen?» Otto bemerkt erst jetzt, dass sie im Bett liegt.

«Nein.» Sie schüttelt den Kopf.

«Ich werde Gisiler beglückwünschen und ihn belohnen.»

«Es muss ein gutes Omen sein», meint Thea. «Auf den Sieg im Norden wird der im Süden folgen.» Sie lächelt, um den Zweifel in ihrer Stimme zu überdecken.

Otto seufzt. «Wir haben keine Soldaten, keine Kundschafter.»

«Wenn die Lage in Sachsen sich beruhigt, werden die Fürsten dir neue Truppen schicken, und wenn Stephanos' Gewährsleute –»

«Was ist das?» Otto greift nach dem Lederband, das Thea um den Hals trägt, und zieht den kleinen Bernsteinlöwen aus ihrem Hemd.

«Ein alter Anhänger», behauptet Thea. Beschämt streift sie das Lederband über den Kopf und hält es Otto hin.

«Ein Glücksbringer», stellt er fest und betrachtet ihn im Schein der Öllampe. «Das könnte ich brauchen – Glück.»

Thea sieht die Flamme in dem Bernstein funkeln. Der Wind rüttelt am Zelt, das Funkeln rutscht, fällt. Mit leisem Klirren zerspringt der Stein an der Kante des Messingtischchens.

Otto bückt sich, doch das Licht reicht nicht auf den Boden. «Das tut mir leid», sagt er mit entschuldigendem Lächeln.

Thea kann sich nicht rühren.

Als Otto gegangen ist, schlüpft Thea aus dem Bett und kniet auf den Boden. Mit fahrigen Händen tastet sie den festgetretenen Grund neben der Truhe ab. Sie findet nur noch ein winziges Stück, eine Pfote, einen Teil der Mähne? Langsam beginnen ihr die Tränen über die Wangen zu laufen.

Wann kam die Gewissheit, dass wir verloren waren? Wussten wir es schon in Verona, in Rossano? Oder erst im Lager vor Bari, als es sich nicht mehr leugnen ließ, dass wir vergeblich auf Verstärkung warteten? Der Wind trieb graue Wolken über den Himmel, während wir unsere Zelte abbrachen und nach Rom zurückkehrten. Da gab es keinen Zweifel mehr.

Papst Benedikt war im Sommer gestorben, und Adelheids Kanzler hatte unter dem Namen Johannes seine Nachfolge angetreten. Er zog uns nicht entgegen, um uns willkommen zu heißen, und die römischen Herren ließen uns unbeachtet in ihre Stadt einziehen. Niemand mehr fürchtete den Kaiser. Wir fanden in dem Palast Quartier, in dem wir einst die Hochzeit der Basileia gefeiert hatten. Er war verwahrlost, und manchmal schien es mir, ich sei der Einzige, der durch die Gänge ging, von deren Wänden höhnische Göttergesichter auf mich herunterblickten. Es kamen kaum noch Nachrichten, die Kanzlei stand leer, und der Kaiser blieb in seinen Gemächern. Man sagte, er knie nachts auf dem Betstuhl und hadere mit seinem toten Vater. Ich wunderte mich nicht, als die Basileia mir eines Tages erklärte, das Fieber habe ihn wieder gepackt, und er verlange nach dem Saft, der ihm früher Linderung verschafft habe. Woher sollte ich ihn nehmen? Die Schlacht gegen die Sarazenen hatte all unsere Vorräte erschöpft, auch meine Apothekentruhe war leer.

In meinen schlechtesten Kaftan gehüllt, einen schmutzigen Lappen um den Kopf gewickelt, schlich ich eines Abends in die Katakomben der Stadt, in denen man nicht nur die Knochen von Märtyrern erwerben kann, und tauschte eine goldene Fibel der Basileia gegen ein Fläschchen Aloeabsud. Er hatte die richtige Farbe, den richtigen Geruch. Der Händler hatte mir bei Asklepios, dem Gott der Heilkunst, geschworen, der Saft sei rein, und dass der Kaiser sogleich davon Durchfall bekam, war nicht ungewöhnlich. Erst als sein Stuhl immer blutiger wurde, bemerkte ich, dass er die ganze Phiole ausgetrunken hatte. Da war es zu spät. Nach all den Niederlagen und Erniedrigungen hatte der Kaiser beschlossen, den Widersacher in seinem Innern in einem einzigen Zug zu besiegen.

«Otto?»

«Der Kaiser schläft», sagt die alte Line, die neben dem Bett sitzt. Thea nimmt ihr das feuchte Tuch aus der Hand und betupft selbst damit Ottos Lippen. Ein bitterer Geruch hängt über dem Lager. Otto hat schon vor Tagen, als sein Leib sich in Krämpfen wand, zu essen aufgehört; jetzt trinkt er auch nicht mehr. Aus seinem After sickert schleimiges Blut.

«Der Kaiser schläft», wiederholt Line, und es klingt wie eine Beschwörung.

«Geh und ruh dich aus», befiehlt Thea.

«Aber, Herrin?»

«Ich bleibe hier.» Thea nickt der alten Frau zu, und sie erhebt sich und trottet davon.

«Otto», wiederholt Thea mehr zu sich selbst. Die eine Hand auf der Decke hebt sich ein wenig, und sie spricht weiter: «Mathilde ist hier, deine Schwester. Sie ist aus Pavia gekommen, um dich zu sehen. Soll ich sie …»

Die Fingerkuppen wischen mit einem schabenden Geräusch über die Decke. «Auch Dietrich von Metz wartet darauf, mit dir zu sprechen, schon drei Tage.»

«Es war keine Absicht.» Der Kranke spricht mit geschlossenen Augen.

«Was?», fragt Thea und denkt an die leere Phiole.

«Dass ich den Löwen fallen ließ.» Das Flüstern klingt rau.

Thea schweigt.

«Du hast ihn von Otto medius bekommen.»

«Ja», gesteht sie. «Du wusstest es?»

«Er hat ihn immer in seiner Tasche getragen.» Ottos Atem rasselt. «Als wir jung waren. Es war ein Zeichen, ein Schutz.»

Thea legt das Tuch beiseite und streichelt mit der Hand über seine Wange. Sie möchte sagen, dass es ein Fehler gewesen war, dass sie Otto medius nie geliebt hat, aber ihre Lippen bewegen sich nicht.

«Ich habe meinen Besitz verteilt.» Ottos Lider zucken.

Verlass mich nicht, bittet Thea bei sich, lass mich nicht allein.

«Hildibold hat alles aufgezeichnet. Ein Viertel der Kirche, ein Viertel den Armen …» Das Rasseln wird lauter. «Ein Viertel meiner Schwester Mathilde, und ein Viertel soll unter meine Soldaten und Diener verteilt werden.»

Thea nickt, obwohl Otto es nicht sehen kann. Er öffnet den Mund nochmals: «Und du …»

Am Tag nach dem Fest des heiligen Nikolaus, im Jahr neunhundertdreiundachtzig nach der Geburt des Herrn schied Kaiser Otto, der Sohn des Großen, in seinem achtundzwanzigsten Lebensjahr aus dem Licht, nachdem er seine Sünden gebeichtet, die Absolution erhalten und sein irdisches Gut verteilt hatte. Er wurde in der Peterskirche, am östlichen Eingang der Vorhalle, die man das Paradies nennt, in einem Sarkophag mit einem Porphyrdeckel beigesetzt. So fand der Steinbock im Zeichen des Schützen sein Ende, der Sohn im Namen des Vaters, den er nur zweimal fünf Sonnenjahre überlebte. Krebs und Löwe waren im Westen verblasst, und Kassiopeia erhob die Arme klagend über die Verwüstung, die sie in ihrer Eitelkeit über das Land gebracht hatte.

II

Zweiter Teil des Zeugnisses der Bittstellerin Martje, wortgetreu aufgezeichnet von Wendligard, magistra, am dritten Tag nach Allerheiligen anno Domini 991, zuhanden unserer ehrwürdigen Frau Hilde, Äbtissin des Stifts zu Essen.

›Am Weihnachtstag des Jahres 983 wurde der kleine Otto zum König gekrönt. Die Fürsten des Reichs hatten sich in Aachen versammelt, und sie standen Schulter an Schulter, als die Erzbischöfe von Mainz und Ravenna den Thronfolger in den Dom hineinführten. Die Kirche ist nicht so groß wie Sankt Peter in Rom, nicht voller Mosaiken wie San Vitale in Ravenna, aber wenn man aus dem Licht in die Dämmerung des Rundgangs tritt und dann zwischen den Marmorpfeilern hindurch in die achteckige Halle, wenn man die goldenen Gitter der Empore im Kerzenschein schimmern sieht und das Funkeln darüber, fühlt man sich wie in einer Wabe des Himmels. Ergriffen sah ich das Kind, das ich einst mit so viel Mühe aus dem Leib seiner Mutter gezogen hatte, im königlichen Mantel und den bestickten Schuhen vor dem Altar. Denn der Erzbischof Willigis ließ mich teilnehmen an der großen Feier; weil er wusste, was mir mein Schützling bedeutete, ahnte, dass ich von Nutzen sein könnte, ich weiß es nicht. Aber ich stand nicht weit von dem marmornen Königsthron, in meinem Festtagskleid aus Pavia und dem blauen Seidenschal, unter dem ich meinen Zopf, wie die vornehmen Frauen am Hof, zu einem Kranz aufgesteckt hatte. Ich folgte jeder Bewegung des kleinen Otto, sah, wie man ihn segnete, salbte, ihm die mit

Edelsteinen und Perlen besetzte Kinderkrone aufsetzte und ihn vor den Sitz führte, den unser Kaiser Karl einst aus Rom brachte. Ohne jede Hilfe stieg der Dreijährige die hohen Stufen empor. Tränen liefen mir über die Wangen, als ich den kleinen König dort sitzen sah, mit seinem ernsten Gesichtchen, und jeder im Dom, auch der Mächtigste, fühlte die Heiligkeit des Augenblicks.

Aber es war nur ein Augenblick. Denn kaum war der letzte Vers des Vaterunser verklungen, brauste es durch die Kirche, und ich war sicher, der Teufel, der den Aachenern geholfen hat, die schweren Bronzetüren zu gießen, sei zurückgekehrt, um die Seele zu fordern, um die man ihn geprellt hatte. Schreie und Klagen erfüllten den Dom, manche drängten zum Altar, andere stürmten aus der Kirche hinaus. Es war gut, dass ich so nah am Thron stand, denn niemand kümmerte sich um den kleinen Otto. Ich zwängte mich durch die aufgebrachten Männer, nahm sein behandschuhtes Händchen und geleitete ihn die Stufen hinunter. Er weinte und lachte zugleich. Auf ein Nicken von Erzbischof Willigis, der als Einziger nicht von Entsetzen erfasst war, hob ich den gekrönten Knaben hoch, obwohl er schon recht schwer war, und trug ihn durch das Gewühl aus dem Dom hinaus in die Pfalz zurück.

«Wer hat die Männer verscheucht?», fragte mich der Kleine, als wären die Fürsten eine Schar Gänse, während ich ihm die bestickten Schuhe auszog. Was sollte ich ihm antworten? Ich legte die Kinderkrone sorgsam in die Lederschatulle und schloss sie. «Euer Vater, der Kaiser», begann ich, und da erst begriff ich: Der Kaiser war tot, das hatten die Männer im Dom gerufen, und vor mir saß, barfuß und im Unterhemd, der nächste Kaiser.

Oh, es gibt keinen Zweifel. Otto war gekrönt, ich war dabei, ich habe es gesehen. Das Hochamt war zu Ende, als die schlimme Kunde kam, höchstens ein Segen fehlte noch, und die, die später behaupteten, die Krönung habe keine Kraft, logen. Aber ich staunte, wie alles zusammenkam zum Vorteil des kleinen Otto. Wäre die Nachricht auch nur ein wenig früher eingetroffen, am Abend zuvor etwa oder am Morgen auf dem Weg zum Dom, würde heute ein anderer über uns herrschen.

«Euer Vater ist in Rom gestorben», erklärte ich dem kleinen König. Die Schatulle mit der Krone legte ich zum Mantel, den Handschuhen und den bestickten Schuhen in Ottos Kleidertruhe. Was hätte ich in diesem Moment sonst mit ihr machen sollen? «Rom», wiederholte der kleine Otto. Er mochte das Wort, «Rom, Rom», sagte er immer wieder, bis Erzbischof Willigis kam und ihm erklärte, das Fest, bei dem er auf dem höchsten Stuhl an der großen Tafel hätte sitzen sollen, würde nicht stattfinden. Da begann der kleine König zu weinen; und er konnte fast nicht mehr aufhören.

Die ganze Nacht verhandelten die Fürsten im Saal der Aachener Pfalz, und am nächsten Morgen brachen wir mit Erzbischof Warin nach Köln auf, dem willigen Warin, wie wir ihn nannten, unter dessen Aufsicht der tote Kaiser seinen Sohn gestellt hatte. Als Wehmutter habe ich hinter die Masken vieler Menschen gesehen, ich lasse mich nicht leicht täuschen, und diesem kleinen, kurzhalsigen Mann misstraute ich von Anfang an. Ohne Anlass, ich gebe es zu, denn der Erzbischof war freundlich zu mir, wie zu allen, zu freundlich. Ich ahnte Berechnung in seinem ewigen Lächeln, Eigennutz in seinem teigigen Fleisch. Ich mochte ihn nicht.

Kaum waren wir in Köln, erschien Herzog Heinrich. Man hatte ihn aus der Haft in Utrecht entlassen, und Warin erklärte mir lächelnd, dass der Herzog als nächster männlicher Verwandter des kleinen Otto nun dessen Vormund sei. Ich hatte mir den Verschwörer anders vorgestellt, größer, ungeschlachter. Auch seine Haare waren nicht so rot, wie alle behaupteten – nicht röter als die des toten Kaisers, und neben seinem einäugigen Gefährten kam er mir jung und stattlich vor. Herzog Heinrich trug einen kurzen, mit Pelz besetzten Mantel, enge Beinkleider, und während er den kleinen Otto musterte, strich er sich über seinen gestutzten Bart. Dabei sah ich die Warzen an seinen Fingern, schorfig wuchernde Knoten. Der willige Warin erklärte ihm, dass ich seit der Geburt für den Thronfolger sorge, und da fasste ich mir ein Herz und sagte dem Schwertmagen, er solle die Geschwülste mit der Milch des Schöllkrauts bestreichen. Als Herzog Heinrich zwei Monate später mit seinem Mündel nach Sachsen aufbrach, waren die Warzen verschwunden; und ich zog mit ihnen.›

An Willigis, Erzbischof von Mainz
Wie ein Brand verbreitet sich das Unheil um uns, und jeder Tag bringt neue Schreckensmeldungen. Papst Johannes wird sich nicht mehr lange in Rom halten können. Der Widerstand in der Stadt ist zu groß, und es heißt, der mörderische Bonifatius sei bereits aus Konstantinopel abgereist, um in den Lateran zurückzukehren, aus dem mein Bruder ihn vor neun Jahren vertrieben hat. Auch hier im Norden Italiens erheben sich unsere Feinde. Gestern ist Gerbert in Pavia eingetroffen, weil er aus seiner Abtei in Bobbio flüchten musste. Er ist voller Gram über den Tod des Kaisers, nennt ihn den Ruhm der Götter, den Erleuchtetsten der Cäsaren, dem eine große Zukunft bevorstand. Auch ich kann es manchmal kaum fassen, dass Otto tot sein soll. All die Hoffnungen, die mein

Vater, meine Mutter, die Fürsten über die Jahre in ihn gesetzt haben!
Natürlich beklagt Gerbert auch sein eigenes Scheitern. Die Abtei scheint in keinem besseren Zustand als vor seiner Ernennung, und mehr noch reut es ihn wohl, dass er seine Studien in der gutbestückten Bibliothek nicht fortsetzen, die Mönche nicht länger mit seinen wortreichen Ausführungen belehren kann. Er hat eine Scheibe mit verschiebbaren Ringen mitgebracht, wie sie von den Seeleuten im Osten gebraucht wird, um nachts den Weg über die Meere zu finden, und er war daran, eine Orgel zu bauen, die ihm helfen sollte, die Musik der Sphären zu erforschen. Nun redet er davon, sich am Hof meiner Mutter als Kanzlist anstellen zu lassen. Wie alle fürchtet er sich vor dem, was kommt, und zweifelt an sich selbst.
Nur Thea, die Kaiserin, scheint von dem drohenden Verhängnis unberührt. Gerbert hat sie nicht wiedererkannt, als er sie nach der Messe von ferne sah, und ich bin selbst erschrocken. Ich habe nicht gemerkt, wie sehr sich meine Schwägerin in den letzten Monaten verändert hat. Zum Glück ist es mir gelungen, sie gleich nach der Bestattung meines Bruders von Rom hierherzubringen, wo auch sie unter dem Schutz meiner Mutter steht. Ich kann nicht sagen, ob Thea die Verluste, die sie erlitten hat, je überwinden wird. Selbst ihrem Sterndeuter gelingt es nicht mehr, die Wand zu durchdringen, die sie um sich errichtet hat, und ich sehe ihn nachts verzagt auf dem Dach des Palastes sitzen. Deshalb weiß ich auch nicht, ob ich Deinen Auftrag erfüllen kann. Natürlich werde ich tun, was in meiner Macht steht – aber meine Mutter und meine Schwägerin einigen? Es scheint fast unmöglich, auch wenn es,

wie Du schreibst, der einzige Weg ist, unser Ziel zu erreichen und meinen Neffen zum Kaiser zu machen. Das Schicksal hat uns kein Wiedersehen gegönnt, mein Freund, aber es verbindet uns über Zeit und Raum hinweg. Ich bleibe in Gedanken
Deine Mathilde
Zu Pavia, anno Domini 984, am Tag der Taufe des Herrn

‹Ein seltsamer Zug bewegte sich in diesem Frühjahr auf dem Hellweg nach Sachsen: ein Kindkönig mit seinem Vormund, von einem einäugigen Grafen begleitet, einem lächelnden Erzbischof, einer Schar Soldaten, die eine eisenbeschlagene Kiste bewachten. Je weiter wir in den Osten kamen, umso schlechter war die Königsstraße unterhalten. Von Buschwerk und Zweigen überwuchert, war sie oft kaum eine halbe, geschweige denn, wie gefordert, eine ganze Speerlanze breit, und vielerorts lag noch Schnee. Die Kiste enthielt die Insignien des Reichs, Schwerter und Kronen; auch die, die Otto der Große einst für seinen Sohn schmieden ließ, um ihn in Rom zum Mitkaiser zu krönen. Aus acht Platten ist sie, mit Bildern und Edelsteinen besetzt, darunter der Waise, der Stein aller Steine. Nur die Kinderkrone, die Otto in Aachen getragen hatte, lag noch in seiner Kleidertruhe. In der Aufregung über den Tod des Kaisers hatte niemand danach gefragt. Auch ich hatte sie vergessen, und nun … Ich nahm mir vor, sie unbemerkt zu den anderen Kleinodien zu legen, sobald sich eine Gelegenheit ergab. Aber Herzog Heinrich ließ die Kiste nicht aus den Augen. Jeden Abend befahl er den Soldaten, sie vom Karren zu heben und an das Kopfende seines Lagers zu stellen, damit er mit der rechten Hand auf dem eisernen Schloss schlafen konnte.

Der kleine Otto schlief neben mir, auf feuchten Strohsäcken, unter fleckigen Decken, stets seinen schwarzen Hund zu Füßen, den ihm weder Warin noch der Herzog hatte wegnehmen können, nun, wo er König war. Unterwegs erzählte ich von den Burgen und Pfalzen, die ich von meinen Reisen mit Kaiser Otto kannte, von den wärmenden Feuern, die uns dort erwarteten, den Schweinen, die man für uns braten würde, dem süßen Gebäck, und ich malte dem kleinen Otto aus, wie die Burgherren sich über seine Ankunft freuen würden. Aber oft trafen wir nur auf den Vogt oder den Meier, und die bewirteten uns wie reisende Händler. Wenn wir wieder aufbrachen, verbreitete sich Erleichterung auf den Gesichtern des Gesindes, und ich konnte es den Leuten nicht verübeln. Herzog Heinrich wies alle Bittsteller ab, die sich auf die Kunde, der König sei hier, eingefunden hatten, und auch die, die sich ihm, in der Hoffnung auf Vergebung ihrer Vergehen, im Bußgewand zu Füßen warfen, beachtete er nicht. Dafür ließ er Kammern und Kapellen nach Kostbarkeiten durchsuchen, die er im Namen des Königs beanspruchen konnte, derweil der einäugige Ekbert sich an Speisekammern, Weinkellern und Mägden schadlos hielt.

Einzig in Merseburg, dachte ich, müsste man uns mit Ungeduld erwarten. Gewiss hatte man den Herzog in Utrecht nicht in einen Kerker gesperrt, und seine Frau Gisela wird ihn in den Jahren seiner Haft besucht haben. Gleichwohl stellte ich mir das Wiedersehen der Eheleute als Fest vor. Ich erinnerte mich an den Abend in Rossano, an dem wir die Rettung des Kaisers gefeiert hatten. Aber Herzog Heinrich begrüßte seine Frau und seine zwei Söhne – zwei hübsche Knaben von zehn und sieben Jahren – kaum und wandte sich sogleich den Vorbereitungen seines Einzugs in Magdeburg zu. Gisela, die Herzogin, schien nicht enttäuscht. Ihr Gleichmut beeindruckte mich, und wie durch Warins Lächeln die Selbstsucht schimmerte, verbarg sich hinter ihrer Fügsamkeit die Kraft der Burgunderin, die ich von ihrer Tante, Kaiserin Adelheid, kannte. Und Herzogin Gisela umhegte den kleinen Otto, als wäre er ihr eigener Sohn.›

An Willigis, Erzbischof von Mainz
Es mag rechtens sein, aber recht ist es nicht, dass der Mann, der meinen Vater und meinen Bruder verraten hat, am Palmsonntag in den Magdeburger Dom einziehen soll, als trüge er selbst die Krone, und der – unerhörter noch – an Ostern in Quedlinburg, in meinem Stift, einen Hoftag abhalten will. Ich weiß, dass Folkmar Heinrich aus der Haft entlassen und dass Warin ihm den kleinen Otto übergeben musste. Mit dem Tod meines Bruders erlosch die Gefangenschaft, die Kuratel über den unmündigen König steht meinem bayrischen Vetter nach der Linie des Blutes zu. Ich weiß auch, dass Du die Grenzen des Statthaften übertreten hast, um meinem Neffen den Thron zu sichern. Es ist nicht auszudenken, was geschehen wäre, wenn die Nachricht vom Tod des Kaisers schon vor der Krönung in Aachen bekannt geworden wäre, und ich bin Dir zu großem Dank verpflichtet. Aber was Heinrich jetzt tut, geht weit über die Befugnisse eines Vormunds hinaus.
Du kennst die Schwäche, die meine Mutter für den Herzog und dessen Vater hegte, aber auch sie ist empört; und würden es Entfernung und Zeit nur erlauben, würden wir beide nach Sachsen reisen, um dem betrügerischen Spiel ein Ende zu setzen. So aber kann

ich nicht mehr, als Dich anflehen, Heinrich zur Ordnung zu rufen.
Gerbert ist nach Reims aufgebrochen, jammernd zwar, dass er seinen Hausrat und seine Musikinstrumente zurücklassen musste, um dort bei Erzbischof Adalbero, seinem alten Gönner, für uns zu sprechen. Denn offenbar hat Heinrich sich bereits mit König Lothar verständigt, ihm Lothringen für seine Unterstützung versprochen, und auf Dietrich von Metz, der nach dem Tod meines Bruders den Hof voller Zorn verlassen hat, können wir nicht rechnen. Er wird die Partei dessen ergreifen, der ihn am reichsten beschenkt. Wir müssen die Luxemburger und die Lothringer für uns gewinnen, Herzogin Beatrix vor allem und ihren Bruder, Hugo von Franzien, den Thea in Rom damals so für sich eingenommen hat. Ach, ich wünschte, es würde mir gelingen, meine Schwägerin aus ihrer Schwermut zu locken, denn sie hält, wie Du schreibst, den Schlüssel zur Zukunft. Ich habe noch eine Hoffnung, wenn auch die sich zerschlägt … Verzeih mir mein Drängen, Willigis, meine Empörung, sie mag der Äbtissin nicht zustehen, wohl aber der Tochter und der Schwester eines Kaisers. So wie Dir geht es mir um das Wohl des Reichs, und dass es in den Händen bleibt, in die Gott es gegeben hat.
Mathilde
Zu Pavia, anno Domini 984, am Sonntag vor Aschermittwoch

‹Die Stadt war mir vertraut, mit ihren Wällen und Türmen und den Kähnen der Händler am Ufer der Elbe. Wie sollte sie sich in den wenigen Jahren auch verändert haben, und doch kam sie mir anders vor, als ich mit Herzog Heinrich und dem kleinen König wieder nach Magdeburg kam. Ich war nicht mehr die friesische Nabelschneiderin, die man in der Not mitgenommen hatte, um den kranken Zwilling zu versorgen, sondern die Kinderfrau des Königs. Noch in Merseburg teilte mir Herzogin Gisela eine Magd zu, die sich ganz um das Wohlbefinden des kleinen Otto und das meine kümmern musste, und anstatt im Dachstock des Magdeburger Königspalastes wohnte ich in einem der Zimmer im Arkadengang, in denen das letzte Mal die Kaiserin geschlafen hatte.

Gewiss war der Hofstaat des Herzogs kleiner als der des seligen Kaisers. Manche der sächsischen Herren hatten ihm den Zugang zu ihren Burgen verweigert, und er belagerte und plünderte sie. Andere verließen die Stadt, als sie von unserer Ankunft hörten, und viele behaupteten, Herzog Heinrich wolle nicht nur Vormund, sondern selbst König sein, und das sei ein großer Frevel. Auch ich wunderte mich, dass der kleine Otto auf Befehl des Herzogs während der Palmsonntagsfeier im Palast blieb, als wäre er gar nicht in Magdeburg. Aber die Prozession durch die Straßen war deshalb nicht weniger prunkvoll. Erzbischof Gisiler empfing Herzog Heinrich auf der Schwelle des Doms und führte ihn an der Hand zum Altar; und unter denen, die ihn am Osterhoftag in Quedlinburg mit dem Laudes-Gesang priesen, erkannte ich Dietrich von Metz und viele andere, die ich in Rom und Ravenna gesehen hatte. Auch der Utrechter Bischof war unter ihnen, der bis vor kurzem noch Heinrichs Kerkermeister gewesen war. Vor ihrer aller Augen nahm Herzog Heinrich die Treueschwüre der Herrscher von Polen und Böhmen entgegen, und auch die eines slawischen Häuptlings, der drei Ehefrauen mitgebracht hatte und zur Sonne statt zum Allmächtigen betete.›

Der Feind in der Nähe

Pavia, Ostermontag 984

Die Ameise hält inne, betastet das Hindernis mit ihren Fühlern, dann krabbelt sie daran empor und setzt ihren Weg fort. Gleich darauf erscheint eine zweite und läuft, ohne zu zögern, hinter der ersten über Theas Handrücken. Schritte knirschen auf dem Kiesweg. Ist schon wieder Abend? Eine dritte Ameise läuft über ihre Hand.

«Kitzelt es?» Ein Kind steht vor ihr.

«Ich spüre nichts.» Theas Zunge klebt ein wenig am Gaumen.

«Sie beißen, aber nur, wenn man sie stört», erklärt das kleine Mädchen.

Thea nimmt die Hand von der Steinbank, auf der sie sitzt, und legt sie in ihren Schoß.

«Du musst dich nicht fürchten», beruhigt das Kind sie.

Thea schweigt.

«Wie heißt du?», fragt es neugierig.

«Theophanu.»

«Den Namen habe ich noch nie gehört», sagt das Mädchen enttäuscht. «Und woher kommst du?» Es mustert sie aufmerksam.

«Von sehr weit her.»

«Ich auch», sagt das Mädchen stolz. Erst jetzt fällt Thea auf, dass es Deutsch spricht. «Wir waren viele Tage unterwegs, und nachts haben wir ...» Thea lauscht dem vertrauten Klang. Die Kühle des Bodens dringt durch ihre Sohlen, sie fröstelt. Sie sollte das Kind in die Küche zurückbringen. «... und jetzt sind wir hier», endet es seinen Bericht.

«Und gefällt es dir hier?», fragt Thea.

«Ich weiß es noch nicht.» Das Mädchen blickt sich in dem dämmrigen Garten um. «Ich dachte, meine Mutter wäre hier», fügt es etwas vorwurfsvoll hinzu.

«Ich habe niemanden gesehen», meint Thea entschuldigend.

Das Kind betrachtet sie wieder. Es muss vier oder fünf Jahre alt sein, und der Dialekt, die grünblauen Augen – eine Wärme breitet sich in Thea aus.

«Wie ist dein Name?», fragt sie.

«Mathilde.» Das Kind streift sich eine schwarze Haarsträhne aus dem Gesicht. «Aber die meisten nennen mich Tilda.»

Irene sitzt bei der alten Line in der Küche. Sie zögert einen Moment, als Thea eintritt, dann steht sie auf.

«Ich habe sie gefunden», verkündet Tilda, die sich an Theas Mantel hält, «obwohl sie gelogen hat.»

«Gelogen?», fragt Irene verwundert.

«Sie hat einen falschen Namen gesagt», erklärt Tilda.

Irene blickt Thea an. «Theophanu», wiederholt diese.

«Sie heißt Thea, hast du gesagt», meint Tilda empört.

Die Frauen lachen, doch bevor Thea sich versieht, laufen ihr die Tränen über die Wangen.

«Du kannst mit mir im Garten Zitronen pflücken.» Die alte Line nimmt Tilda bei der Hand.

«Zitronen?», staunt das Kind.

Als sie allein sind, drückt Irene die weinende Freundin an sich. Thea ist noch dünner geworden, noch kleiner, und ein säuerlicher Geruch steigt aus ihren Kleidern.

«Warum bist du hier?», fragt sie schnupfend.

«Ich dachte, es sei Zeit, dass du deine jüngste Tochter wiedersiehst.» Irene lächelt. «Sie gleicht dir.»

Thea wirft ihrer früheren Zofe einen zweifelnden Blick zu.

«Mathilde hat mich kommen lassen», meint Irene ernst. «Deine Schwägerin.»

«Mathilde?»

«Sie macht sich Sorgen um dich. Alle machen sich Sorgen um dich.» Mit Recht, denkt Irene, während sie in Theas Gesicht blickt.

«Sorgen.» Thea lässt sich auf einen Küchenhocker sinken.

«Sie sagen, du würdest dich nicht mehr um die Angelegenheiten des Reichs kümmern, um deinen Sohn, um dich.»

«Mein Sohn», wiederholt Thea teilnahmslos.

«Otto minimus.»

Theas Lippen zucken. «Wo ist er?»

«In Sachsen.»

Thea sieht den Sarkophag mit dem roten Porphyrdeckel im Atrium der Peterskirche.

«Er sollte auch in Sachsen sein», murmelt sie.

«Wer?», fragt Irene.

«Otto, der Kaiser. Er hat Rom immer gehasst, schon als Kind, nicht nur, weil er dort das Sumpffieber bekam. Er liebte die Wälder, die Jagd im Harz, die salzigen Quellen. Memleben, dort wollte er begraben sein, in der Kirche, die er zum Andenken an seinen Vater und seinen Großvater bauen ließ.»

«Wir können ihn immer noch –» Irene verstummt. Die Mönche des Klosters Memleben haben die Bauarbeiten an der Kirche eingestellt, als sie vom Tod ihres Stifters erfuhren.

Thea greift nach Irenes Hand. «Dass du da bist.»

«Ich hätte schon längst kommen sollen», meint Irene leise.

«Alle sind gegangen, die Bischöfe, die Fürsten, die Hofleute. Sogar Jakob ist nicht mehr bei uns.»

Draußen zwitschert ein Vogel. Irene hat gehört, dass Jakob ins Kloster von Rossano eingetreten ist, aber sie kann sich den alten Soldaten nicht in einer Kutte und mit geschorenem Kopf vorstellen.

«Otto hat im Fieber manchmal deinen Namen gesagt», erinnert sich Thea. «Er hat dich sehr –»

«Das war früher», unterbricht Irene sie. «Der Kaiser hat mich viele Jahre nicht mehr gesehen.»

«Liebe vergeht nicht, nur weil man einander nicht mehr sieht.» Thea senkt den Kopf.

Irene überlegt, ob sie nach Otto medius fragen soll. «Du musst an deinen Sohn denken», sagt sie dann. «Du bist es Otto schuldig, beiden Ottos bist du es schuldig, dass er Kaiser wird.»

Bis tief in die Nacht brennen die Talglampen in Mathildes Zimmer im Palast von Pavia.

«Und der Bischof von Trier hat sich Heinrich angeschlossen», wundert sich Thea.

«Er sagt, dein Sohn sei ein Fremder, ein Grieche», erklärt Irene.

Theas Lippen werden schmal.

«Gerbert ist auf unseren Wunsch nach Reims zurückgekehrt», berichtet Mathilde weiter. «Erzbischof Adalbero hat ihn wieder zu seinem Sekretär gemacht, und er setzt sich für uns ein. Als Heinrich merkte, dass er das niedere Lothringen nicht besetzen konnte, zog er nach Sachsen, anstatt sich wie vereinbart mit König Lothar in Breisach zu treffen, und als der dort ankam, erwartete ihn Konrad von Schwaben mit seinen Leuten und jagte ihn über die Meurthe zurück.»

Thea schweigt. Sie kann nicht fassen, was in den letzten Wochen alles geschehen ist.

«Jetzt sitzt Heinrich in Quedlinburg und führt sich wie der Kaiser auf», endet Mathilde bitter.

«Er hat sich mit seinem Hochmut und seinen Raubzügen in Sachsen schon einige Feinde gemacht», wendet Irene ein.

Mathilde nickt. «Clementia, die Tugend der Könige, ist ihm fremd.»

«Lothar wird weiter nach Lothringen schielen», überlegt Thea laut. «Wir müssen uns mit Hugo von Franzien verständigen.»

Mathilde und Irene wechseln einen Blick.

«Er ist der Einzige, der Lothar in seine Schranken weisen kann.» Thea steht auf.

«Zuerst muss Heinrich in die Schranken gewiesen werden», stellt Mathilde fest.

Thea beginnt im Zimmer auf und ab zu gehen. «Er ist der Vormund meines Sohnes. Die Fürsten in Aachen –»

«Aber er wird sich nicht mit der Vormundschaft begnügen», fällt Irene ihr ins Wort.

«Und deshalb müssen wir sie ihm wegnehmen», sagt Mathilde mit Nachdruck.

«Und er muss dir deinen Sohn zurückgeben», pflichtet Irene bei.

Thea bleibt stehen. «Das heißt, dass ich dann …»

«Du bist an deiner Hochzeit mit meinem Bruder zur Mitkaiserin gekrönt worden», erinnert Mathilde sie.

«So wie es in Konstantinopel üblich ist», ergänzt Irene.

«Willigis sagt, sobald die Fürsten Heinrichs unlautere Absichten durchschauen, werden sie sich von ihm abwenden.»

Thea denkt an ihr Gespräch mit dem Erzbischof in Verona. Er war ihr stets freundlich gesinnt gewesen, vielleicht weil auch er einst von manchen am Hof wegen seiner unpassenden Herkunft abgelehnt wurde.

«Und Heinrich ist gefährlich», sagt Irene.

«Gefährlich?» Thea schaut die beiden Frauen an.

«Glaubst du, der Mann, der deinen Schwiegervater und deinen Gatten beseitigen wollte, werde deinen Sohn leben lassen?»

Theas Gesicht glüht mit einem Mal.

Nicht im Licht, sondern im Dunkel offenbart sich das Schicksal, lehrte mich mein Meister in Konstantinopel, und die Tangenten und Winkel, mit denen wir die Sterne verbinden, dienen dazu, die Finsternis zu erfassen. In der Nacht in Pavia, in der die Basileia nach mir schickte, erinnerte ich mich daran. Nach all den Monaten, während denen ich auf ein Funkeln, ein Aufblitzen über mir gewartet hatte, gewahrte ich nun die Leere im Westen des Löwen und begriff, dass dies das Zeichen war.

Wie aus einem Traum erwacht, musterte mich meine Herrin, als ich ihr Gemach betrat, und ich sah, dass sie von dem Ufer zurückgekehrt war, an das Trauer und Reue sie geschwemmt hatten. Sie musste mir nicht erklären, warum sie mich gerufen hatte. Die richtige Zeit, sagte der große Hippokrates, ist ein Augenblick; und der Augenblick war gekommen, nach der Regentschaft zu greifen. Aber wir waren auf allen Seiten umstellt. Nie zuvor waren unsere Gegner so mächtig gewesen, wir selbst so schwach. «Ich brauche deine Hilfe», sagte die Basileia, und die Hoffnung in ihrer Stimme stach mich wie ein Messer. Welche Hilfe konnte es geben? Ich dachte an das Dunkel westlich des Löwen und fasste mir ein Herz. «Um diesen Kampf zu gewinnen, müsst Ihr Frieden schließen», erklärte ich ihr. «Frieden mit dem Feind in der Nähe, damit ihr den in der Ferne besiegen könnt.» Sie wusste sofort, von wem ich sprach, aber sie betrachtete mich dennoch mit fragendem Blick, und ich verübelte es ihr nicht. Dies war die schwerste Aufgabe von allen, und ihr abgehärmtes Gesicht zog sich vor Schmerz zusammen.

Pavia, Anfang April 984
«Erzbischof Willigis schreibt, Ihr sollt in Italien bleiben.»

Thea nimmt Hildibold den Brief aus der Hand. «Da.» Sie reicht ihn Mathilde, die eben die Kanzleistube betritt. Seit Tagen arbeiten sie an den Vorbereitungen für ihre Rückkehr. Eine leichte Röte überzieht das Gesicht der Äbtissin, während sie liest.

«Was heißt das?», fragt Thea ungeduldig.

«Nun», Mathilde zögert, «es ist noch zu früh.»

«Aber Willigis schreibt, viele der Fürsten hätten Quedlinburg verlassen, weil sie den Eid, den sie in Aachen meinem Sohn geleistet haben, nicht brechen wollten. Die Franken und die Sachsen, die zu uns stehen, haben sich verbündet, Konrad von Schwaben ist auf unserer Seite und auch Hezilo, der Liutpoldinger, den wir in Verona mit dem Herzogtum Bayern belehnt haben.»

Und Otto von Worms, denkt Thea, ohne es zu sagen, und versucht seinen grauen Schopf aus ihrer Erinnerung zu schieben. «Worauf wartet Willigis noch?»

«Die Fürsten wollen einen starken Herrscher.» Mathilde dreht den Brief in ihren Händen.

«Kein Kind?», fragt Thea.

Mathilde schweigt.

«Keine Frau?», bohrt Thea weiter.

Hildibold blinzelt.

«Keine Fremde», stellt sie fest.

«Wenn du mit meiner Mutter ...»

Der Feind in der Nähe, Thea wendet sich ab.

«Ohne meine Mutter hätte Adalbero Lothar nicht dazu gebracht, Otto als König anzuerkennen», meint Mathilde sanft.

Thea tritt ans Fenster.

«Auch bei Karl von Lothringen hat sie sich für deinen Sohn eingesetzt», fährt die Schwägerin in ihrem Rücken fort. «Und die Italiener betrachten sie immer noch als ihre Herrscherin.» Auf den Bäumen im Garten liegt ein grüner Hauch; es ist Frühling geworden. «Meine Mutter hat mehr für ihren Enkel getan als je für ihren Sohn.»

Thea sieht Irene mit Tilda aus der Küche kommen. Die beiden streiten sich, das Gesicht des Kindes ist zornverzerrt.

«Und sie hat dich bei sich aufgenommen», fügt Mathilde hinzu.

Tilda stampft mit dem Fuß.

«Wenn ihr nun gemeinsam ...»

Irene lässt das Kind stehen und geht davon. Tilda reckt den Kopf ein wenig, dann läuft sie hinter Irene her. Thea seufzt; ihre Tochter gleicht ihr tatsächlich.

Thea blickt auf ihre Hand, als sie vor der Tür steht, und einen Augenblick lang glaubt sie, sie könne nicht klopfen.

«Ja!» Die Stimme, die ihr antwortet, klingt brüchig.

Ihre Schwiegermutter kniet vor einem Bild der Heiligen Jungfrau. Thea betrachtet den gebeugten Rücken der Betenden, die knochigen Schulterblätter unter der Kutte, die graue Haarsträhne, die in einer Falte des Nackens klebt. Nach einer Weile bekreuzigt sich Adelheid und beginnt sich an dem Stuhl, der neben ihr steht, hochzuziehen. Im ersten Moment will Thea ihr helfen, doch sie tut es nicht.

Mit einem ärgerlichen Stöhnen lässt Adelheid sich auf dem Stuhl nieder und zieht ihre Kutte zurecht. Dann erst hebt sie den Kopf und blickt Thea ins Gesicht.

«Ich.» Das ist das falsche Wort. Thea räuspert sich, sie will nicht von sich sprechen. «Mein Sohn und ich», beginnt sie nochmals. Adelheid starrt sie an, ihre Augen sind blasser als früher. «Wir schulden Euch großen Dank für das, was Ihr seit dem Tod meines Gatten, Eures Sohns, für uns getan habt.» Um Adelheids Mund zuckt es ungeduldig. Mit einem kleinen Ruck kniet Thea nieder und fasst nach dem Saum der Kutte. «Wir bitten um Euren Segen», sie hält den Kopf gesenkt, «und um Euren Beistand.» Thea glaubt das grobe Tuch, das sie zwischen den Fingern hält, auf ihrer Zunge zu spüren. «Euren Beistand», wiederholt sie. Wieder erklingt ein ärgerliches Stöhnen. Thea wünscht, Otto wäre hier; er würde ihr helfen. «Damit wir gemeinsam gegen den Vormund meines Sohnes –»

Ein Klopfen unterbricht sie, im nächsten Moment steht eine von Adelheids Hofdamen neben ihr. Thea rappelt sich auf, und zu ihrem Erstaunen überreicht die Frau ihr und nicht der Schwiegermutter den Brief, den sie bringt. Thea erkennt Bernwards Schrift. Er wurde nach Magdeburg geschickt, um von dort zu berichten, und da sein Onkel Folkmar den roten Heinrich unterstützt, hat er schon einiges in Erfahrung gebracht. Thea stutzt. «Er hat Ada!» Sie lässt den Brief sinken. «Heinrich hat Ada aus Quedlinburg weggebracht, und nun ist sie auf der Burg des einäugigen Ekberts.»

Die Schwiegermutter rührt sich nicht.

«Adelheid, meine Tochter, Eure Enkeltochter, bei dem Halunken, der mit Heinrich zusammen in Utrecht in Haft saß.» Theas Stimme überschlägt sich.

Langsam erhebt sich die alte Kaiserin und erteilt mit leiser Stimme Befehle. Thea hört nicht hin. Sie sieht ihre Tochter in einem dunklen Verlies. Die Hofdame entfernt sich. Kurz darauf erscheint Hildibold und etwas später Mathilde, die Äbtissin von Quedlinburg, weiß vor Zorn.

‹In jenem Frühling reisten der kleine Otto und ich mit Herzogin Gisela von Quedlinburg nach Merseburg zurück, und es kam mir wie ein Ausflug vor. Die Wagen der Herzogin waren bequem, ihre beiden Söhne trabten auf ihren Pferdchen neben uns her, und der kleine Otto durfte mit einem der Soldaten reiten, solange der Weg eben war. Er jauchzte, wenn das Ross in Galopp fiel. Die Sonne schien. Die Bauern mit den Saatkörben auf den Feldern winkten uns zu, und in den Wäldern blühten Windröschen und gelbe Primeln.

In Merseburg wurden wir von freundlichen Gesichtern empfangen, die Herzogin war beliebt. Ihre Söhne behandelten den kleinen Otto wie ihren Bruder, und auch mir war man wohlgesinnt. Von meiner Kammer aus sah ich auf die Saale hinunter, aus der die Fischer dicke Karpfen zogen. Natürlich hörten wir, dass Erzbischof Willigis Herzog Heinrich zu Verhandlungen rief, der aber, anstatt sich am vereinbarten Ort einzufinden, nach Bayern zog, um seine Anhänger um sich zu scharen. Die meisten Bischöfe und viele der Grafen dort schlossen sich ihm an. Dass dies Herzog Hezilo, dem die Bayern erst seit kurzem unterstanden, empörte, war kein Wunder. Wir hörten auch, dass Heinrichs Widersacher die Burg des einäugigen Ekberts stürmten, und die Schätze, die er dort verwahrte, raubten, Silber aus den Bergwerken im Harz, und Prinzessin Adelheid, die älteste Schwester des kleinen Otto. Sie war ein hochmütiges Kind, die Stiftsfrauen in Quedlinburg hatten sie über alle Maßen verwöhnt, und es wird ihr nicht geschadet haben, für eine Weile etwas straffere Zügel zu spüren.

Als die Nachricht kam, Herzog Heinrich ziehe mit seinen Leuten nach Worms, um Erzbischof Willigis nun doch zu treffen, waren die drei kaiserlichen Gebieterinnen – Kaiserin Adelheid, Kaiserin Theophanu und Äbtissin Mathilde – unterwegs nach Norden. Der kleine Otto saß jeden Morgen mit seinen beiden Vettern in der Schulstube, und ich betreute auch Herzogin Gisela, die noch einmal schwanger geworden war.›

Das Wesen, das mir von Natur und durch Bestimmung eigen ist, hat mich alle Kämpfe meiden lassen. Ich habe nie verstanden, was andere – auch Beschnittene – auf das Schlachtfeld zog, und selbst im Hippodrom von Konstantinopel saß ich nur, um die prächtigen Gewänder der Zuschauer zu betrachten, die Kronen aus Pfauenfedern und die unfassbaren Kunststücke der Artisten, die uns zwischen den Wagenrennen unterhielten. Aber bei jenem Zusammentreffen auf den Rheinwiesen gegenüber von Worms wäre ich gern dabei gewesen.

Da war Willigis auf der einen Seite, an der Spitze der wankelmütigen Fürsten, die er mit übermenschlicher Umsicht für einen vierjährigen König gewonnen hatte. Was für ein Weg lag hinter ihm, dem Abkömmling eines Wagners, eines Fuhrmanns angeblich, der es verstanden hatte, die Gunst immer mächtigerer Fürsprecher für sich zu gewinnen, bis der erste Otto – gegen den Widerstand seines Hofstaats – ihn zu seinem Kanzler und der zweite zum Erzbischof von Mainz machte. Sein Bistum war das mächtigste im Reich, und seit Jahren baute er an einem Dom, der alle andern Kirchen übertreffen würde. Willigis war ein hochgewachsener, dürrer Mann, stets im Habit des Mönches, das seinen sorgfältig gesetzten Worten noch größere Klarheit verlieh.

Auf der anderen Seite der rote Heinrich, von Geburt an begünstigt, Enkel und Vetter eines Kaisers, mit allen Wassern gewaschen und zu jeder Tat bereit, um die Krone zu erlangen, die ihm seiner Ansicht nach zustand. Gewiss war er wie stets in Pelz und Seide gekleidet, hatte den Mund voll betörender Phrasen, und seine bayerischen Getreuen, die er mit Geschenken und Versprechen an sich gebunden hatte, umwedelten ihn wie ein Rudel Hunde.

Im wachsenden Mond des Mais müssen die beiden in den Wiesen am Rheinufer ihre Zelte aufgeschlagen haben, wo sie Urkunden und Briefe verglichen, Vorgehen besprachen, akzeptable Verluste, unverzichtbare Bedingungen. Und dann trafen sie sich, an einem Tisch, einer Tafel, im offenen Feld? Waren sie von Soldaten umringt oder von Priestern? Der Herzog war gekommen, um dem Kind die Krone, der Erzbischof, um dem Herzog das gekrönte Kind zu nehmen. Ja, bei diesem Gefecht wäre ich gern Zeuge gewesen, anstatt mich mit Schilderungen selbsternannter Chronisten zu begnügen. Lange Zeit, berichteten die, habe es so ausgesehen, als vermöge es der zungenfertige Heinrich, die Anwesenden zu umgarnen und seinen Anspruch durchzusetzen. Doch als wir Anfang Juni – nachdem wir die Alpen auf anderem, nicht minder mühsamem Weg beim Vogelberg überquert hatten – am Hof des Burgunderkönigs Konrad eintrafen, stand fest, dass der kleine Otto acht Tage nach Sonnwende zu Rara im Grabfeldgau den beiden Kaiserinnen zurückgegeben würde. Das hatte Herzog Heinrich in den Wiesen vor Worms geschworen.

Natürlich ließ sich der durchtriebene Verschwörer nicht durch einen Eid binden, und es erstaunte niemanden, dass Heinrich sogleich nach Böhmen zog, um bei seinen Spießgesellen Hilfe zu suchen. Boleslaw aber gab ihm nur ein Geleit Soldaten, die den roten Herzog über die Grenze zurückführten und auf dem Heimweg den Burggrafen von Meißen erschlugen.

Heinrich selbst wurde vor Weimar von unseren Getreuen umzingelt, und der bucklige Gisiler, der sich nach den Verhandlungen in den Rheinwiesen hastig vom Thronräuber abgewandt hatte, ließ ihn noch einmal schwören, dass er den kleinen König am gegebenen Tag, am gegebenen Ort den Kaiserinnen aushändigen werde. So traf meine Basileia mit ihrer Schwägerin, ihrer Schwiegermutter und deren Bruder, König Konrad, vom anderen Konrad, dem von Schwaben, und seinen streitbaren Männern begleitet, unter Willigis' Führung in Rara ein. Die Hitze flimmerte im Schilf der Flussniederungen unter dem abgewirtschafteten Königshof, und in den kurzen Nächten sah ich Herkules im Osten seinen Fuß auf den Kopf des Drachens stellen.

Das Zeichen

Rara, acht Tage nach Sonnwende, 984

Die Sonne wirft ein helles Rechteck an die fleckige Zimmerwand. Thea schreckt hoch. Hat sie verschlafen? Draußen erklingt ein Lachen. Mathilde? Wann hat sie ihre Schwägerin zum letzten Mal so lachen hören? Thea schlüpft aus dem Bett und späht zum Fenster hinaus: Mathildes weißes Äbtissinnengewand verschwindet um die Ecke der Michaeliskirche; und da steht Willigis mit ergebenem Lächeln.

«Du bist wach.»

Beschämt fährt Thea herum. Irene ist daran, die Kleider und den Schmuck zurechtzulegen, den die Kaiserin an diesem Tag tragen wird. «Die Pfauenohrringe?», fragt sie.

Thea nickt. «Die haben mir stets Glück gebracht.»

Während Thea sich ankleidet, sucht Irene in den Schatullen. «Ich kann deinen Anhänger nicht finden», meint sie endlich.

Thea hält inne.

«Den Bernsteinlöwen», erklärt Irene.

Es ist ein scharfer, durchdringender Schmerz, so plötzlich, dass Thea zu stürzen glaubt.

«Es war keine Absicht.»

Irene sitzt neben ihr auf dem Bett.

Thea zittert. «Aber der Stein war das Einzige, das ich von ihm hatte, das Einzige …» Sie kann nicht weitersprechen.

Irene streicht mit den Fingern über den türkisblauen Schal in ihrem Schoß.

«Sie sind alle tot.» Thea schlägt die Hände vors Gesicht.

«Unsere Toten sind ein Stück von uns», sagt Irene leise.

Thea sieht sich an dem verschneiten Berghang des Septimers, Otto medius neben ihr, vor ihr, sein Gesicht ganz nahe, die Falten unter seinen Augen.

«Er ist da, Herrin.»

Thea hat nicht bemerkt, dass Hildibold eingetreten ist. Sie nickt dem Kanzler zu und nimmt Irene den Schal aus der Hand.

Unter dem strahlenden Sommerhimmel scheint der Platz vor der Michaeliskirche von Rara für ein Fest bereit. Thea überschaut die Versammelten: Sachsen, Franken, Schwaben, auch aus Lothringen sind ihre Verbündeten gekommen und aus Italien. Einen Moment bleibt ihr Blick an einem grauen Schopf hängen: Otto von Worms. Einige der Köpfe drehen sich nach ihr, und sie steigt die baufälligen Stufen vor dem Eingang der Pfalz hinunter. Da sind Heinrichs Leute, Bayern, Thüringer, eine Schar von Slawen mit halbgeschorenen Köpfen, Silberspangen um Hals und Arme. Thea mustert die Mauern hinter ihnen. Willigis hat den alten Königshof nicht nur für die Rückgabe des Kindes gewählt, weil er keiner Seite untersteht und zwischen den Herzogtümern liegt. In der zerfallenen Umfriedung lassen sich Konrads schwäbische Bogenschützen tatsächlich nicht ausmachen.

Die Versammelten verstummen, während Thea, von Hildibold geleitet, den Platz überquert. Sie bemerkt Stephanos hinter einer Gruppe von Höflingen. Der Astrologe vermeidet solche Zusammenkünfte gewöhnlich, zu viel unterscheidet ihn von den andern, und Thea glaubt einen Ausdruck von Bedrängnis in seinem Gesicht zu erkennen. Der türkisblaue Schal, den sie um den Kopf trägt, ist zu warm, aber sie hatte keine Zeit mehr, die Haare aufzustecken und die Pfauenohrringe anzulegen. Adelheid und Mathilde stehen bereits mit Willigis im Schatten der Zeltplane vor der Kirche; und neben ihrer Schwiegermutter leuchtet ein purpurner Umhang – Heinrich. Aber es ist nicht die königliche Kleidung, die Thea beim Näherkommen beirrt. Sie sieht den schielenden Blick, den hochmütig lächelnden Mund. Die Sonne blendet, zwinkert der Herzog jemandem zu? Thea betrachtet die Gesichter ringsum, Warin von Köln, Ekbert mit seinem ausgestochenen Auge; etwas fehlt. Thea schaut zu Adelheid, an deren Lippen das gleiche hochmütige Lächeln hängt. Das Kind!

«Die hochwohlgeborene Witwe unseres verstorbenen Kaisers, Mutter unseres gekrönten Königs, Mitkaiserin ...», verkündet Willigis.

Thea fühlt das Zittern wieder in sich. Wo ist ihr Sohn? Heinrichs Lächeln ist zu einem Grinsen geworden. Hat er das Kind in einem Wagen gelassen, in seinem Lager? Oder hat er es gar nicht nach Rara gebracht? Thea sieht die Schweißperlen auf Heinrichs Stirn. Das Haar unter seiner goldbestickten Kappe ist nicht mehr so rot wie früher. Sie will fragen, wo der kleine Otto ist, aber sie haben vereinbart, Willigis das Wort zu überlassen. Der erklärt noch einmal in aller Länge, warum sie sich hier zusammengefunden haben. Thea schiebt ihren Schal etwas aus der Stirn, ihre Schwiegermutter wirft ihr einen drohenden Blick zu. Endlich kommt Willigis zum Ende, und Heinrich ergreift das Wort.

«Zu Quedlinburg», beginnt er, und Thea merkt, wie Mathilde neben ihr zusammenzuckt. Aber der Herzog berichtet nicht vom letzten Osterhoftag, an dem er sich wie ein König huldigen ließ, sondern von seinem Großvater, dem ersten Heinrich, der in Quedlinburg zur Vogeljagd weilte, als er erfuhr, dass er zum König der Franken gewählt worden war. Der Herzog holt noch weiter aus als Willigis, und Theas Herz sinkt. Aber dann zieht sie die Geschichte, die sie schon unzählige Male gehört hat, doch in ihren Bann: Heinrich, der König der Franken, hatte zwei Söhne, der ältere, Otto, wurde vor seiner Krönung geboren, der jüngere, Heinrich, danach, und als der Vater starb, stritten sich die beiden um den Thron. Obwohl nicht von einem König gezeugt, setzte Otto sich durch, und nachdem er die Ungarn auf dem Lechfeld besiegt hatte, nannte man ihn den Großen und salbte ihn in Rom zum Kaiser, derweil sein Bruder, dem die Krone von Bluts wegen zustand, sich mit dem Herzogtum Bayern begnügen musste. Wie ein Märchen klingen die Geschehnisse aus dem Mund des roten Heinrich, und Thea merkt, dass sie selbst enttäuscht ist, als der benachteiligte Bruder stirbt, ohne zu seinem Recht zu kommen.

«Gleich meinem Vater», fährt Heinrich fort und schlägt mit der Hand auf seine Brust, «habe auch ich mich viele Jahre mit dem beschieden, was Kaiser Otto, der Sohn des Großen, mir überließ.» Thea denkt an die missglückten Verschwörungen. «Ich habe alle Demütigungen und Bußen ertragen, die mein Vetter mir auferlegte.» Heinrichs Stimme wird leiser. Die Versammelten lauschen gespannt. «Doch der Allmächtige», schmettert der Herzog über den Platz, «hat seine eigene Art, die Unwürdigen zu entblößen.» Thea spürt plötzlich die Hitze der Sonne wieder unter der Plane. Aber Heinrich verliert kein Wort über Ottos Niederlage und Tod. Stattdessen berichtet er, wie die Fürsten ihm in Aachen die Vormundschaft über den vaterlosen König übertrugen, «weil Sitte und Recht es verlangten». Ein Raunen geht durch die Menge. Thea rinnt der Schweiß über den Rücken. Hat Heinrich seine Meinung geändert, will er ihren Sohn behalten? Stephanos' bestürzte Miene fällt ihr ein. Ist der Herzog nur gekommen, um sie vor den versammelten

Fürsten in die Knie zu zwingen? Sie denkt an die schwäbischen Bogenschützen, die auch auf dem Dach der Pfalz und im Kirchturm versteckt sind. Wie eine Flamme glüht der purpurne Umhang auf, als Heinrich die Arme hebt. Thea erstarrt, doch dann neigt der Herzog mit einer gezierten Wendung den Kopf. Mehr als Sitte und Recht aber, verkündet er, gelte ihm die Liebe einer Mutter, und dieser beuge er sich. Ein triumphierendes Lächeln überzieht sein Gesicht. Er werde den Thronfolger in den Schoß seiner Familie zurückgeben, nun, da er mit seiner eigenen Familie als rechtmäßiger Herrscher in den Schoß seines bayrischen Herzogtums zurückkehren werde. Einen Augenblick herrscht vollkommene Stille, dann erhebt sich ein Sturm von Rufen.

«Das Herzogtum Bayern war nie Teil der Vereinbarung», beteuert Willigis ein weiteres Mal. Sie stehen in der Vorhalle der Kirche. Heinrich ist mit seinen Leuten in sein Lager zurückgekehrt, auf dem Platz draußen ertönen noch immer erregte Stimmen.

«Aber das Herzogtum steht ihm zu», wendet Adelheid ein.

«Nichts steht ihm zu», widerspricht Thea.

Konrad von Burgund räuspert sich. «Wenn ihm verziehen und er wie vormals in Rang und Ehre am Hof aufgenommen wird –»

«Und das haben wir ihm bei der Rückgabe meines Enkels versprochen», fällt Adelheid ihrem Bruder ins Wort.

«– dann muss er auch sein Herzogtum zurückbekommen», schließt Konrad. Er ist noch dickleibiger geworden in den letzten Jahren, und seine Augen sind so grau wie sein krauser Bart.

«Ich habe dem Kindsräuber nichts versprochen», meint Thea ärgerlich.

«Sie hat auch nichts zu versprechen», entgegnet Adelheid spitz, und Mathilde wirft Willigis einen besorgten Blick zu.

«Das Herzogtum Bayern untersteht dem Liutpoldinger», stellt der Erzbischof fest.

«Wir können Hezilo nicht wegnehmen, was ihm der Kaiser gegeben hat.» Thea verschränkt die Arme.

«Heinrich muss entschädigt werden», beharrt Adelheid.

«Aber nicht mit Bayern.»

«Dann wird er Ihren Sohn behalten», lacht Adelheid höhnisch.

«Er ist auch Euer Enkel.»

«Und ich habe alles getan, dass er uns zurückgegeben wird.»

«Ihr habt Euch mit Heinrich besprochen?» Thea starrt ihre Schwiegermutter an.

«Ich tue, was mir richtig erscheint», erklärt Adelheid unbeirrt. «Und was den Gepflogenheiten unseres Hofes entspricht», fügt sie bissig hinzu.

«Wir müssen neu verhandeln», versucht Konrad von Burgund die beiden Frauen zu beruhigen.

«Heinrich wird jedes Abkommen brechen.» Thea spürt, wie ihr die Wut die Kehle zuschnürt. «Und solange er Otto in seiner Gewalt hat …»

«Sind wir ihm ausgeliefert», schließt Mathilde.

«Hoffnungslos!» Thea zerrt den türkisblauen Schal vom Kopf und wirft ihn aufs Bett. Irene macht einen Schritt auf sie zu, aber die Kaiserin wendet sich ab. «Es ist alles verloren, die Krone, das Reich, mein Sohn.» Sie beginnt im Zimmer auf und ab zu gehen.

«Aber du kannst Heinrich doch anders entschädigen», schlägt Irene vor.

«Er wird sich mit nichts anderem zufriedengeben; und

wenn er Bayern hat, wird er Schwaben verlangen, dann Kärnten und dann das ganze Reich.»

Irene versucht etwas einzuwenden.

«Es war eine Falle», klagt Thea. «Sie haben mich in eine Falle gelockt. Ich hätte es wissen müssen. Adelheid und Heinrich haben stets gemeinsame Sache gemacht.»

«Aber Mathilde.»

«Mathilde ist die Tochter ihrer Mutter», fährt Thea Irene über den Mund.

«Und Willigis», versucht die es nochmals.

«Ist nur ein Statthalter.»

Irene schweigt.

Nach einer Weile bleibt Thea stehen. «Verzeih.» Ihr Gesicht zuckt. «Ich bin –»

«Ich weiß.» Irene nickt.

Thea lässt sich auf den Bettrand sinken. «Ich bin so müde.» Auf dem Messingtischchen liegen noch immer die Pfauenohrringe, und sie greift nach einem. «Und alles misslingt mir.» Sie betrachtet das kleine, farbige Emailplättchen. Sie weiß, dass es schön ist, aber sie sieht das Schöne daran nicht mehr. «Nur ein Wunder kann mir noch helfen.»

Es klopft an die Tür, und Irene verzieht den Mund, als Stephanos eintritt.

«Basileia.» Überraschend gewandt sinkt der fette Sterndeuter vor Thea auf den Boden.

«In Gnade», erwidert diese gleichgültig auf Griechisch, und er erhebt sich.

«Meinen Berechnungen zufolge, erhabene Kaiserin …» Irene versteht nicht alles, was der Astrologe berichtet. Es ist lange her, dass sie Griechisch gelernt hat, aber es geht um ein Zeichen.

«Und was bedeutet es?», fragt Thea auf Deutsch.

«Wie alles, was uns der Himmel offenbart, Herrin, kann

es Gutes oder Schlechtes bedeuten.» Thea legt den Pfauenohrring auf das Messingtischchen zurück. «Und was für den einen gut ist, ist für den andern schlecht.»

Irene sieht, wie der Hoffungsfunke in Theas Gesicht wieder erlischt.

«Sicher ist nur, dass unser Schicksal sich wendet», beteuert der Astrologe, und die Wülste unter seinem Kinn beben.

«Dann müssen wir dafür sorgen, dass es sich zu unseren Gunsten wendet», meint Irene mit plötzlicher Bestimmtheit.

«Solange Heinrich meinen Sohn gefangen hält ...» Ein Schaudern läuft durch Theas Körper.

«Wir müssen ihn befreien!»

«Wie willst du ihn denn befreien?»

Irene betrachtet die Kaiserin, die gleich einem verletzten Vogel auf der Bettkante kauert. «Eiris sazun idisi, sazun ...»

Der Sterndeuter zieht die Brauen hoch.

«Weißt du noch, wie deine Stute Sunna in Ingelheim das Bein verstauchte?», fragt Irene.

«Natürlich.» Thea hatte sich nie zuvor so hilflos gefühlt. «Du hast sie mit einem Spruch geheilt», erinnert sie sich.

«Suma hapt heptidun, suma heri lezidun», zitiert Irene weiter.

«Dies ist wohl kaum der richtige Zeitpunkt», beginnt Stephanos, doch Thea unterbricht ihn: «Willst du meinen Sohn mit einem Zauberspruch befreien?»

«Die Kraft der Sprüche äußert sich auf verschiedene Weisen. Insprinc haptbandun.»

«Was heißt das denn?», fragt Thea ungeduldig.

«Einst setzten sich Frauen nieder, setzten sich hier- und dorthin. Einige knüpften Nesteln, einige hielten das Heer auf, einige lösten die Fesseln.»

Trotz ihrer Erschöpfung kann Thea in dieser Nacht nicht schlafen. Es war einfacher gewesen, als sie gedacht hatte, Mathilde für Irenes Plan zu gewinnen. Das Stück Himmel, das Thea durchs Fenster sieht, ist saphirblau. Stephanos muss auf einem der Dächer des Königshofs sitzen und auf das Zeichen warten; Irene atmet ruhig. Seit Pavia schläft sie in Theas Zimmer, wie früher, als sie ihre Zofe war. In der Ferne erklingt das Heulen eines Fuchses. So saphirblau muss der Himmel über Konstantinopel gewesen sein.

‹Es ist ein Fehler zu glauben, Kinder wüssten nicht mehr, als sie verstehen, das habe ich bei der Betreuung des kleinen Otto bald gemerkt. Vieles erahnen sie wie die Tiere im Wald, noch bevor es geschieht, und wir tun gut daran, darauf zu achten. Mein Schützling hatte sich widerwillig von seinen beiden Pflegebrüdern in Merseburg getrennt, und der Herzog hielt ihn während der ganzen Reise in einen Wagen gesperrt. «Zu seinem Schutz», sagte er. Das Gesicht des kleinen Königs glühte vor Hitze und Zorn, wenn ich den Verschlag am Abend öffnen durfte, und er sprach auch mit mir kein Wort. Er schlief, das Gesicht im Fell seines schwarzen Hundes vergraben.

In jener Nacht im Lager südlich von Rara erwachte ich. Der Herzog war unerwartet rasch von seiner Zusammenkunft mit den Kaiserinnen zurückgekehrt, und Flüche hallten aus seinem Zelt. Nun war es still. Die Sorge um den kleinen König, die mir bis in meine Träume folgte, musste mich geweckt haben. Ich sah sofort, dass sein Bett leer war, doch fast im selben Moment entdeckte ich ihn im offenen Eingang des Zeltes. Da hockte er, in seinen Mantel gehüllt, ein schwarzer Umriss, und daneben noch einmal. Ich schwöre bei der goldenen Jungfrau, es waren zwei, und es war nicht der Hund. Den Hund hätte ich an seinen spitzen Ohren erkannt, dem schulterlosen Nacken. Natürlich dachte ich an den Zwilling; und dann drang ein Laut aus den beiden hockenden Gestalten, ein einziges langgezogenes Heulen.

Ich erzählte niemandem davon. Die Männer im Lager hätten mich ausgelacht, die Frauen hätten es mir missgönnt. Alles, was uns von anderen unterscheidet, zieht Neid auf sich. Ich kann mich auch nicht erinnern, wie ich den kleinen Otto ins Bett zurückbrachte. Am nächsten Morgen fand ich ihn mit dem Hund, Arme und Pfoten ineinanderverschlungen, wie immer. Vielleicht war es tatsächlich ein Traum, aber ich sah es so deutlich, als wäre es wirklich, und es war eine Warnung.

Schon im Morgengrauen kam die Kunde, die Kaiserinnen schickten eine Gesandtschaft zu uns ins Lager. Befehle hagelten auf uns nieder. Die Feuerstellen mussten ausgeräumt, die Plätze vor den Zelten mit frischem Ried belegt, die Durchgänge zwischen ihnen gesäubert werden. Es ist unvorstellbar, wie viel Unrat sich in wenigen Tagen um so ein paar Männer ansammelt, und in den Zelten drin sah es nicht besser aus. Die Getreuen des Herzogs trugen ihre Silbergeschirre und Leuchter herbei, der Kämmerer ließ die Reisekisten der Soldaten nach Decken durchsuchen, mit denen er das Zelt für den Empfang der Gäste auslegen konnte, und wenn ich den Männern nicht mit dem Zorn des toten Kaisers gedroht hätte, hätten sie auch die Truhe des kleinen Otto geplündert, in der, unter Mänteln und Schuhen versteckt, noch immer die Kinderkrone aus Aachen lag. In der Mitte des Lagers ließ der Herzog einen Altar mit einem silbernen Kreuz errichten, das er aus Böhmen zurückgebracht hatte, denn natürlich glaubten wir alle, die Kaiserinnen würden Willigis als ihren Gesandten schicken.

Kurz vor Mittag fuhr ein Wagen in unser Lager, von keinen Wachen begleitet, und heraus stieg nicht der Erzbischof in seiner Kutte, sondern Äbtissin Mathilde in einem prachtvollen, mit Perlenreihen besetzten Kleid. Die Männer staunten. Auch der Herzog war überrascht, seine Base zu sehen. Er begrüßte sie mit einer tiefen Verbeugung und führte sie unverzüglich in sein Zelt. Ich weiß nicht, was die beiden dort besprachen. Ein Diener brachte ihnen Honigwein, die bayerischen Bischöfe, die dem Herzog in den Verhandlungen hätten beistehen sollen, wurden entlassen. Sogar den einäugigen Ekbert schickte der Herzog aus dem Zelt, aber da war ich längst wieder bei meinem Schützling, den ich nur einen Augenblick lang allein gelassen hatte.

Wie der kleine Otto wäre auch ich lieber in Merseburg geblieben. Herzogin Gisela trug schwer an dem ungeborenen Kind. Immer wieder blutete sie, und wenn ich sie nicht mit größter Strenge angehalten hätte, sich zu schonen, hätte sie es gewiss verloren. Dem kleinen König hätte es nichts geschadet, in ihrer Obhut zu bleiben; sie war die Einzige, die nicht stets die Krone auf seinem Kopf sah. Aber nachdem der Herzog beschlossen hatte, sein Mündel den Kaiserinnen zurückzugeben, hatte ich mich darauf eingestellt und dem kleinen König auch seine Mutter wieder in Erinnerung gerufen, die er vergessen hatte. Jetzt freute er sich mit aller Kraft seines Kinderherzens auf das Wiedersehen. Musste ich ihm erklären, es würde nicht stattfinden?

In Gedanken versunken, saß ich an jenem Morgen im Schatten der Erlen hinter dem Kinderzelt, während der kleine Otto Figuren in seine Wachstafel kratzte, als ich eine Frau neben ihm bemerkte. So deutlich ich die zwei Umrisse in der Nacht gesehen hatte, so schemenhaft erschien mir diese Gestalt. Sie trug einen Schal in der Farbe des Himmels, unter dem ihr Körper verschwamm. Ich verstand nicht, was sie sagte, aber der kleine Otto sprang auf und nahm ihre Hand. «Die Kaiserin», durchzuckte es mich, als sie mir ihr Gesicht zuwandte. Doch ihre Züge waren weicher, ihr Mund voller; und im nächsten Moment war sie mit dem Kind verschwunden.›

«Entspringe, Gefangener, den Banden, entflieh den Feinden.» Lachend hebt Irene den Vierjährigen hoch. Thea greift nach ihrem Sohn und setzt ihn vor sich in den Sattel. Das Kind jauchzt, als die Stute sich aufbäumt und davongaloppiert. Die anderen Pferde drängen sich durch das geöffnete Gatter und jagen ihr nach. Irene nimmt den türkisfarbenen Schal ab, faltet ihn und steckt ihn in ihren Beutel. Während sie durch das Schilf zurückgeht, hört sie die Rufe der Wachen, die das leere Gehege entdeckt haben. Die Pferde werden sich in den Auen zerstreuen. Als Irene den Hügel von Rara erreicht, steht Mathildes Wagen vor der alten Königspfalz.

«Und?» Irene stürmt ins Zimmer. Thea und Mathilde sitzen lachend auf dem Bett.

«Ja!» Die beiden Frauen nicken.

«Der Kleine?»

«Gesund und munter», erklärt Mathilde.

«Außer, dass er wie ein Hund riecht», meint Thea. «Line hat ihn gleich ins Waschhaus gebracht.»

«Und der Herzog?», fragt Irene weiter.

Mathilde prustet los. «Der Herzog.» Sie verdreht die Augen. «Also, der Herzog hat sich außerordentlich über meine unerwartete Aufwartung, wie er es nannte, gefreut. Ihr hättet sein Zelt sehen sollen. Bis in den letzten Winkel war es mit Plunder gefüllt, Krüge, Schalen, Kerzenständer, Prozessionsschwerter, die er wohl irgendwo mitlaufen ließ, und auf dem Boden waren so viele Decken übereinandergebreitet, dass man kaum gehen konnte. Er selbst trug einen blauen Mantel diesmal, mit goldenen Rauten bestickt, dass einem fast schwindlig wurde, eine rote Tunika darunter und grüne Strümpfe, die er mit goldenen Lederriemen hochgebunden hatte, und auf dem Kopf eine Mütze, von der Hermelinschwänze baumelten, trotz der Hitze.» Die Frauen kichern. «Er bot mir seinen Sessel an, eine Art gepolsterten Thron, den er offenbar auf all seinen Reisen mitführt, und als wir allein waren, begann er wie eine Elster um mich herumzuhüpfen, schenkte mir Honigwein ein, so süß, dass ihm selbst die Zunge am Gaumen kleben blieb, pries meine Schönheit, meine Klugheit, die Näherinnen meines Kleides.»

«Und du?», fragt Thea. «Was hast du gesagt?»

«Nichts. Ich ließ ihn reden und versuchte seinem nassen Atem auszuweichen. Je länger ich ihn hinhalten konnte, dachte ich, umso mehr Zeit habt ihr. Und ich hatte die neugierigen Soldaten vor dem Zelt gesehen; die würden nicht so rasch auf ihre Posten zurückkehren. Erst als Heinrich sich über mich beugte, um eine Bremse, die sich, wie er sagte, in meinem seiden schimmernden Haar verfangen hatte, zu entfernen, sprang ich auf; aus Schreck über die Fliege natürlich», zwinkert Mathilde, «und dabei stieß ich meinen Becher mit dem Honigwein um, den ich auf die Armlehne des Sessels gestellt hatte.»

«Und dann?» Thea und Irene hängen an ihren Lippen.

«Es war wirklich sehr ungeschickt von mir. Denn weil der Herzog so nahe stand, lief ihm der Wein über die Tunika. Also über den unteren Teil seiner Tunika – da etwa.» Mathilde deutet auf ihren Schoß.

«Natürlich entschuldigte ich mich sehr», erzählt Mathilde weiter, nachdem die drei Frauen sich vom Lachen erholt haben. «Ich bat ihn, nach heißem Wasser zu schicken, um den Fleck auszuwaschen. Aber das wollte der Herzog nicht. Während ich zu berichten begann, wie wir uns nach dem Tod meines Bruders in Pavia zusammengefunden und mit Willigis vereinbart hatten, ihn zu bitten, uns den kleinen Otto zur Erziehung zu übergeben, rieb er mit einem Wolltuch an dem Fleck herum. Aber es wurde immer schlimmer, die weißen Fusseln blieben kleben.» Wieder packt ein Lachkrampf die Frauen. «Kurz», Mathilde versucht sich zu fassen, «als jemand rief, die Pferde seien ausgebrochen, ließ mich der Herzog stehen und rannte aus dem Zelt. Es hinderte mich niemand daran, in den Wagen zu steigen und zurückzufahren.»

Die Frauen schweigen zufrieden.

«Danke», sagt Thea nach einer Weile.

«Es war ein Vergnügen», lacht Mathilde.

«Danke euch beiden.»

Pferdegetrappel erklingt auf dem Platz, Irene ist sofort am Fenster: «Der Herzog!»

Thea und Mathilde blicken sich an. «Das ging aber schnell», meint die Äbtissin.

Mit klopfendem Herz tritt Thea aus der Pfalz. Eine Schar Schwaben umringt den Herzog und seine Leute. Konrad von Burgund spricht bereits mit Heinrich, Adelheid verlässt eben die Kirche. Thea hört Willigis' Stimme hinter sich, und die von Mathilde. Irene ist bei Line im Waschhaus; niemand wird den kleinen Otto dort suchen.

«Der König wurde entführt», ruft Konrad von Burgund, als er Thea erblickt. Ein ungläubiges Raunen erhebt sich auf dem Platz. Adelheid eilt mit erhobenen Armen zu Heinrich und ihrem Bruder. Thea hört, wie Mathilde in ihrem

Rücken mit Willigis verhandelt. Sie zögert einen Moment, dann geht sie auf die Gruppe zu; diesmal wird sie für sich selbst sprechen.

«Der König wurde entführt», wiederholt Konrad erschüttert, als sie neben ihm steht.

«Mein Sohn ist in Sicherheit.» Thea versucht das Zittern in ihrer Stimme zu beherrschen.

Konrads Mund klappt auf. Adelheid stößt einen Schrei aus.

Mit einem Rasseln zieht Heinrich den Atem ein, sein Kopf rötet sich. «Der Teufel», heult er los. Während die Beschimpfungen aus seinem Mund quellen, kann Thea es sich nicht verklemmen, an ihm hinabzublicken. Aber er hat den Mantel über die Schultern gezogen, und seine Tunika ist nicht zu sehen.

«Es ist, wie es ist», erklärt Thea, als Heinrich mit seiner Tirade zu Ende ist; sie zittert am ganzen Körper.

Adelheid knirscht mit den Zähnen.

Heinrich schnappt nach Luft. «Aber Bayern, mein Land?»

«Bayern ist nicht Sein Land», sagt Thea so gelassen wie möglich. Willigis' Stimme hinter ihr wird lauter, herrischer, aber sie hört nicht hin. Sie sieht, wie einer von Heinrichs Begleitern nach seinem Schwertknauf greift, dann ein anderer. Wie viele sind es? Thea beginnt zu zählen, stehen sie auch hinter ihr? Auf einen unhörbaren Befehl hin gehen die Schwaben in Stellung. Adelheid tritt einen Schritt zurück. Willigis verstummt. Mit fratzenartigen Gesichtern stehen sich die Bewaffneten gegenüber. Thea sieht sich mit einem Mal im Hippodrom von Konstantinopel, sie hört die Schreie des Publikums, riecht die Gier. Stephanos ruft etwas in der Ferne, das sie nicht versteht. Die Sonne brennt auf den Platz. Dann wird es Nacht.

Wie ausgeblasen war das Licht, als sich der Mond an diesem Mittag vor die Sonne schob. Bleiernes Grau fiel auf den Hof von Rara, die Flusswiesen, das Land. Jeder Laut verstummte, jeder Atem versiegte. Wo vorher Schatten waren, kringelten sich helle Sicheln am Boden. Der Horizont war ein roter Streifen, und im dunkelblauen Himmel funkelte ein Kreis weißer Perlen. So wurde es in den Büchern beschrieben, ich hatte es unzählige Male gelesen, und doch war es unfassbar. Nichts trennte das Leben mehr vom Tod.

Als die Sonne wieder erschien, war die Welt verwandelt. Die alte Kaiserin und ihr Bruder knieten mit geschlossenen Augen auf dem Boden. Die Männer hatten ihre Schwerter fallen lassen, Willigis und Mathilde hielten sich umschlungen, das Gesicht des Herzogs war fahl. Der Hofkaplan betete laut, und nach und nach fielen auch die anderen ein. Nur meine Basileia stand unverrückt in all den Verzagten, und ich sah die Gewissheit wieder in ihrem Antlitz, die sie zur mächtigsten Frau des Westens machte.

Auch Herzog Heinrich sank in die Knie. Was hätte er anderes tun können, nachdem der Himmel ihn auf diese Weise belehrt hatte? Mit angstverzerrten Gesichtern taten seine Männer es ihm gleich, und als die Basileia sie entließ, verliefen sie sich wie eine Schar verstörter Schafe. Später schrieben die Chronisten, wie zu Bethlehem den drei Weisen aus dem Morgenland habe den drei kaiserlichen Gebieterinnen zu Rara ein Stern geschienen und den kleinen Otto als König bestätigt. In der Tat vertrieb das göttliche Zeichen nicht nur unsere äußeren Widersacher. Niemand am Hof wagte zu fragen, ob die Frauen recht getan hatten, den Thronfolger auf diese Weise zurückzuholen, nicht einmal Adelheid, und für eine Weile lebten die Kaiserinnen in Eintracht zusammen.

‹Was hätte ich tun sollen? Das Kind an mich reißen? Mich auf die blaue Erscheinung stürzen? Ich fand erst später heraus, wer sie war. In jenem Moment wusste ich nur, dass der Knabe – der kleine König, der zukünftige Kaiser, der meiner Aufsicht unterstand – verschwunden war; und ich hörte Männer durchs Lager laufen, die Flüche des Herzogs. Auf meinen Reisen in seinem Gefolge hatte ich gesehen, wie er mit Leuten verfuhr, die seine Befehle missachteten. Ich rannte ins Zelt, stopfte in meinen Beutel, was mir wichtig erschien, und floh. Ja, ich hatte Angst.

Ein Stück weit kämpfte ich mich an dem Nachmittag durchs Schilf. Bis zu den Hüften sank ich an manchen Stellen ein, den Beutel auf dem Kopf. Die Sonne glühte am Himmel, die Mücken zerstachen mein Gesicht. Zwischen verlassenen Vogelnestern fand ich einen trockenen Platz und setzte mich hin. Während ich mein Haar wieder zu flechten versuchte, erinnerte ich mich an meine erste Flucht aus dem Haus, in das mein Vater mich gebracht hatte, um seine Schande zu verbergen. Damals war ich ein Mädchen, ein Kind fast, und ahnte nichts von den Gefahren der Welt. Es schien mir selbstverständlich, dass Trota mich fand, zu sich nahm und mir half, mich von der Sünde zu befreien, die in mir wuchs. Jetzt war ich eine alte Frau. Niemand würde mir im Schilf zu Hilfe kommen, und es gab nur ein paar Weiler in der Gegend, aus dem Wald gebrannte Rodungen mit niedrigen Hütten, keine Stadt, in der ich in der Menge der Leute hätte untertauchen können. Ich öffnete den Beutel und sah nach, was mir geblieben war: ein paar Töpfchen mit Salben, Büschel getrockneter Kräuter, kaum genug, um meine eigenen geschundenen Glieder zu heilen, den Schal, den mir die junge Kaiserin einst geschenkt hatte. Und da war auch die Wachstafel des kleinen Otto. Warum hatte ich sie eingesteckt? Ich betrachtete die Tiere darauf,

Krebs, Steinbock, Löwe, und plötzlich verdunkelte sich der Himmel. Es wurde Nacht, mitten am Tag. Ich meinte, mein Herz stehe still. Doch eine strahlende Krone erschien über mir, ein Stern, so wunderbar, wie ich nie zuvor einen gesehen hatte, und geblendet schloss ich die Augen.

Als ich sie wieder öffnete, war alles wie zuvor. Die Sonne schien, das Schilf knisterte, die Mücken summten um meinen Kopf; und mir war klar, was ich tun musste. In der nächsten Nacht schlich ich ins Lager des Herzogs zurück. Manche seiner Getreuen waren bereits aufgebrochen. Die Wachen schliefen neben den ausgebrannten Feuern, es roch nach Bier und Urin. Der Hund lag vor dem Kinderzelt, wie ich erwartet hatte; niemand hatte sich um ihn gekümmert. Nachdem ich die Lederschatulle mit der Krone aus der Truhe genommen hatte, ließ er sich anleinen und folgte mir.

Auch die Pfalz von Rara war in dieser Nacht unbewacht. Ich wartete, bis der Morgen dämmerte, dann klopfte ich an die Küchentür. Die alte Line stellte keine Fragen, ihr Blick war noch unsteter geworden. Sie ließ mich ins Waschhaus, und ich nahm mir einen sauberen Rock aus der Mägdekammer. Als die beiden Kaiserinnen mit dem kleinen König aus der Morgenandacht kamen, warf ich mich ihnen zu Füßen. Die Augen des kleinen Otto waren verschwollen, er musste geweint haben in der Nacht. Er beachtete mich nicht, aber als von der Küche her das Bellen des Hundes erklang, riss er sich von der Hand seiner Großmutter los, «Byzas», rief er, «Byzas», und rannte über den Platz, so schnell seine kurzen Beine ihn trugen.

Wen hätte das Glück des Kindes nicht gerührt? Im Gesicht der alten Kaiserin erstrahlte dasselbe Lächeln wie einst in Pavia. Auch die Äbtissin freute sich, und die junge Kaiserin, Ottos Mutter, dankte mir vor aller Ohren für meine Treue und Umsicht. Noch am gleichen Tag aber bestimmte sie, dass ein Graf, dessen Namen ich nie zuvor gehört hatte, von nun an die Erziehung des jungen Königs übernehmen werde.›

Die Übereinkunft

Quedlinburg, im Juli 984

Thea lehnt im Mondlicht an der Mauerbrüstung. Sie betrachtet die Dächer unter dem Burghügel, die Wiesen, durch die sich die Bode schlängelt. Elf Jahre ist es her, dass sie mit Otto medius hier stand.

«Woran denkst du?» Mathilde tritt zu ihr.

Thea zögert. «An den wunderbaren Empfang, den uns deine Stiftsfrauen bereitet haben», meint sie dann. «All die Ehrungen, die Freundlichkeiten; und ich habe schon lange nicht mehr so volle Tafeln gesehen.»

Mathilde lacht. «Du weißt, wie mein Vater das Feiern liebte. Dreißig Pfund Silber pro Tag kosteten seine Osterfeste hier, und er hat gut für unser Stift gesorgt. Wir erhalten den neunten Teil der Erträge unserer Höfe, den zehnten des im königlichen Wald erlegten Wilds, und jedes Jahr kommen zehn Wagen Wein aus Ingelheim und vierzig Kübel Honig. Damit lassen sich einige Tische decken.» Die Äbtissin wird ernst. «Und die Frauen haben lange darauf gewartet, dich wiederzusehen – und den neuen König. Nächste Ostern werden wir hier einen großen Hoftag abhalten, und alle Fürsten des Reichs werden ihm huldigen wie damals meinem Vater.»

«Alle?» Thea schaut sie zweifelnd an.

«Heinrich wird sich beruhigen.» Mit ihrer hellen Haut, dem rötlichen Haar gleicht Mathilde ihrem Bruder; nur ihre unerschütterliche Zuversicht unterscheidet sie von Otto. Thea seufzt. Sie ist nicht so sicher, dass sich der zänkische Herzog zufriedengeben wird. Adelheid redet unermüdlich davon, dass ihm Bayern zustehe, und Willigis will im Herbst nochmals mit ihm verhandeln.

«Du hast gehört, dass die Böhmen Meißen besetzt haben?», fragt Mathilde vorsichtig.

Thea nickt. Vor dem Festessen hat Hildibold ihr berichtet, Boleslaw habe die Stadt eingenommen und den Bischof vertrieben. «Wir werden von allen Seiten angegriffen», stellt sie nüchtern fest. «Auch die Ungarn plündern unsere Burgen, und im Westen, in Lothringen ...»

Mathilde legt die Hand auf Theas Arm. «Das Erscheinen des Sterns war ein mächtiges Zeichen. Es wird auch außerhalb unserer Grenzen bekannt werden, dass der Himmel dich zur Regentin deines Sohns erkoren hat.»

Theas Gedanken wandern zurück. «Willigis und du ...», beginnt sie.

Mathilde hüstelt.

«Hast du ihn schon früher ...», fährt Thea fort.

«Schon immer», unterbricht Mathilde sie. «Aber die Tochter eines Kaisers kann nicht jeden heiraten.»

Thea denkt an ihre eigenen Töchter. Ada wird in einigen Wochen ihren siebten Geburtstag feiern. Sie hat Adelheids blondes Haar und lässt sich mit burgundischer Selbstverständlichkeit von den Quedlinburger Stiftsfrauen verwöhnen. Mit keinem Wort hat das Mädchen seine Gefangenschaft in der Burg des einäugigen Ekbert erwähnt; auch darin ähnelt es seiner Großmutter. Sophia ist sechs. Thea hat ihre mittlere Tochter nicht mehr gesehen, seit sie ein Jahr nach ihrer Geburt dem Stift Gandersheim übergeben wurde; und in den letzten Monaten sind auch die Berichte über ihr Gedeihen, die Äbtissin Gerberga, die Schwester des roten Heinrich, früher zu schicken pflegte, ausgeblieben. Tilda ist mit Irene nach Tilleda zurückgekehrt.

«Du bist schon wieder in Gedanken», bemerkt Mathilde.

Thea lächelt. «Ich habe an die Erziehung meiner Kinder gedacht.»

«Du magst Graf Hoico nicht?», erkundigt sich Mathilde.

«Ich kenne ihn nicht.»

«Er ist einer unserer treusten Gefolgsleute in Sachsen», erklärt Mathilde.

«Das sagte Willigis auch, als er mich drängte, ihn zu Ottos Erzieher zu ernennen. Aber Treue allein reicht nicht, um ein guter Lehrer zu sein.» Thea erinnert sich an die Schar von Magistern und Gelehrten, die sie am Hof von Konstantinopel unterrichteten.

«Er ist auch ein guter Feldherr. Er wird dem kleinen Otto alles beibringen, was ein Kaiser auf dem Schlachtfeld können muss.»

«Damit er nicht von den Sarazenen geschlagen wird», meint Thea bitter. Manchmal glaubt sie, die Ohnmacht ihres Mannes im Gesicht ihres Sohnes wiederzusehen.

Mathilde schweigt. «Es hindert dich niemand daran, deinem Sohn das beizubringen, was dir wichtig ist», sagt sie dann.

Speyer, Mitte Oktober 984

«… und als Kaiser Johannes nach seinem Sieg über die Russen und die Bulgaren nach Konstantinopel zurückkehrte, erwarteten ihn der Patriarch, der Senat und alle Würdenträger des Hofes vor der Stadtmauer am Goldenen Tor. Sie jubelten ihm zu, legten ihm Ehrenkränze um und reichten ihm ein edelsteingeschmücktes Zepter.» Martje in der Zimmerecke schnupft, aber Thea beachtet sie nicht. Sie hatte nicht gedacht, dass es so viel Spaß machen würde, ihrem Sohn von Konstantinopel zu erzählen. «Auch einen vergoldeten Triumphwagen», fährt sie fort «brachten sie mit, der von vier Schimmeln gezogen wurde. Aber dein Großonkel weigerte sich, diesen zu besteigen. Stattdessen hob er das Bildnis der Heiligen Jungfrau, das er während seines Feldzugs mitgeführt hatte, auf den mit den Purpurmänteln der besiegten Herrscher bedeckten Wagensitz.»

Im Gesicht ihres Sohnes rührt sich nichts. Die Wunde über seinem rechten Auge, die er sich in einem Kampfspiel zugezogen hat, ist verheilt; es wird nur eine kurze Scharte in der Augenbraue bleiben.

«Ich war ein kleines Mädchen damals, aber ich erinnere mich genau, wie der bekränzte Kaiser, das Zepter in der Hand, auf einem schwarzen Hengst hinter dem Wagen durch die Straßen ritt, die mit Lorbeerzweigen und goldenen Tüchern geschmückt waren.»

Der Blick des kleinen Otto hängt in der Ferne, als könne er den Triumphzug sehen.

«Auf dem Forum des Kaisers Konstantin begrüßten die Bewohner der Stadt die Gottesmutter mit Dank- und Siegesgesängen. Dem bulgarischen Zaren, Gefangener deines Großonkels, nahm man die Tiara ab und zog ihm die roten Schuhe aus. Dann bewegte sich der Zug auf der Mese – das ist die schönste Straße von Konstantinopel, in der man Stoffe, Gewürze und Elfenbein kaufen kann – zur Sophienkirche, und dort wurde die aus Muschelseide gewobene Tiara dem Allmächtigen als Weihgeschenk dargebracht. Danach feierten wir im Kaiserpalast ein großes Fest.»

Der Blick des Vierjährigen klärt sich. «Und Byzas?», fragt er.

Der Hund, der neben Martje liegt, hebt den Kopf.

«Aber das ist eine ganz andere Geschichte», lächelt Thea nachsichtig.

«Trotzdem», beharrt der kleine Otto und rückt etwas näher.

Thea kann seinem Eifer nicht widerstehen. «Also: Byzas von Megara war ein großer Heerführer, und das Orakel von Delphi sagte, er solle eine Stadt gegenüber dem Land der Blinden gründen. Er wusste nicht, was das Orakel damit meinte.» Hinter Thea öffnet sich die Tür. «Aber Byzas brach auf und fand im Norden des Marmarameers gegenüber der Stadt Chalkedon eine Landzunge, die auf drei Seiten von Wasser geschützt war und einen natürlichen Hafen hatte.» Es gibt nur eine Person, die Theas Zimmer ohne anzuklopfen betritt. «Die Landzunge war von der Natur so günstig geschaffen, dass jeder, der Augen hat, sich auf ihr und nicht am Ufer gegenüber niedergelassen hätte.» Thea hört Adelheids Schnaufen in ihrem Rücken. «Da erkannte Byzas in Chalkedon das Land der Blinden aus dem Orakelspruch und gründete auf der Landzunge eine Stadt, die man nach ihm Byzantion nannte.»

«Sie sollte sich schämen, den Kopf meines Enkels mit heidnischen Märchen vollzustopfen.»

So gleichmütig wie möglich dreht Thea sich um. Adelheid trägt eine silberne Kette über ihrer grauen Kutte, in der Thea die Karneolgemmen wiedererkennt, die sie der Schwiegermutter einst aus Konstantinopel mitgebracht hat.

«Und Byzas' Vater war der Gott des Meeres?», will der kleine Otto wissen.

«Der Gott des Meeres!», wiederholt Adelheid abfällig.

«Poseidon», antwortet Thea ihrem Sohn. Früher hätte die Schwiegermutter ihr verboten weiterzusprechen. «Und seit Kaiser Konstantin Byzantion zu seiner Hauptstadt machte, glauben die Leute auch dort an den dreifaltigen Gott im Himmel und nicht mehr an einen Mann im Meer», fügt Thea versöhnlich hinzu.

«Aber Stephanos sagt –»

Ein zorniges Flackern huscht über Adelheids Gesicht.

«Stephanos sagt vieles, das wir nicht verstehen», unterbricht Thea ihren Sohn und bedeutet Martje, ihn aus dem Zimmer zu bringen.

«Herzogin Beatrix wünscht, dass ihr jüngerer Sohn Bischof von Metz wird», eröffnet Adelheid, sobald die Kinderfrau mit dem kleinen Otto verschwunden ist.

«Aber er wurde eben erst zum Bischof von Verdun geweiht», entgegnet Thea. Ihr alter Feind, Dietrich von Metz, ist vor ein paar Wochen gestorben, und nun muss ein Nachfolger bestimmt werden.

«Metz ist ein einträglicheres Bistum als Verdun», erklärt Adelheid, «und wir stehen in Beatrix' Schuld.»

Die verwitwete Herzogin, die das obere Lothringen regiert, hat sich bei Hugo von Franzien, ihrem Bruder, für die Anerkennung des kleinen Otto eingesetzt.

«Zudem ist Metz nicht so gefährdet», fügt Adelheid hinzu.

Im Frühsommer hatte König Lothar Verdun eingenommen, und erst in den letzten Wochen ist es Graf Gotfried gelungen, seine Stadt wieder zurückzuerobern.

«Und wer soll dann das Bistum Verdun übernehmen?», fragt Thea.

«Gotfrieds Sohn», antwortet Adelheid prompt.

Thea stellt sich vor, wie die beiden Frauen über die Vergabe der Bistümer verhandelten. Beatrix ist etwas jünger als Adelheid, aber ihr Gesicht liegt unter einem Netz von Runzeln, die aus ihrem meist offenen Mund zu wachsen scheinen.

«Ich werde es mit Willigis und Hildibold besprechen», meint Thea unverbindlich.

«Die können nur noch darüber reden, wie sie ihre Urkunden siegeln wollen», wendet Adelheid schnippisch ein.

Die Kanzlei hat ihre Arbeit erst jetzt wiederaufgenommen. Heinrich hatte kein Recht, im eigenen Namen zu verfügen, und hätte er Urkunden in Ottos Namen ausstellen lassen, hätte er diesen als König anerkannt. Nun müssen Siegelungen und Signaturen für den neuen Herrscher gefunden werden und ein Monogramm seines Namens, das seinen göttlichen Auftrag auch denen, die nicht lesen können, bescheinigt.

«Es lassen sich nicht alle Fragen an einem Tag lösen», verteidigt sich Thea.

«Nicht, wenn man seine Tage mit Märchenerzählen verbringt.» Adelheid wendet sich zum Gehen. «Und bei uns heißt der Gott des Meeres Neptun.»

Über Gewässer und Gebirge hinweg muss der pflichtliebende Johannes seinen Vorteil gerochen haben. Eines Tages stand er plötzlich wieder im Zimmer der Basileia. Er war nicht mehr der ausgemergelte, kahlgeschorene Einsiedler aus der Einöde Kalabriens, sondern der wohlgenährte Abt von Nonantola, dem der lockige Bart wie ein Vlies über die Brust hing; aber noch immer hatte er alle Weisheit gepachtet.

Am zweiten Tag nach seiner Ankunft verkündete Philagathos, die Kaiserin habe ihn zum Lehrer ihres Sohnes bestellt, und er werde diesen in seiner Muttersprache unterrichten. Er – der Lehrer ihres Sohnes! Nur einem von zehn ist es vergönnt, die Verschneidung zu überleben, die uns über die Geschlechter erhebt und in höchste Ehren und Ämter beruft. In langen weißen Mänteln umsorgen wir die Herrscher am Hof von Konstantinopel, verhüllen unser Antlitz in unseren Ärmeln wie Seraphim in ihren Flügeln, und halten die Besucher des Kaisers stützend unter den

Schultern, damit sie den Anblick des Göttlichen ertragen. Wir sind Auserwählte, Verweser der himmlischen Macht auf Erden, und niemand, auch nicht der einfältigste Stallknecht, würde einem Bärtigen den Vorzug geben, wenn er uns mit einer Aufgabe betrauen kann.

Vergeblich erinnerte ich meine Basileia an das, was Dietrich von Metz über sie und ihren «teuren Begleiter» gesagt hatte. Ohne die Hilfe von Johannes Philagathos, entgegnete sie, wäre Otto nie aus der Schlacht gegen die Sarazenen zurückgekehrt, und der Bischof von Metz könne ihr aus dem Grab nicht mehr übel nachreden. Während sie das Reich für ihren Sohn regiere, werde der Kalabrier den zukünftigen römischen Kaiser unterrichten. Es traf mich ins Innerste. Ist mein Stand nicht ausersehen, die Herrscher von morgen zu erziehen? Ist mein Wissen nicht groß genug, um den Sohn eines Frankenkaisers zu belehren? Seit ihrer Abreise aus Konstantinopel hatte ich meiner Basileia beigestanden. Sie kannte mich, konnte mir trauen, und doch zog sie Philagathos vor. Was, so fragte ich den väterlichen Saturn, mein Herz von Zweifeln zerfressen, macht die Menschen blind für die Fähigkeiten derer, die ihnen am nächsten stehen?

Es blieb mir nichts anderes übrig, als mich der Entscheidung der Basileia zu fügen, darauf zu bauen, dass der kleine König von sich aus den Weg zu mir zurückfände, und das tat er ja auch. Der hochtrabende Schulmeister war nicht schwerer zu überlisten als die friesische Kinderfrau, und der Kleine saß schon bald wieder auf seinem seidenen Kissen in meiner Kammer und fragte nach dem Lauf der Sterne und anderem mehr. In den Stunden aber, in denen er griechische Verben konjugierte oder auf Befehl des Grafen sein Kinderschwert schwang, ließ ich mir wie früher von meinen Zuträgern berichten, was in der Kanzlei beredet wurde.

Denn der Kampf im Innern des Reiches war noch nicht

gewonnen. Vom Urteil der Sonne geschlagen, war Heinrich nach Bayern zurückgekehrt, nur um neue Pläne zu schmieden. Die Kaiserinnen verhandelten mit Hezilo, in Mainz zuerst, dann in Speyer, wohin Willigis auch den willigen Warin berief, der es verstand, jedem das Wort im Mund zu verdrehen. Aber selbst dem gelang es nicht, den Luitpoldinger umzustimmen. Schon einmal habe er – vom roten Heinrich zur Erhebung gegen Kaiser Otto verleitet – seinen Platz im Reich verloren, und er werde sich diesen nicht nochmals nehmen lassen. Während Hezilo sich aufmachte, sein Herzogtum mit Waffengewalt zu verteidigen, trafen sich die Kaiserinnen und Erzbischof Willigis aufs Neue mit Heinrich. Doch auch der beharrte auf seinem Anspruch, und als er merkte, dass man ihm das begehrte Bayern nicht geben wollte, zog er das Schwert und schwor, sich sein Recht zu erkämpfen.

So hatte die Basileia ein Jahr nach dem Tod ihres Gemahls zwar ihren Sohn wieder in ihrer Obhut, aber das Reich war zerrissen und von allen Seiten bedroht. Metz hatte mit Herzogin Beatrix' Sohn einen neuen Bischof, die Lage in Lothringen jedoch war unsicherer als je zuvor, und in Rom saß der ungeheure Bonifatius auf dem Heiligen Stuhl, nachdem Papst Johannes in seiner Gefangenschaft in der Engelsburg verhungert war. Jeder von uns hatte Grund, sich zu wünschen, die Sterne möchten sich erbarmen und die Zeit zurückdrehen.

Mühlhausen, Anfang Februar 985

«Wir können die Zeit nicht zurückdrehen», sagt Thea und betrachtet den grauen Haarschopf Ottos von Worms. «Aber wir können uns daran erinnern, wie es einst war – und vielleicht daran anknüpfen.» Ihre Stimme klingt heiser. Einen

Moment wünscht sie sich, sie hätte Willigis' Vorschlag abgelehnt und es ihm überlassen, mit dem Mann zu sprechen, der sie so sehr an Otto medius mahnt. Der Schein des Kaminfeuers liegt wie ein Bann um sie. «Worms hat mir unter den Städten am Rhein stets besonders gefallen», fährt Thea fort, «mit seinen sandigen Flussufern, dem Dom auf dem Hügel, auf dessen Stufen sich der Sage nach die beiden streitenden Königinnen gegenüberstanden.» Otto schweigt immer noch. «Ihr müsst es vermissen in Kärnten?», fragt sie geradeheraus.

Otto streicht sich übers Kinn. «Gewiss», stimmt er bedächtig zu, «wenngleich meine Heimat nicht so fern ist wie Eure. Ein Teil meiner Güter sind in der Wormser Gegend, und ich habe immer wieder Anlass zurückzukehren, um meine Verwandten und Freunde zu sehen.»

Thea weicht dem Blick seiner braunen Augen aus. Niemand würde sie in Konstantinopel erwarten, selbst für die Söhne ihrer Taufpatin, die nun auf dem Thron sitzen, wäre sie eine lästige Fremde. Ein Scheit knackt im Feuer, und sie besinnt sich auf den Grund ihres Gesprächs. «Würdet Ihr nicht gern Euern Besitz in der Nähe von Worms vermehren?»

Otto streicht sich erneut übers Kinn. Als er seine Hand entfernt, entdeckt Thea sein Lächeln.

«Ihr möchtet, dass ich auf Kärnten verzichte?»

«Ja», gesteht Thea, ein wenig betroffen, dass der Herzog sie durchschaut hat. «Heinrich und Hezilo zerfleischen sich in Bayern. Keiner will davon lassen, aber wenn ich Hezilo Kärnten anbieten könnte, das mein Gatte ihm nach der Verschwörung damals weggenommen hat, würde der sich vielleicht damit zufriedengeben.»

«Und Ihr wärt auch zufrieden?» Das Lächeln ist aus Ottos Gesicht gewichen. Thea betrachtet die Falten zwischen seinen buschigen, grauen Brauen, und einen Augenblick wünscht sie sich, sie könnte darüber streichen, sie glätten.

«Ja, ich wäre auch zufrieden.» Sie hat sich vorgestellt, sie würde Gründe anführen: das Wohl des Reichs, die Unerlässlichkeit, sich im Innern zu einigen, um den äußeren Feinden Herr zu werden. Sie wollte Otto von Worms um Verständnis bitten, Verzeihung, Barmherzigkeit, ihm beteuern, dass sie ihn entschädigen werde und dass ihm die Gunst des Königs auf alle Zeit gewiss sei. Sie spürt die Wärme des Feuers auf ihren Wangen. «Ja, ich wäre auch zufrieden», wiederholt sie leise.

An Willigis, Erzbischof von Mainz

Du wunderst Dich, dass sich meine Vorhersage bewahrheitet hat? Wie wenig verstehst Du in all Deiner Weisheit doch von den Herzen der Menschen. Warum hast Du mir damals denn nach Pavia geschrieben? Nicht das Wohl des Reiches oder die Angst, die Versöhnung zwischen meinem Bruder und meiner Mutter könne scheitern, ließen Dich zur Feder greifen, sondern der Glanz einiger Augenblicke, die wir vor vielen Jahren gemeinsam erlebten. Wir glauben, aus Vernunft und Einsicht zu handeln, mit Fug und Recht unseren Weg zu gehen, doch hinter jedem Grund, den wir nennen, schlägt unser Herz. Wie ich das Glück von damals in Deinen Zeilen wiederentdeckte, so muss Thea das ihre in den Augen von Otto von Worms gesehen haben, so ähnlich, wie er seinem toten Vetter ist, und dies allein schon machte sie zur besten Sprecherin für unsere Sache. Und vielleicht hat der Wormser ja auch in ihr etwas erkannt? Gewiss, er ist zwanzig Jahre älter als sie, ein verheirateter Mann, hat vier Söhne, und seine Frau, so heißt es, ist ohne Makel. Er hat sich nie an den Hof gedrängt, ihm fehlt der Ehrgeiz anderer, und er hat Thea wohl nur an ein paar Reichstagen von ferne gesehen. Aber erschafft die Liebe sich nicht aus sich selbst? Erzeugt unsere eigene sie nicht im Geliebten? Pygmalion soll es gelungen sein, eine steinerne Statue mit seiner Hingabe zum Leben zu erwecken; und Thea ist nicht ohne Anmut, wenn manchen ihr Haar auch zu schwarz erscheint, ihr Gesicht zu streng.

Allein, es ist nicht an uns zu ergründen, was zwischen Thea und Otto von Worms steht. Gerade an uns ist es nicht, die wir selbst auf die Nachsicht von Himmel und Erde bauen. Einzig dass Otto bereit ist, Kärnten abzutreten, soll uns kümmern, so sicher ich mir auch bin, dass weder die versprochenen Gebiete noch die Zusicherung, den herzoglichen Rang zu behalten, Otto zu dem Verzicht bewog.

Nun muss sich zeigen, ob Hezilo bereit ist, sein neues Herzogtum gegen das alte einzutauschen, und ob Heinrich sich mit Bayern begnügen wird. Wie ich höre, wirbt er erneut um den Beistand König Lothars, und wenn die beiden Streithähne sich zusammentun, wird keine Grenze mehr sicher sein. Sicher hingegen ist, dass meine Hoffnung, Dich dieses Jahr zu Ostern in Quedlinburg wiederzusehen, sich nicht erfüllen wird. Vieles ist noch zu unentschieden, um einen Hoftag einzuberufen, und so wird die Sehnsucht weiter an meinem Herzen nagen.

In Liebe Deine Mathilde

Zu Quedlinburg, anno Domini 985, in der Woche nach Aschermittwoch

‹Es wollte nicht Frühling werden in jenem Jahr, oder es kam mir so vor, denn es gab fast nichts mehr zu tun für mich. Die Tage des kleinen Otto waren mit Unterricht gefüllt. In jedem Augenblick musste er etwas lernen, um das Reich einst regieren zu können. Zwar weckte ich ihn immer noch am Morgen, brachte ihm seine Milch und die Grütze mit Honig. Ich kleidete ihn an, obwohl er dies längst selbst konnte, aber dann erschien einer seiner Lehrer. Ich weiß nicht, welchen der beiden er mehr verabscheute, den schnarrenden Grafen, der ihn wie ein Schaf im Hof herumtrieb, an dieser oder jener Stelle das Schwert ziehen und auf einen Holzpagen einschlagen ließ, oder den gestelzten Griechen, der ihn mit Zurechtweisungen überschüttete, als müsse der Schüler schon alles wissen, was der Lehrer ihm beibringen sollte. Und der kleine König war eigenwillig. Er mochte die Gefährten nicht, die ihm seine Mutter ausgesucht hatte, die Söhne der sächsischen und lothringischen Fürsten, und wenn er über den Hof davonmarschierte, glaubte ich manchmal den Zwilling neben ihm zu sehen. Einzig von den Ausritten mit dem Hofmarschall kam er mit einem fröhlichen Gesicht zurück, und die Männer sagten, er werde bald so gut wie seine Mutter im Sattel sitzen.

Ich war nicht gern untätig. Ich konnte es nicht sein, wo ich mein ganzes Leben gearbeitet hatte, und das Schicksal wollte es, dass zu jener Zeit die alte Line immer schwächer wurde. Seit der bärtige Jakob den Hof verlassen hatte, um seinem Licht zu folgen, redete sie kaum noch. Sie vergaß, die überhangenen Fasane zu pfeffern, und die Vögel rochen so sehr, dass wir sie den Schweinen verfüttern mussten. Sie schüttete das ausgelassene Hühnerfett in die Milch. Sie ließ das Brot im Ofen verkohlen und verteilte das Bier, bevor es gegoren war. Sie wurde immer dünner, behauptete, sie habe schon gegessen, wenn wir uns an den Tisch setzten, und lief zornig davon, wenn wir sagten, das sei am Tag zuvor gewesen. Eines Morgens fanden wir sie in der Küche, ein Kleiderbündel zwischen ungewaschenen Töpfen. Wir begruben sie auf dem Friedhof der Ingelheimer Pfalz, von dem der Blick über die Rebberge zum Rhein hinunterführt. Die Kaiserin selbst stand mit uns am Grab, und ich sah ihre Tränen. Noch am selben Tag bat ich sie, Lines Aufgaben in der Küche übernehmen zu dürfen, und sie gestattete es mir.›

Ingelheim, Ende Mai 985

Thea kann ihre Freude nicht verhehlen, während sie Gerberts Brief liest. Seit Wochen berichtet der Scholasticus von den Auseinandersetzungen in Lothringen. Im März hatte König Lothar Verdun zum zweiten Mal erobert und Graf Gotfried und seine Getreuen einkerkern lassen. Mit Herzogin Beatrix' Hilfe hatte Gerbert sich an Hugo von Franzien gewandt, denn dieser, schrieb er an Thea, sei der wahre Herrscher von Frankreich und Lothars mächtigster Gegner. Nun hatte Lothar in seiner Pfalz in Compiègne einen Hoftag einberufen, zu dem auch Heinrichs Gesandte anreisten. Doch Hugo zog mit einem Heer von sechshundert Rittern heran, und alle ergriffen die Flucht.

«Das heißt, Heinrichs Leute konnten König Lothar ihr Ansuchen gar nicht vortragen?» Thea überfliegt die Zeilen nochmals. Eine milde Frühlingsbrise weht durchs Fenster, und aus dem Pfalzhof klingen die Stimmen der Spielgefährten ihres Sohns.

«So sieht es aus.» Auch Bernward schmunzelt.

Selbst Adelheid, die zur täglichen Besprechung in die Kanzleistube gekommen ist, macht ein erfreutes Gesicht.

«Das wird Heinrich gefügiger machen», meint Hildibold.

«Wir könnten ihn zu einer neuen Zusammenkunft einladen», schlägt Bernward vor.

Willigis nickt. «Und wenn er kommt, ihm das Herzogtum Bayern anbieten.»

«Dazu muss Hezilo erst darauf verzichten», wendet Adelheid ein.

Hildibold faltet die Hände vor seinem Bauch. «Gutta cavat lapidem.»

«Für diesen Stein braucht es wohl mehr als ein paar Tropfen», murmelt Bernward. Bisher hat Hezilo auf jedes Angebot mit zusätzlichen Forderungen geantwortet.

Thea legt den Brief auf den Tisch. «Auf jeden Fall sind wir Gerbert zu Dank verpflichtet.»

«Wir sind Beatrix zu Dank verpflichtet», wirft Adelheid ein. «Wir müssen uns ihr in Metz erkenntlich zeigen.»

Willigis und Hildibold werfen sich einen Blick zu, Bernward mustert seinen Handrücken. Herzogin Beatrix will in Metz ein colloquium dominarium abhalten, eine Zusammenkunft der Fürstinnen, um die Lage in Lothringen zu besprechen.

«Falls wir uns mit Hezilo und Heinrich einigen …», beginnt Thea. Dann gibt es keinen Grund mehr, nicht nach Metz zu gehen, denkt sie den Satz zu Ende. Sie weiß nicht, woher ihr Unwille kommt. Es scheint eine gute Idee, sich mit den Frauen zu treffen. Vielleicht gelingt es ihnen tatsächlich, eine Lösung zu finden, und gerade von Beatrix, die seit Jahren für ihren längst nicht mehr unmündigen Sohn regiert, könnte sie wohl einiges lernen.

«Wohin sollen wir Heinrich bestellen?», fragt sie an Bernward gewandt.

«Nach Frankfurt», schlägt dieser vor.

«Frankfurt.» Theas Herz zieht sich zusammen.

Als das königliche Kind nach Frankfurt kam, erschien auch Heinrich und unterwarf sich nach Väter Sitte, um der Bestrafung für seine unrechtmäßige Erhebung zu entgehen. Demütig, mit gefalteten Händen, schwor er, ohne zu erröten, Treue vor den Augen des versammelten Volkes und in Gegenwart der kaiserlichen Gebieterinnen, der Großmutter, der Mutter und der Tante des Kindes. Im wahren Glauben versprach Heinrich dem neuen König zu dienen, um nichts als sein Leben, und bat um Vergebung. Die Kaiserinnen freuten sich über die Ergebenheit des großen Mannes; sie verziehen ihm und gaben ihm sein Herzogtum zurück. Denn es steht den Frommen wohl an, nicht nur Gutes nicht mit Bösem, sondern auch Böses mit Gutem zu vergelten.

So wird es in den Chroniken stehen; und schon in wenigen Jahren wird niemand mehr wissen, womit man Hezilo drohen musste, damit er Kärnten im Tausch gegen Bayern zurücknahm. Niemand wird sich erinnern, wie Heinrich in Frankfurt erhobenen Hauptes, ohne sein Knie zu beugen, dem König den Eid schwor, und wir selbst werden die Zweifel vergessen haben, mit denen wir den Beteuerungen des alten Verschwörers lauschten. Es wird offenkundig sein, dass die Basileia von jenem Tag an unangefochten über das Reich ihres Sohnes herrschte.

Unverzüglich nach Heinrichs Unterwerfung verließ Adelheid den Hof, um in Italien im Namen ihres Enkels zu walten, denn die Lage dort war so unsicher geworden wie die in Lothringen. Die beiden Kaiserinnen verabschiedeten sich ohne Missklang. Ein Firnis von Anerkennung hatte sich in den Monaten, die sie gemeinsam für den kleinen König stritten, über ihre Feindseligkeiten gelegt, und sie wussten, dass sie einander noch brauchen würden. In der Kanzlei begannen die Vorbereitungen für den Umritt. Der neue König musste sich im Reich mit seinem Hofstaat und seiner Gefolgschaft zeigen, und auch Herzog Heinrich von Bayern und Herzog Hezilo von Kärnten würden ihn begleiten. Die Luft in der Pfalz knisterte vor Emsigkeit. In Städten und Abteien würden sich Verbündete sammeln, um dem König ihre Aufwartung zu machen. Bittsteller würden ihm ihre Anliegen vortragen, Zerstrittene ihn um seinen Schiedsspruch bitten. Er würde pax et justitia bringen, wie es seine Pflicht war. Das Erscheinen des Königs musste geplant, die Orte für seinen Empfang bereitet werden. Auf jeder Etappe brauchte es Unterkunft und Verpflegung, Schweine, Schafe, Ziegen, Geflügel, Fische und Wild, Wein und Bier, Stroh und Heu für die Pferde. Ich selbst wurde in die Kanzlei gerufen, um die auf der Landkarte zerstreuten Stationen unserer Reise zu einem Ganzen zusammenzufügen, wie ich es so oft mit den Sternen am Himmel getan hatte. So saß ich am Abend vor unserem Aufbruch noch mit Maßstab und Rechenschieber zwischen den Notaren, als ich durchs Fenster die Basileia bemerkte, die in ihren Reitmantel gehüllt, die Kapuze über dem Kopf, die Frankfurter Pfalz verließ; und ich ahnte, wohin sie ging.

Es ist nicht mehr als eine Nische, und Thea brauchte eine Weile, um sie in der dämmrigen Kirche zu finden. Sie hat nicht daran gedacht, ein Talglicht mitzunehmen. Nun kniet sie vor dem kleinen Holzaltar, ohne die Kerzen darauf anzünden zu können. Die Frankfurter Stiftsherren haben ihren Auftrag erfüllt. Die Initialen der beiden in Rom begrabenen Märtyrer, Marcellinus und Petrus, sind neben dem Kreuz an die Wand gemalt, ihnen ist die Kapelle geweiht, und die Weinflecken auf dem Altartuch zeugen von den Messen, die hier von dem bestellten Priester gelesen werden. Es gibt keinen Grund, enttäuscht zu sein, und doch hat Thea sich etwas Eindrücklicheres vorgestellt, als Otto ihr damals in Trebur versprach, eine Kapelle für ihre tote Tochter zu stiften, «pro anima filie nostre».

Sie erinnert sich an den niedrigen Pfalzsaal, mit den rußgeschwärzten Deckenbalken, dem etwas schiefen Kamin und an Ottos ruhige, diktierende Stimme. War dies das letzte Mal, dass sie sich nahe waren? Kurz darauf war Otto medius an den Hof zurückgekehrt. Hätte sie ihrer Sehnsucht nach ihm widerstanden, wenn der Verlust des Kindes sie nicht so erschüttert hätte? Die Tränen laufen ihr über die Wangen. Maria. Ein Stück von ihr – sie hatte sich vorgenommen, für Maria zu leben. Nun ist sie selbst am Leben zerbrochen.

Der Hoftag zu Quedlinburg

‹Trutzig sitzt das Quedlinburger Stift auf seinem Felsen, als wäre es aus dem Stein gewachsen, ganz anders als das Essener hier in den sanften Hügeln am Rhein, und die Landschaft, in der wir leben, formt ja auch unser Wesen. An jenem Osterfest vor fünf Jahren aber gab es keinen fröhlicheren Ort im Reich als die Festung über der Bode. Gesandtschaften aus aller Welt hatten ihre Lager in den Wiesen aufgeschlagen. Sie glichen kleinen Städten, mit den Rauchfahnen, die zwischen den Zeltdächern aufstiegen, den Gehegen ringsum, in denen Reitpferde und Zugtiere grasten. Die Quedlinburg selbst war wie eine Braut geschmückt, der Kaiser von Konstantinopel hätte es sich nicht prächtiger vorstellen können, und die Lobgesänge, mit denen der Zug des König, der am Morgen des Ostersonntags vom Wipertihof zur Burg hinaufzog, begrüßt wurde, wollten nicht aufhören. Im Gedenken an den Einzug in Jerusalem hatten die Frauen Zweige auf den Boden gebreitet, Buchen, Birken und Haselnuss, und der König ritt unserem Erlöser gleich auf einem mit bestickten Tüchern behängten Esel.

In der Stiftskirche standen wir so dicht, dass kein Platz blieb, um niederzuknien. Auch die Kanonissinnen drängten sich; keine wollte diesen Tag missen. Zwei von ihnen verloren während des Hochamts die Besinnung, und die Stiftsfrauen reichten ein Kampfertüchlein herum. Ich hatte mir neben der Seitenpforte, die auf den Burghof führt, einen Platz ergattert, denn ich musste vor dem Schlusssegen in die Küche zurück, wo das Festessen zubereitet wurde.

Heil- und Kochkunst sind nicht so verschieden, bis auf die Größe der Töpfe vielleicht, in der wir etwas Bekömmliches zu brauen versuchen; und ich war lang genug am Hof, um zu wissen, wie man die königlichen Tafeln füllt. Mit meinem neuen Amt hatte ich auch die Aufsicht über die Mägde übernommen. Ich zögerte nicht, die Unnützen und Faulen durch Anstelligere zu ersetzen, und in den Monaten, in denen der König sein großes Reich umritt, hatte ich in meinem kleinen Ordnung geschaffen. Als ich am Ostersonntag kurz vor Ende der Messe in die Festtagsküche kam, fand ich alles zu meiner Zufriedenheit. Die Tauben waren gebacken, das Lammfleisch gar, die Pasteten wurden auf den Platten angerichtet. Von den Schweinen, die seit dem Vortag auf dem Bratplatz unterhalb der Burg über dem Feuer gedreht wurden, waren die ersten schon zerteilt, und sie hatten goldene Krusten. Auch die Suppe, die an diesem Tag aus Barmherzigkeit an die Armen verteilt wurde, dampfte in den Töpfen. Deshalb nahm ich mir – wie andere vom Gesinde – die Freiheit, die sonst den Wachen vorbehaltene Holzleiter auf die Burgmauer hinaufzusteigen und von dort in den Stiftsgarten hinunterzuschauen, in dem das Festmahl stattfand.

Unter einem Baldachin aus blühenden Ästen thronte unser König in seinem Purpurmantel, den ihm der Mainzer Erzbischof eigenhändig an diesem Morgen um die Schultern gelegt hatte. Neben ihm saß die Kaiserin. Sie trug ihr gelbes Festtagskleid, ein Geflecht von Edelsteinen über der Brust und eine Krone aus goldenen Blättern im Haar. So sehr war mein Schützling in den letzten Monaten gewachsen, dass mir die Mutter an seiner Seite selbst wie ein Kind erschien. Anstatt Hofdamen umgaben ihre Töchter sie. Die zwei älteren, Adelheid und Sophia, hatten die Hände artig gefaltet, wie sie es bei den Kanonissinnen gelernt hatten.

Die kleine Tilda jedoch wandte ihren Kopf dahin und dorthin, und einmal stand sie sogar auf, um besser zu sehen. Ottos Miene konnte ich aus der Entfernung nicht erkennen. Ich sah nur, dass er reglos in seinem Sessel saß, bis Erzbischof Willigis sich ihm näherte.

Unzählige Male hatte man den neuen Herrscher in den Monaten zuvor auf dem Umritt vor den Augen seiner Untertanen gekrönt und immer wieder mit anderen Kronen. Diesmal war es nicht mehr als ein eherner Ring. Aber schon Ottos Urgroßvater, König Heinrich, soll ihn getragen haben, und man setzte ihn dem Sechsjährigen über eine gepolsterte Kappe auf den Kopf, damit er ihm nicht ins Gesicht rutschte. Der Chor der Kanonissinnen sang gleich einer Engelsschar, und danach erschallten die Segensrufe der Versammelten.

Es war ein großer Moment, aber noch viel größer war der nächste. Der König saß mit dem Eisenring gekrönt wieder auf seinem Sessel. Da trug man ein Tischchen herbei, mit silbernen Tellern und Bechern darauf. Ich habe einen davon in der Hand gehabt. Sie sind mit einem Band von Vögeln verziert, Finken wohl, und nur der König und seine Familie dürfen daraus trinken. Als das Tischchen vor Otto und seiner Mutter stand, ertönte ein Horn. Dann senkte sich Stille auf den Garten. Konrad von Schwaben trat aus der Reihe der Fürsten. Er trug eine Wasserschüssel und ein Tuch, die er dem König darbot. Der wusch seine Hände, wie ich es ihm einst beigebracht hatte, und trocknete sie. Der Zweite, der dem König seinen Hofdienst leistete, war Bernhard von Sachsen. Auf sein Zeichen wurde ein Schimmel vorgeführt. In die Mähne und den Schwanz des Pferdes waren rote Bänder geflochten, seine Satteldecke war mit roten Hirschen bestickt, und Herzog Bernhard hob einen Sack und fütterte den Hengst mit Hafer. Der König reckte den

Kopf; ich wusste, er würde uns in den Ohren liegen, bis er das Pferd reiten durfte. Als Nächster kam Hezilo von Kärnten mit einem Krug in den Händen, aus dem er den silbernen Becher des Königs füllte; und dann war es an Herzog Heinrich von Bayern.

Es traf mich seltsam, den Mann wiederzusehen, aus dessen Lager ich geflüchtet war, und einen Moment schien es mir, er blicke erbost zu mir auf die Burgmauer. Aber er war nicht zornig, im Gegenteil. In seinem pelzbesetzten Mantel trat er mit kurzen, behutsamen Schritten neben den König und reichte ihm die erste Schüssel des Festmahls dar. Kein Wind regte sich in den Bäumen, kein Vogel pfiff. Otto schaute unverwandt vor sich hin. Auch er musste sich an seine Zeit in der Obhut des Herzogs erinnern, die fensterlosen Wagen, die verschlossenen Türen, die kalten Nächte in den Ställen. Endlich hob der Sechsjährige die Hand und winkte in einer Geste, die er seinem griechischen Lehrer abgeschaut haben musste, dem Herzog zu, ihm aus der Schüssel auf den silbernen Teller zu schöpfen. Ein Aufatmen ging durch den Garten, und während der Herzog sich mit gesenktem Kopf wieder zwischen die Fürsten reihte, ertönte ein einzelner Jubelruf.

Ein Entenbein legte Herzog Heinrich auf den silbernen Teller. Das mochte der kleine König, und er wollte sofort danach greifen, aber seine Mutter wies ihn mit einer Kopfbewegung zurecht. Wie Äbtissin Mathilde befohlen hatte, begannen die Diener jetzt die Speisen aufzutragen, und ich musste in die Küche zurück, um nach dem Rechten zu sehen. Dort arbeiteten wir bis tief in die Nacht hinein, mit fett- und schweißverklebten Gesichtern, und ich war nicht dabei, als die anderen Fürsten dem König huldigten, die Gesandten ihm ihre Gaben überreichten. Auch das Kamel, das der Herzog von Polen unserem König schenkte, sah ich erst am Tag darauf. Es trug ein mit Zotteln und Schellen besetztes Zaumzeug und kniete nieder, wenn sein Wärter es ihm befahl; doch es bespuckte jeden, der ihm zu nahe kam. Auch vieles andere ist mir an dem bedeutenden Tag entgangen, aber ich kann sagen, dass ich mit eigenen Augen sah, wie die mächtigsten Männer des Reichs unserem König in seinem sechsten Lebensjahr als Kämmerer, Marschall, Mundschenk und Truchsess dienten.›

Quedlinburg, Ostermontag 986
Der große, blonde Mann verbeugt sich tief vor Thea, und sie versteht seinen überschwänglichen Dank auch ohne Übersetzer. Sie hat den polnischen Herzog, der ihr am Osterfest seinen Tribut entrichtete, reich beschenkt. Mieszko hat im vergangenen Jahr mit den Sachsen zusammen die Slawen über die Elbe zurückgetrieben, und sein Ansuchen, der König möge nun mit ihm gegen Böhmen ziehen, kann nur zum Nutzen des Reiches sein. Wenn der rote Heinrich sein Versprechen einhält und die von den Ungarn besetzten Gebiete zurückgewinnt, werden die Grenzen im Osten bald wieder so sicher sein wie unter Otto dem Großen. Und Harald Blauzahn, der König von Dänemark, soll im Sterben liegen. Thea nickt dem blonden Mann noch einmal zu, aber der versteht es nicht als Entlassung, sondern beginnt erneut zu sprechen.

«Im Schatten der alten Eichen hat eine einzigartige Knospe ihre Blätter entfaltet und verströmt den süßesten Duft, dem die Fürsten wie Bienen mit gereckten Rüsseln …» Der Übersetzer verstummt mit rotem Kopf. Mieszko spricht unbeirrt weiter, die rechte Hand auf der Brust, den Blick zur Decke des Stiftssaals erhoben. Thea schaut hilfesuchend zu Mathilde und Willigis.

«Dem hast du ja mächtig Eindruck gemacht», schmunzelt Mathilde, nachdem die polnische Gesandtschaft den Saal verlassen hat.

«Wenn er uns gegen die Slawen hilft», Thea hebt die Schultern.

«Wir werden ihm die Bereitschaft des Königs, in persona an dem Feldzug teilzunehmen, bestätigen», erklärt Willigis und nickt Bernward zu, der die Einzelheiten des Gesprächs auf seiner Schreibtafel notiert hat. Er entfernt sich mit einer kleinen Verbeugung.

Mathilde blickt ihm nach. «Er sagt nie ein Wort zu viel.»

«Das gehört zu seinem Amt», erklärt Willigis unwirsch. Seit Bernward zum Priester geweiht worden ist, findet der Erzbischof öfter etwas an ihm auszusetzen.

«Er war uns stets ergeben», meint Thea.

«Was man von seinem Onkel nicht behaupten kann», wendet Mathilde ein.

«Bernward hat sich für Folkmars Abtrünnigkeit entschuldigt», verteidigt ihn Thea.

«Wir können unsere Herkunft nicht wählen», lenkt Willigis ein.

Mathilde nickt. Thea bemerkt den Blick, den die beiden tauschen, und spürt eine Leere in sich.

«Bist du zufrieden mit unserem Osterfest?», fragt Mathilde, als sie Theas Schweigen bemerkt.

«Natürlich bin ich zufrieden», antwortet Thea ohne große Überzeugung.

«Es hat länger gedauert, als ich hoffte, bis wir diesen Hoftag einberufen konnten», meint die Äbtissin wieder zu Willigis.

«Dafür hat Heinrichs Hofdienst als Truchsess gestern seinen selbstherrlichen Auftritt vor drei Jahren wettgemacht», stellt dieser fest. «Und außer den Slawen sind alle gekommen, die ihm damals huldigten.»

«Das wäre nie geschehen, wenn ich zu jener Zeit hier gewesen wäre», meint Mathilde in erneuter Empörung.

Thea lächelt müde.

Willigis lehnt sich in seinem Sessel zurück. «Manchmal arbeitet die Zeit auch für uns.»

Mathilde weiß, wovon er spricht. «Gerbert war flink, uns Lothars Tod zu melden.» Die Nachricht kam im März, noch vor der Beisetzung des Königs in Reims. «Er muss mit Pergament und Feder neben dem Sterbelager gewartet haben.»

Um Willigis' Lippen spielt ein Schmunzeln. «Der Tod des Königs verändert die Lage», meint er dann ernst.

«Erleichtert sie», wirft Mathilde ein.

«Das wird sich weisen», entgegnet er.

«Die französischen Fürsten haben Emma und ihrem Sohn noch am selben Tag gehuldigt», sagt Thea verstimmt.

«Das heißt nicht, dass ihr der Thron sicher ist, denn –»

«Ihr Schwager Karl wird andere Pläne haben», fällt Mathilde Willigis ins Wort.

«Und Hugo von Franzien auch», fügt er hinzu.

Manchmal kommt es Thea vor, als hätten die beiden ihre Sätze einstudiert, so sehr ergänzen sie sich.

«Meine Stiefschwester wird meine Mutter um Hilfe bitten», überlegt Mathilde laut.

Thea erinnert sich an ihre Begegnung mit Emma bei der Zusammenkunft der Fürstinnen in Metz im vergangenen Jahr. Adelheid hatte Herzogin Beatrix' Einladung nicht nachkommen können, weil sie von Frankfurt aus unverzüglich nach Pavia reiste. Dafür hatte Emma sich so herrisch wie ihre Mutter aufgeführt, und Thea ärgerte sich, dass sie den Umritt wegen des Treffens aufgeschoben hatte. Die Gemahlin Hugos von Franzien hatte ihre Teilnahme im letzten Moment abgesagt, als sie hörte, Emma werde in Metz sein, und weder Gisela, Heinrichs Gattin, noch seine Schwester Gerberga, die Äbtissin von Gandersheim, waren erschienen.

«Ich habe nicht vor, Emma zu unterstützen», stellt Thea fest.

«Wir werden abwarten, wie sich die Lage entwickelt, bevor wir irgendeine Seite unterstützen», beruhigt Willigis sie.

«Und was hast du nun vor?», fragt Mathilde Thea nach kurzem Schweigen.

Thea zögert. Der Osterhoftag in Quedlinburg war so lange das Ziel ihrer Pläne, dass sie kaum darüber hinaus gedacht hat. «Es steht vieles an.»

«Du solltest die Erziehung deiner jüngsten Tochter regeln», meint Mathilde.

«Ich weiß.» Auch Thea hat Tildas unbekümmertes Benehmen bemerkt. Noch lächelten die Leute darüber, aber in ein, zwei Jahren werden sie es als Ungezogenheit betrachten.

«Du kannst sie bei uns lassen», schlägt Mathilde vor, «Ada hat sich gut entwickelt, und es gefällt ihr hier.»

Thea erwägt, wie unterschiedlich die beiden Mädchen sind, die verschlossene Älteste, die in jeder Bewegung die Stiftsfrauen nachahmt, und die lebhafte Jüngste mit ihrem wissbegierigen Blick.

Willigis räuspert sich. «Zwei Prinzessinnen im gleichen Stift erziehen zu lassen, könnte als ungebührliche Begünstigung betrachtet werden.»

«Dann kommt Gandersheim auch nicht in Frage», überlegt Thea laut. Sie war erstaunt, als sie ihre mittlere Tochter vor ein paar Tagen endlich wiedersah. Äußerlich gleicht Sophia noch mehr ihrem Vater als der kleine Otto, in jeder Geste, jedem Wort aber erkennt Thea sich selbst.

Willigis reibt sich die Hände. «Das Stift von Essen, in dem –»

«Hat Ezzo auch mit dir gesprochen?», fällt Mathilde ihm ins Wort.

Thea blickt vom einen zum anderen.

«Der Sohn des Pfalzgrafen scheint überzeugt, dass die jüngste Schwester des Königs in Essen gut aufgehoben wäre, und er selbst, sagt er, würde dafür sorgen, dass sie dort die richtigen Lehrerinnen erhält. Seine Familie hat die Stiftsfrauen stets unterstützt.»

Pfalzgraf Hermann ist ihr ältester und treuester Verbündeter an der Grenze zu Lothringen; sein Sohn Ezzo ist über dreißig und unverheiratet. Thea hätte nicht gedacht, dass er sich über die Erziehung ihrer Töchter Gedanken macht.

«Die Äbtissin von Essen ist eine fähige Frau», fährt Willigis fort. «Sie leitet das Stift seit über zwanzig Jahren und hat seine Schatzkammer mit Kostbarkeiten gefüllt. Sie verfasst lateinische Gedichte, spricht auch etwas Griechisch.»

«Hilde ist eine Stiefnichte von mir», erklärt Mathilde, «eine Enkeltochter meines Vaters aus seiner ersten Ehe.»

Thea weiß, wer Mathilde von Essen ist.

«Die Schwester von Otto medius», ergänzt Willigis.

Bei dem Namen breitet sich eine Wärme in Thea aus. «Und was hast du nun vor?», fragt sie Mathilde.

Die Äbtissin rückt sich in ihrem Sessel zurecht. «Unsere Kirche ist zu klein. Das hat sich gestern wieder gezeigt, und mit all den Pilgern, die inzwischen zum Grab meiner Großmutter kommen …»

«Willst du eine neue Kirche bauen?», erkundigt sich Thea.

«Vielleicht reicht es, diese zu vergrößern. Die Krypta darf nicht verändert werden, und eine Verbreiterung des Längsschiffs könnte bereits genügen.»

Thea erinnert sich, wie Mathilde sie bei ihrem ersten Besuch in Quedlinburg in die Krypta führte und ihr den kleinen Gebetsraum unter dem Altar zeigte, in dem zwei steinerne Särge standen. Schon damals hatte die Schwägerin gesagt, sie wolle eines Tages dort neben ihren Großeltern begraben werden.

«Und dann werde ich ein Kloster für Otto stiften», fährt Mathilde eifrig fort.

Thea schaut sie überrascht an.

«Für meinen Bruder, den Kaiser, ein Nonnenkloster auf dem Münzberg.» Mathilde deutet mit der Hand aus dem Fenster des Saals. «So wie es Eure Pflicht ist, sich um die Lebenden zu kümmern», sie schaut von Thea zu Willigis, «ist es unsere, das Andenken der Toten zu wahren, und wenn mein Bruder schon nicht hier begraben ist, können wir wenigstens für sein Seelenheil beten.»

Einen Moment lang sieht Thea den Sarkophag mit dem Porphyrdeckel in der Eingangshalle der Peterskirche vor sich.

Die italienische Gesandtschaft

Köln, Mitte Dezember 986

«Sein Vater war Heide, aber seine Mutter Christin, und da die Kinder ihren Glauben von der Mutter bekommen, betete Pantaleon zum dreifaltigen Gott und dieser verlieh ihm die Kraft, Kranke zu heilen.» Thea sieht die Langeweile im Gesicht ihres Sohnes und überspringt einen Teil der Geschichte. «Pantaleon wurde Leibarzt des Kaisers, und weil er so ein guter Arzt war, zog er den Neid der Leute am Hof auf sich, und sie verleumdeten ihn. Der Kaiser ließ Pantaleon geißeln und mit glühenden Eisen brennen», die Langeweile in Ottos Gesicht weicht Ekel, «und als sie seinen Schädel spalteten, floss Milch anstatt Blut heraus.» Otto will etwas sagen, aber Thea spricht weiter. «Auch mit gespaltenem Kopf betete Pantaleon noch für seine Peiniger, und da erklang eine Stimme vom Himmel und sagte: ‹Von nun an sollst du Pantaleimon heißen, denn viele werden dank deiner Fürsprache Barmherzigkeit erfahren.›» Thea betrachtet die goldene Kassette unter dem Altar, in der die Gebeine des Märtyrers ruhen.

«Und was bedeutet Pantaleimon?», fragt Johannes Philagathos, der mit Thea und ihrem Sohn in der Klosterkirche steht.

«Das ist einer, der sich jedem erbarmt», sagt Otto ohne zu zögern.

«Ein Allbarmherziger, genau», bestätigt Thea, als Johannes schweigt.

Freude huscht über das Gesicht des Jungen. «Und du hast ihn hierhergebracht?», erkundigt er sich.

«Gero, der Bischof von Köln, hat die Knochen des Heiligen in Konstantinopel erworben, als er mich dort abholte.» Einen Augenblick sieht Thea sich wieder auf dem Schiff mit dem alten Mann, der sie Lateinisch lehrte. Gero war ihr erster Vertrauter im Westen gewesen.

«Aber Warin war doch der Bischof von Köln», unterbricht Otto ihre Erinnerungen.

«Warin war der Nachfolger des gelehrten Gero», belehrt ihn Johannes und streicht sich über den Bart. «Und als Warin sein Amt abgeben musste, weil er –»

Schritte erklingen hinter ihnen, Bernward eilt herbei. «Eine Gesandtschaft aus Italien, Herrin», verkündet er atemlos. «Sie sind eben angekommen.»

«Aus Pavia oder Rom?» Thea merkt, dass sie in den letzten Monaten nur noch an Frankreich gedacht hat. Nach König Lothars Tod hatte sein Bruder Karl die Anschuldigungen gegen seine Schwägerin wiederholt, und jetzt bezweifelte niemand mehr, dass Emma mit Bischof Ascelin Ehebruch getrieben hatte. Von ihrem Sohn Ludwig aus Paris vertrieben, hatte sie mit Ascelin in Reims Zuflucht gefunden, und – wie Mathilde vermutet hatte – ihre Mutter um Hilfe gebeten. Im Oktober war Adelheid plötzlich am Hof erschienen. Sie verlangte, Thea solle Emma vor Karl schützen und sie im Kampf gegen Hugo von Franzien unterstützen. Thea hatte versucht, die Schwiegermutter mit Gefälligkeiten zu besänftigen. Doch die war nicht von ihren Forderungen abzubringen, und auf Willigis' Anraten lud Thea die Lothringer zu einem Hoftag ein. Auch Heinrich von Bayern erschien und redete so lang zugunsten Ludwigs, bis man beschloss, mit dem jungen, leichtfertigen König zu verhandeln.

«Es sind viele, verehrte Kaiserin», drängt Bernward.

Thea überlegt, ob sie zuerst Hildibold über Italien befragen soll. «Ich erwarte ihre Sprecher im Refektorium», bestimmt sie dann. Sie wird die Gesandten anhören und sich selbst ein Urteil bilden. Otto stellt sich neben sie, als werde er mit ihr gehen. «Und der König wird ihre Huldigung heute Abend entgegennehmen», fügt sie hinzu.

Ihr Sohn will etwas einwenden, aber Thea achtet nicht auf ihn. Seine Einsprüche zu übersehen ist die beste Art, seinen Jähzorn nicht zu wecken. Mit einer Handbewegung entlässt sie Johannes, und widerwillig trottet Otto mit seinem Lehrer davon.

Bevor Thea die Pantaleonskirche verlässt, gleitet ihr Blick nochmals über die Empore mit den rot-weißen Bögen, den Kapellen der Erzengel. Genau so hat sie es sich vorgestellt, als Gero sie vor Jahren bat, ihn beim Umbau der Kirche zu beraten. Einzig der Klang im Raum ist zu dumpf, der Gesang der Mönche versickert. Sie wird dem Abt vorschlagen, eine Reihe von Töpfen in Wände und Boden einzulassen, um den Hall zu verbessern.

«... und deshalb ist es von größter Dringlichkeit, dass der König nach Italien kommt.» Der Mönch aus dem Kloster Bobbio hat ein leeres Gesicht, und Thea überlegt, ob er zu denen gehörte, die Gerbert vertrieben haben. Sie hat die italienischen Gesandten gebeten, am Tisch Platz zu nehmen, nachdem die Diener Wein und getrocknetes Fleisch aufgetragen haben. Aber die Männer stehen wie eine Wand vor ihr.

«Es muss auch Euch ein Anliegen sein, den Weg nach Rom offen zu halten, denn nur dort kann Euer Sohn zum Kaiser gekrönt werden», erklärt der Vertreter des Markgrafen von Tuszien und greift vergeblich nach dem Knauf seines Schwerts, das er vor Betreten des Klosters ablegen musste.

Thea erinnert sich an das Gespräch mit ihrem Gatten

nach der Geburt des kleinen Otto. «Mein Sohn ist erst sechs Jahre alt», wendet sie ein.

«Alt genug, um in den Krieg zu ziehen», stellt der Mönch fest.

«Und die Slawen zu unterwerfen», ruft ein anderer hinter ihm.

Thea lächelt. «Wir haben den Herzog von Polen lediglich auf seinem Zug begleitet», berichtigt sie. Die Wochen im polnischen Heerlager in diesem Sommer hatten sie an ihre erste Zeit im Westen erinnert. Mieszko war ein fast so erfahrener Feldherr wie einst Otto der Große, und sie hatte dem scharwenzelnden Fürsten gern für einige Zeit die Entscheidungen überlassen. Der kleine Otto ritt mit roten Wangen neben Mieszko im Schutz der Soldaten.

«Dank der Begleitung des Königs haben die Polen gesiegt», beharrt der Mönch.

«Und reiche Beute gemacht», meint der Vertreter des Markgrafen von Tuszien.

Der Zug war erfolgreich und einträglich gewesen, und die Polen hatten sich für die königliche Begleitung erkenntlich gezeigt. Seit Ottos Tod sind Hildibolds Truhen nicht mehr so voll gewesen.

«Mein Sohn trachtet weder nach dem Reichtum der italienischen Fürsten, noch danach, ihre Unstimmigkeiten mit Waffengewalt zu entscheiden», erklärt Thea, «und solange in Lothringen …»

«Aber wenn wir –»

«Wenn der Papst –»

«Wenn in Rom –»

Die Gesandten reden und gestikulieren wie auf einem Markt. Thea versucht ihre Erheiterung zu verbergen. Nach einer Weile erhebt sie sich, und die Männer verstummen. «Ich werde Euch die Entscheidung des Königs wissen lassen.»

«Königin Adelheid würde um Italien kämpfen», murrt der Mönch mit dem leeren Gesicht.

So oft der Mond auch wächst und schrumpft, er behält seine Form, und obgleich unser Leben sich wandelt, unser Herz verändert sich nicht. Seit Jahrzehnten verstand man sich in den Werkstätten des Klosters, das der Bruder des großen Otto vor den Mauern Kölns gegründet hatte, auf das Schmieden von Gold und das Schmelzen von farbigem Glas nach östlicher Art. Wenn sich die bescheidene Kirche der Mönche auch nicht mit jener der heiligen Sophia in Konstantinopel messen konnte, so erinnerte sie doch an diese, und mit den Gebeinen des Allbarmherzigen unter dem Altar war sie ein Stück unserer Heimat.

Ich beobachtete, wie die Basileia an jenem Nachmittag nach der Ankunft der italienischen Gesandten vom Refektorium zur Kirche zurückging, und ich erkannte den Schatten auf ihrem Gesicht; seit Jahren kannte ich ihn. Zuerst wollte ich sie nicht behelligen, doch dann regte ich mich, und ein Sonnenstrahl brach sich in dem Opal, den ich seit Tarent an meinem Finger trug. «Adelheid», sagte sie, als sie mich unter der Linde bemerkte. «Sie wollen Adelheid statt mich.» Ich nickte. «Wenn mir noch ein Jahr in dieser Welt vergönnt ist, soll ihr nicht mehr bleiben, als ich mit einer Hand fassen kann!», stieß die Basileia mit plötzlichem Zorn hervor. Ich senkte den Blick. Von großen Fragen bedrängt, wenden wir uns oft unbedeutenden zu und fürchten nichts mehr, als in diesen zu scheitern. Ich wartete, bis ihre Erbitterung verklungen war.

«Was soll ich tun?», fragte die Basileia dann. «Mit Lothringen, Karl, Hugo, Italien...»

«Es gibt unzählige Bahnen am nächtlichen Himmel»,

tröstete ich, «und jede führt zu einem Ziel.» Sie schaute mich so wie damals an, als sie noch ein junges Mädchen war, das meine Hilfe brauchte. Längst drohte Cetus am Horizont; es war Zeit, dem Ungeheuer den Kopf der Medusa entgegenzuhalten, und für einmal fand mein Rat auch in der Kanzlei Gefallen. Am selben Abend erklärte die Basileia den italienischen Gesandten, sie werde ein Aufgebot an die Fürsten des Reichs erlassen und im kommenden Jahr nach Rom ziehen.

‹Rom, Ravenna, Pavia, ich wäre gern nochmals nach Italien gereist. An jedem Ort warteten Erinnerungen, und was hätte ich mit Melonen, Oliven, Orangen und den Pistazien aus den arabischen Gärten Siziliens für erlesene Gerichte zubereiten können. Im Gegensatz zur Heilkunst dient die Kochkunst nicht nur der Gesundheit, sondern auch dem Genuss, und die Kaiserin schätzte die Gerichte des Südens, Fischbrühen, Mandelkuchen, gezuckerte Feigen, die sie in ihrer Kindheit gegessen hatte. Aber unser Aufbruch wurde immer wieder hinausgeschoben, wegen Lothringen, König Ludwig, Königin Emma, ich weiß es nicht. Boten kamen und gingen, die Taschen voller Briefe. Viele stammten von Gerbert, der uns in Ravenna schwindlig geredet hatte, und wenn ich selbst auch nicht glaube, dass er mit dem Teufel im Bund steht, scheint er mir doch allzu gelehrt für sein eigenes Wohl.

Statt über die Alpen zog der Hof den Rhein hinunter, und für einige Wochen wohnten wir wieder im Valkhof. Von der Kapelle, deren Grundstein die Kaiserin nach der Geburt des Thronfolgers legen ließ, standen noch immer erst die Mauern. Achteckig, wie der Dom von Aachen, sollte sie sein, und viele sagten, sie passe nicht auf die Feste über der

Waal. Ich dachte an den Topf, den ich im Fundament eingegraben, und den anderen, den ich in den Fluss geworfen hatte. Mit jedem Leben, hatte Trota gesagt, wird etwas Totes geboren, das Ruhe finden muss. Während ich in der engen Festungsküche Aale häutete, überlegte ich, ob es meine Schuld war, dass der Zwilling dem kleinen König folgte.

Seit ich Lines Aufgaben übernommen hatte, sah ich die Kaiserin seltener. Doch gerade deshalb fielen mir wohl die dunklen Ringe unter ihren Augen auf, die gelbliche Färbung ihrer Haut. Es ging ihr nicht gut im Valkhof, schon damals nicht. Obwohl es Sommer war, hing eine neblige Feuchtigkeit in der Luft, und die Kaiserin war froh, als wir über Köln nach Sachsen zurückkehrten, in die Heimat ihres Gatten.

Auch ich träumte manchmal von der Hütte am Waldrand, dem Bach unter den Weiden, an dessen Ufern Kresse wächst, die die Krankheiten des Gemütes heilt. Aber dann sah ich einen Zug Vögel am Himmel und wusste, ich musste mit ihnen ziehen. Wir können nicht an die Orte zurück, die wir verlassen haben.

In Sachsen nahm die alte Kaiserin ihren Abschied. Es hieß, die junge habe sich freigekauft, der Schwiegermutter alles gegeben, was diese begehrte, unter der Bedingung, dass sie nie mehr am Hof erscheine. Ich weiß nicht, ob die Frauen sich aufs Neue zankten, oder ob kein Grund mehr blieb, ihre Abneigung zu verbergen; vieles löste sich in jener Zeit. Der junge Ludwig fiel auf der Jagd vom Pferd und war tot. Gerade vierzehn Monate hatte er als König geherrscht, und die Leute sagten, er habe nichts erreicht. Kurz darauf starb auch seine Mutter Emma. Als ich hörte, man habe Hugo von Franzien zum König gewählt, dachte ich, jetzt würden wir nach Italien aufbrechen; aber Herzog Karl gab noch immer keine Ruhe.

Niemand am Hof mochte den selbstgefälligen Lothringer, und dass er seine Schwägerin zu Recht des Ehebruchs bezichtigt hatte, änderte nichts daran. Wie alle Verräter zog er den Verrat anderer an. Doch ich hatte wenig Zeit, den Boten zuzuhören, die am Abend bei mir in der Küche ihren Wein tranken, und es kümmerte mich nicht, was in Reims, Verdun oder Paris geschah. Ich musste die Schüsseln mit dem füllen, was sich in den Vorratskammern der Pfalzen und Abteien fand, und das war nicht immer einfach. In einem Herbst zerstörten Sturm und Hagel die Ernte, im folgenden Sommer befiel Hitze und Dürre das Land, und viele erkrankten, auch die Kaiserin. Geschwächt gab sie endlich dem kleinen König nach und bestellte Bernward, den Hofkaplan, anstelle des Griechen zu seinem Lehrer. Natürlich wurde der hübsche Junge von allen verwöhnt, auch die Kaiserin ließ ihm allzu viel durchgehen. Aber Bernward war eine gute Wahl. Er verstand es, sich bei aller Strenge die Zuneigung seines Schülers zu bewahren, und Otto beschenkte ihn bei jeder Gelegenheit. Ich dachte, der verhasste Grieche müsse den Hof nun verlassen, aber auch darin täuschte ich mich.›

Konstanz, Mitte Oktober 988

Thea erwacht zitternd, die Laken sind feucht. Sie hat geträumt, sie stehe wieder am Strand von Rossano, und die glühende Welle rolle auf sie zu. Eine Gestalt sitzt in der Dunkelheit neben ihrem Bett.

«Habe ich lange …?»

«Eine Weile.»

«Ich muss mit Hildibold reden.»

«Der Kanzler schläft. Es ist Nacht.»

Thea schweigt einen Moment.

«Und Ihr schläft nicht?» Ihre Zunge ist schwer, als hätte sie seit Tagen nicht gesprochen.

«Ich bin mir das Wachen gewohnt, und es ist meine Pflicht ...»

«Wo sind wir?», fällt Thea ihm ins Wort.

«In Konstanz, am Bodensee, verehrte Kaiserin.»

Thea versucht sich zu erinnern, wo sie vorher waren. Auch an einem See? Auf einer Insel? Nein, das liegt lange zurück, mit Otto medius war sie auf der Insel. Mit Otto medius.

«Wir wollten König Hugo treffen», fällt ihr ein. Die Laken kleben an ihrem Körper.

«Ja, er hat Euch um eine Unterredung gebeten, aber Ihr habt Euch anders entschieden.»

«Warum?»

«Karl hat Euren Schiedsspruch nicht angenommen, er hält Lâon noch immer besetzt.»

Allmählich kommen Theas Erinnerungen zurück. Immer bitten die Franzosen sie um Hilfe, um Rat, nur um diesen dann doch zu verwerfen. «War Hugos Gesandtschaft in Konstantinopel erfolgreich?»

Ein leises Schnauben ertönt in der Dunkelheit. «Ich würde nicht alles glauben, was Gerbert berichtet.»

In großer Aufregung hat der Scholasticus vor einigen Monaten gemeldet, König Hugo habe ihn an die beiden Kaiser in Konstantinopel schreiben lassen mit der Bitte, ihm eine purpurgeborene Prinzessin als Braut für seinen Sohn zu schicken. Thea hatte sich an ihre Unterhaltung mit Hugo in Rom erinnert, wie gut er schon damals über die Lage im Osten Bescheid wusste, und kaum war er König, hatte er seinen Sohn Robert zum Mitregenten krönen lassen. Wollte er ihn durch eine geschickte Verheiratung zum Kaiser machen?

«Das schlechte Wetter und das Lagerfieber haben Hugos Truppen in Lothringen so zermürbt, dass ihm die Soldaten entlaufen sind. Sein Widerstand gegen den neuen Grafen von Holland hat ihm nichts eingebracht, und die Spanier fordern, dass er sie gegen die Araber unterstütze», erklärt Philagathos. «Sein Ehrgeiz ist größer als seine Macht, und sein Sohn wird die Witwe des Markgrafen von Flandern heiraten.»

«Rozela?»

«Susanna nennt sie sich nun.»

«Aber die könnte seine Mutter sein. Sie wird ihm keine Kinder mehr gebären.»

«Sie ist reich.»

Thea schließt die Augen. Reichtum, Macht, darum dreht sich ihr Leben. Sie hat ihren Geliebten und ihren Gatten verloren, sich der verhassten Schwiegermutter gefügt, um ihren Sohn zurückzubekommen, und nun bangt sie um die Grenzen eines Reichs, in dem sie noch immer die Fremde ist, lässt sich von feindseligen Nachbarn in deren Intrigen verstricken.

«Ist Nachricht aus Essen gekommen?», erkundigt sie sich.

«Es scheint, Eure jüngste Tochter hat sich an das Stiftsleben gewöhnt», meint Philagathos bedächtig. Am Anfang kamen fast jeden Monat Klagen aus Essen: die Prinzessin halte sich nicht an die Gebetszeiten, wolle nicht im Chor singen, verleite die anderen Novizinnen zum Spiel, wenn sie das Dormitorium auskehren sollten, und sie könne die Psalmen noch immer nicht auswendig. Thea hatte überlegt, ob sie Tilda zu Irene zurückschicken sollte, doch Ezzo versicherte ihr, das Kind werde weder geschlagen noch länger als ein paar Stunden in die Strafkammer gesperrt.

«Dafür hat die ehrwürdige Äbtissin von Gandersheim geschrieben», berichtet Philagathos. Thea schweigt. «Sie bestätigt, dass es der Wunsch Eurer Tochter Sophia ist, im kommenden Jahr zur Kanonissin geweiht zu werden.»

Thea will nicht über die Weihe reden. Sophia ist erst zehn Jahre alt und hat ihr ganzes Leben in Gandersheim verbracht. Natürlich wünscht sich das Kind, zu den Kanonissinnen zu gehören. Sie wird Mathilde fragen, wann das Mädchen geweiht werden soll, oder Willigis bitten, Mathilde zu fragen.

«Ihr erinnert Euch an den Hoftag?», fragt Philagathos vorsichtig.

Thea weiß nicht, von welchem Hoftag er spricht.

«Die meisten der Geladenen sind inzwischen eingetroffen, und sobald Ihr Euch besser fühlt, solltet Ihr sie empfangen.»

Er meint den Hoftag hier in Konstanz, zu dem sie auf seinen Rat die italienischen Fürsten eingeladen hat. «Und ihnen erklären, dass wir nicht nach Rom reisen werden», erinnert sich Thea.

«Nicht bevor ...»

Thea hört nicht zu. Wie lange hat sie schon das Gefühl, dass alle Entscheidungen für sie getroffen werden, von Hildibold, Willigis, den anderen, die sich untertänig vor ihr verbeugen, nach ihrer Meinung fragen, nur um zu tun, was ihnen selbst richtig erscheint? Sie schließt die Augen und sieht die Welle wieder auf sich zukommen.

«Ich werde nach Italien gehen», sagt sie in die Dunkelheit. «Ich werde dafür sorgen, dass mein Sohn in Rom zum Kaiser gekrönt wird, so wie sein Vater und sein Großvater es wünschten.» Und so wie ich es will, fügt sie in Gedanken hinzu.

Die Weihe

Quedlinburg, Ostersonntag 989

«Zwei Jahre.» Mathilde streicht über Willigis' Handrücken.

«Die Zeit ist im Flug vergangen», meint er und betrachtet das Baugerüst an der Stiftskirche auf der anderen Hofseite. Sie stehen am Fenster der Äbtissinnenstube, und Mathilde glaubt den Geruch von Siegelwachs und Pergament an Willigis' Kleidern zu riechen. Noch ist der Himmel morgendlich grau. Sobald die Sonne aufgeht, wird der Zug des Königs, der wie üblich bei den Mönchen von St. Wiperti Quartier bezogen hat, auf der Burg erwartet.

«Eine Ewigkeit», entgegnet Mathilde und zieht ihre Hand zurück.

Um Willigis' Mund zuckt es.

«Es scheint ihr besserzugehen», meint Mathilde beiläufig.

«Wem?»

«Thea. Als du aus Konstanz schriebst …»

Willigis nickt, ohne seinen Blick von den Leitern und Seilwinden zu nehmen. «Da sah es schlecht aus. Die Lage in Lothringen –»

«Ich dachte an ihre Gesundheit», unterbricht Mathilde ihn.

Willigis schweigt.

«Die Fehde zwischen Hugo und Karl kommt mir manchmal wie eine Schwäre vor», nimmt Mathilde seinen Faden auf. «Sie bricht immer wieder auf, ganz gleich, was wir tun.»

«Und die Italiener werden sich nicht mehr lange vertrösten lassen», seufzt er.

«Ihre Gesandten warten schon seit Tagen hier», bestätigt Mathilde.

Willigis dreht sich zu ihr. «Wir werden, wie vereinbart, morgen nach der Frühmesse mit ihnen sprechen.»

Mathilde weicht seinem strengen Blick aus. «Das war ein guter Schachzug, Philagathos zum magister camerae regis von Italien zu machen», lenkt sie ein. «Er ist mit den Sitten und Tücken des Landes vertraut. Er hat seine Schergen dort, und in seiner zielstrebigen Gier wird er unsere Truhen wie kein anderer Schatzmeister füllen.» Die Strenge weicht aus Willigis' Zügen. «Ihn zum Bischof von Piacenza zu ernennen, ist ein angemessenes Entgelt dafür», plaudert Mathilde weiter.

«Non pastor sed lupus», brummt Willigis. «Er wird das Bistum plündern.»

«Und seine neuen Aufgaben», fährt Mathilde ungeachtet dessen fort, «werden ihn vom Hof fernhalten. Nicht nur die Frauen hier im Stift schwatzen über die Kaiserin und ihren Prediger.»

Willigis geht in die Stube zurück. «Der Ehrgeiz des Griechen ist grenzenlos. In Konstanz redete man bereits davon, er werde in den Lateran berufen.»

«Sind die Römer nicht mehr zufrieden mit dem neuen Papst?», fragt Mathilde verwundert.

«Doch. Seit sie Bonifatius' Leiche durch die Straßen geschleppt haben, herrscht Ruhe, und Papst Johannes ist uns wohlgesinnt. Aber es heißt, er sei nicht nur gebildet, sondern auch geizig.»

«Dann empfiehlt es sich wohl, erst in die Heilige Stadt zu ziehen, wenn wir sicher sind, dass Philagathos' Einnahmen uns deren Tore öffnen», entgegnet die Äbtissin.

Willigis lächelt. Einen Augenblick denkt Mathilde, er werde im Halbdunkel der Stube die Hand nach ihr ausstrecken, doch dann verschränkt er seine Arme. «Was hältst du von Sophias Begehren?», erkundigt er sich.

Mathilde zögert. «Zweifellos wachsen unsere Erfahrungen mit jedem Lebensjahr.» Sie streift eine lose Haarsträhne aus der Stirn, und Willigis erkennt die Geste ihres Bruders. «Aber gerade deshalb sehen wir manches in unserer Jugend vielleicht klarer, ungetrübt von den Bedenken, die uns mit zunehmendem Alter befallen.» Aus dem Hof fliegt ein Schwarm der weißen Tauben auf, die von den Stiftsfrauen gehalten werden. «Ich war elf, als meine Großmutter mich zur Äbtissin weihen ließ. Es war ein großer Tag, und selbst wenn ich später, wie du ja weißt, für eine Zeit mit meiner Bestimmung haderte, so hat sie mich doch zu dem gemacht, was ich bin – was ich auch dir bin.» Mathilde stockt. «Und das ist mehr als ich … ich meine, als wenn ich deine Gattin …» Ihre Stimme versagt.

Willigis rührt sich nicht. Energisch dreht Mathilde sich um und geht zum Fenster zurück. «Ich denke, meine Nichte soll dieses Jahr Kanonissin werden, wenn sie das will.»

Willigis räuspert sich. «Ich meinte ihren Wunsch, sich von mir weihen zu lassen.»

Mathilde schmunzelt verstohlen. «Sie ist die Tochter des Kaisers. An meiner Weihe waren alle Erzbischöfe und Bischöfe des Reichs anwesend.»

«Ja, aber Gandersheim untersteht dem Bischof von Hildesheim. Es wäre an ihm, sie zu weihen», gibt Willigis zu bedenken.

Mathilde hebt die Schultern. «Ich kenne Osdag nicht, und er ist noch nicht lange Bischof, aber er wird klug genug sein, sich nicht mit dem mächtigsten Mann des Reiches anzulegen.»

Gandersheim, 18. Oktober 989, Lukasfest

Thea zieht ihren Mantel um sich. Es ist kälter im Innern der Kirche als unter der milden Herbstsonne auf dem Vorplatz. Der Atem der Singenden hängt in dem Gang, den die Kanonissinnen für sie und ihren Sohn bilden. Thea beachtet die Gesichter der Frauen nicht. Erst als sie auf ihrem Sessel links vom Altar Platz genommen hat, mustert sie die Umsitzenden unauffällig.

Da ist Heinrich ihr gegenüber, mit seiner Frau Gisela. Otto neben Thea rutscht auf seinem Sessel herum, auch er hat den Bayern bemerkt. Der Herzog ist wie immer in Pelz und königliches Purpur gekleidet. Thea ärgert sich nicht mehr darüber. Seit Heinrich wieder über Bayern herrscht, ist er dem König ergeben, und er hat sich in den Verhandlungen um Lothringen verdient gemacht. Jetzt, wo Hezilo gestorben ist, wird Heinrich, wie in Frankfurt vereinbart, auch Kärnten zufallen. Seine Schwester steht dem Stift Gandersheim seit vierzig Jahren vor. Sie sitzt auf der anderen Seite von Otto, etwas näher am Altar. Thea hat Gerberga bei ihrer Ankunft am Tag zuvor kaum wiedererkannt, und wären da nicht die herrischen Gesten, die schneidende Stimme gewesen, hätte sie die von Gicht gekrümmte Frau für die Pförtnerin gehalten. Heute trägt die Äbtissin einen grauseidenen Schleier über der Kutte, dessen Schimmern ihre Verformung versteckt. Gerberga wird aufstehen, wenn Sophia mit den anderen Novizinnen hereingeführt wird, und sie auf den Stufen vor dem Altar empfangen. Nachdrücklich hat man Thea dargelegt, wer wann was tun werde, als habe sie noch nie einer Zeremonie beigewohnt, und sie hat wehmütig an das zweibändige Werk von Konstantin Porphyrogenetos gedacht, in dem der Ablauf jedes Ereignisses am Hof von Konstantinopel in allen Einzelheiten aufgezeichnet ist.

Die Hitze in diesem Sommer war noch größer als im Jahr zuvor, und in den Nächten sah man Sterne am Himmel verbrennen. Stephanos sprach vom Ende der Zeit. Kurz bevor die karge Ernte eingefahren werden konnte, überfluteten Regengüsse das Land, und jetzt fault das Getreide auf den Feldern. Die Preise, die der Kämmerer für die Verpflegung des Hofs bezahlen muss, haben sich verdreifacht; die Straßen sind zu Morast geworden. Immer wieder sanken ihre Wagen ein, und sie erreichten Gandersheim nur mit Mühe am Nachmittag vor dem Lukasfest, an dem die Weihe stattfinden sollte. An diesem Morgen scheint die Sonne zum ersten Mal seit Wochen.

Der Gesang der Kanonissinnen wird lauter, Thea sieht Willigis in der Prozession der Priester auf den Altar zugehen. Der Duft des Weihrauchs streift sie, und sie sieht die sechsflügeligen Seraphim in den Zwickeln unter der Kuppel der Sophienkirche vor sich. Oder waren die in der Sergius- und Bacchuskirche? Ein Poltern reißt sie aus ihren Gedanken. Im ersten Moment weiß Thea nicht, woher es kommt. Dann sieht sie zwei Männer mit einem Sessel, die sich rücksichtslos durch die Menge drängen. Gerberga erhebt sich, als wolle sie ihnen entgegeneilen, doch nach zwei Schritten hält sie inne. Die Kanonissinnen verstummen. Hinter den Männern wird eine Gestalt mit einem Bischofsstab sichtbar. Willigis' Miene erstarrt. Verblüffung und Staunen breiten sich auf den Gesichtern der Anwesenden aus. Nur Bernward, der hinter Willigis steht, lächelt ein wenig.

Der Mann mit dem Bischofsstab muss Osdag von Hildesheim sein. Thea betrachtet ihn neugierig. Sein Gesicht ist gerötet, aber eher vom Wein als vor Aufregung, und er schreitet gelassen hinter den Sesselträgern durch die Menge. Bernward hat ihr erzählt, sein früherer Lehrer habe sich beklagt, weil Willigis in seinem Bistum eine Kanonissin weihen wolle. Es gab Streit im Stift, aber die Frauen zanken sich stets, und niemand erwähnte, dass der Hildesheimer sich zur Wehr setzen könnte. Die Träger haben den Altar erreicht und stellen den Sessel neben den, auf dem Willigis sitzen wird. Ein Tuscheln geht durch die Kirche. Osdag lässt sich in aller Ruhe auf dem Sessel nieder und nickt gönnerhaft in die Runde. Gerberga gibt einen zischenden Laut von sich, Willigis rührt sich nicht, jemand lacht. Wie auf Befehl beginnt ein Tumult in der Kirche. Die Priester reden aufeinander ein, ein paar Kanonissinnen beginnen wieder zu singen, die verkrümmte Äbtissin trippelt auf Osdag zu. Auch Willigis ist aus seiner Erstarrung erwacht und hebt seinen Bischofsstab. Der kleine Otto sitzt am Rand seines Sessels und blickt vom einen zum andern. Thea hat das Gefühl, sie sehe das Ganze aus großer Ferne. Irgendwo wartet ihre Tochter darauf, zur Weihe in die Kirche geführt zu werden.

Erst als sie die Stille gewahrt, merkt Thea, dass sie vor den Altar getreten ist. Die Leute in der Kirche sind verstummt, Willigis hat seinen Bischofsstab wieder gesenkt, Gerberga steht mit wackelndem Kopf neben ihm. Osdag kniet ehrerbietig auf dem Boden vor seinem Sessel. Auf ein Nicken von Thea beginnt er zu sprechen. So wie der heilige Berg Athos in Makedonien liege, beginnt er, und der Erzbischof von Köln über Sankt Pantaleon walte, liege das Stift der frommen Frauen von Gandersheim im Bistum Hildesheim und unterstehe dessen Bischof. Thea lächelt über die Vergleiche. Ausführlich beschreibt Osdag alle Verbindungen, die zwischen Stift und Bistum bestehen, und wann sie von Königen und Kaisern bestätigt wurden, bis er zu der Weihe kommt, die heute – bar jeden Anspruchs, aus Willkür und Eigennutz – von einem Fremden zelebriert werden soll anstatt vom Bischof von Hildesheim.

Zustimmende Rufe erschallen. Gerbergas Kopf wackelt nicht mehr, und mit einem Mal ist Thea klar, wer ihrer Tochter den Wunsch eingegeben hat, sich von Willigis weihen zu lassen. Eine Unterstellung des Stifts unter den mächtigen Erzbischof von Mainz würde den Frauen nur Vorteile bringen, und Sophias Weihe durch Willigis wäre ein erster Schritt dazu. Thea blickt zu Heinrich. Er muss das Vorhaben seiner Schwester durchschaut, vielleicht sogar angeregt haben. Mit einer Handbewegung bringt Thea den klagenden Bischof zum Schweigen. Soll sie Willigis auffordern, sich zu rechtfertigen? Kann er etwas zu seiner Rechtfertigung vorbringen? Kann sie ihren Erzkanzler vor den versammelten Fürsten zurechtweisen? Was Osdag sagt, stimmt: Willigis' Vorhaben verstößt gegen jedes herkömmliche Recht. Theas Blick gleitet über die erwartungsvollen Gesichter der Umstehenden. Da ist der graue Schopf. Sie hat Otto von Worms bisher nicht bemerkt. Er schaut sie an, und einen Moment lang glaubt sie, in seinen braunen Augen zu versinken.

«Eine große Ehre bereitet Ihr uns, dass Ihr beide», sie nickt Osdag und dann Willigis zu, «Euch an diesem Tag, an dem wir dem Evangelisten Lukas gedenken, hier zusammengefunden habt, um meine Tochter Sophia, die Schwester des Königs, zur Kanonissin zu weihen.» Es ist vollkommen still in der Kirche. «So verbinden sich Sitte und Recht mit Freundschaft und Vertrauen, denn Erstere haben Euch, ehrwürdiger Bischof von Hildesheim, hierhergebracht, und Letztere binden den Erzbischof von Mainz an unsere Familie.» Thea vermeidet es, Willigis anzusehen. Sie erklärt, wie dankbar sie den Stiftsfrauen für die vortreffliche Erziehung ihrer Tochter sei, die sich heute würdig erweise, von zwei Bischöfen gemeinsam in ihren neuen Stand erhoben zu werden, auf dass sie vor den Augen der Versammelten und des ganzen Reiches ihren Platz unter den ehrwürdigen Kanonissinnen einnehme. Ein «Laudate!» erklingt aus der Kirche. Um die Lippen Ottos von Worms spielt ein Lächeln. Thea wendet sich um, als gäbe es nichts weiter zu sagen, und kehrt zu ihrem Sessel zurück. Einen Augenblick stehen Willigis und Gerberga noch da, Osdag erhebt sich. Dann nehmen alle ihre Plätze ein.

Mit gesenktem Blick lässt sich Sophia mit den anderen Novizinnen während des Gottesdienstes in die Kirche führen, und außer Gerberga, die sie auf den Stufen vor dem Altar erwartet, scheint sie niemanden wahrzunehmen. Der Gesang der Frauen wechselt mit den Gebeten der Priester, und als es zur Weihe der Kaisertochter kommt, erhebt sich Willigis und tritt neben Osdag. Einstimmig verlesen die beiden die Segnungen über dem Kopf des knienden Mädchens, und zusammen stecken sie ihm den Ring der Kanonissinnen an den Finger. Thea betrachtet Sophia. Wie jung ihre Tochter zwischen den bestandenen Männern und Frauen erscheint. So muss sie selbst ausgesehen haben, als sie vor siebzehn Jahren in Rom verheiratet und gekrönt wurde.

Mit schmeichelndem Schnurren besänftigte die Löwin die Rivalen, und sie taten, was der Basileia gefiel, als wäre es ihr eigenes Verlangen. Gewiss würde die Einmut nicht von Dauer sein, zu gierig waren die Gandersheimer Frauen, dem Reich unmittelbar zu unterstehen, und als Bischof Osdag keinen Monat später starb, redeten manche von Gift. Die Kanonissinnen würden weiter versuchen, die Bande des Bistums abzustreifen, und es würde sich nicht immer eine so gewandte Schlichterin finden. An diesem Nachmittag aber tafelten der Erzbischof von Mainz und der Bischof von

Hildesheim einträchtig nebeneinander, und alle freuten sich an der neuen Kanonissin, die dem Konvent zeitlebens die königliche Gunst sichern würde. Denn keine der drei Schwestern stand Otto so nahe wie Sophia. Obwohl sie sich bis anhin kaum begegnet waren, verstanden sie sich ohne Vorbehalt, und wenn ich sie beisammen sah, fragte ich mich manchmal, ob unser König seinen Zwilling wiedergefunden habe, so sehr glichen sich die Geschwister in der Erscheinung. In ihrem Wesen aber waren sie ein Spiegel ihrer Eltern, das Mädchen gleich der Mutter im Zeichen des Löwen geboren, stark und mutig, der Junge, wenn nicht wie der Vater in dem des Steinbocks, so doch im Krebs, empfindlicher und weniger gelassen, aber so wehrhaft mit seinen Scheren wie der gehörnte Ziegenfisch. Sophia würde sich nicht begnügen, zum Gedenken an Verstorbene im Chor der Stiftsfrauen zu singen und in Prozessionen durch die Stadt zu ziehen, und Otto war stark genug, auf ihren Rat zu hören und ihm zu folgen. Gemeinsam würden sie unbezwingbar sein, und auch die Basileia erkannte das.

Die Herbstsonne, die an diesem Tag so unverhofft auf Gandersheim schien, musste die Kaiserin an die milden italienischen Winter erinnern, denn sie beschloss, sogleich nach der Weihe aufzubrechen, obwohl vieles noch nicht geregelt war. Anstatt, wie geplant, mit ihrem Sohn nach Rom zu ziehen, ließ sie ihn unter Willigis' Aufsicht und in Bernwards Pflege zurück. Sie würde die italienischen Verbündeten um sich scharen, den Weg für die Kaiserkrönung des dritten Otto ebnen, teilte ihr Kanzler den Fürsten mit, und diese rühmten ihre Weitsicht. Ich wusste wohl, dass ihre Reise auch einem andern galt.

Doch diesen Weg musste die Basileia allein gehen. Ich konnte sie nicht begleiten, und gnädig entließ sie mich. Mein Leib war von Anstrengung und Alter geschwächt, er hätte es nicht ausgehalten, noch einmal über die Alpen gezerrt zu werden, und mein Herz hätte es nicht ertragen, den Duft des Landes wieder zu riechen, in dem ich einst glücklich war. So kehrte ich mit dem Hofstaat des Königs nach Mainz zurück, wo der Statthalter und Stellvertreter der Basileia an seinem mächtigen Dom baute, und die Juden mit ihren Waren auch Nachrichten aus Italien erhielten, um meiner Herrin auf diese Weise wenigstens nahe zu sein. Der Herbst ließ die Wälder in Gold und Purpur leuchten, wie er es nur hier im Westen tut, und ich wusste, dass ich es zum letzten Mal sah.

Gottes Gnaden

Rom, 7. Dezember 989

Ein Geflecht grauweißer Adern durchzieht den roten Stein. Thea muss die Oberfläche des Porphyrs nicht berühren, um seine Kühle zu spüren. Ihr ganzes Leben hat sie gegen den Makel gekämpft, nicht im Purpursaal des Palastes von Konstantinopel geboren, nicht eine Tochter, sondern bloß die Nichte eines Kaisers zu sein, nur um jetzt vor dem Purpursarkophag eines anderen Kaisers zu knien. Sieben Jahre sind seit Ottos Tod vergangen. In allen Kirchen des Reiches betet man heute für ihn, in allen Klöstern gedenkt man seiner.

Nach der Trauerfeier in Erinnerung an Ottos Todestag ist Thea allein in der Vorhalle der Peterskirche zurückgeblieben. «Vergib mir», sagt sie in die Stille hinein. Das Kerzenlicht glitzert im Mosaik über dem Sarkophag, verzerrt die Gesichter von Petrus und Paulus. «Ich habe Fehler gemacht. Wie alle – wie du. Wenn du nicht gestorben wärst …» Da ist der bittere Geruch des Aloesafts wieder in ihrer Nase. «Wegen einer verlorenen Schlacht.» Die Sarazenen sind nicht mehr in Kalabrien eingefallen. Auch die Steuereintreiber aus Konstantinopel, heißt es, plagten die Bewohner der Gegend weniger. Vielleicht war der Kampf nicht ganz umsonst gewesen. Sie sieht Otto medius' Gesicht vor sich. «Ich habe ihn geliebt.» Die Worte verhallen in der Dunkelheit. «Und was wäre ich ohne ihn gewesen, für das Reich, für dich, für unseren Sohn? Sobald er mündig ist, wird der Papst ihn zum Kaiser krönen. Das hat er mir zugesagt, und die Römer sind uns wohlgesinnt. Auch die Fürsten von Salerno und

Amalfi haben mich ihrer Unterstützung versichert.» Thea lächelt. «Sie verhandeln lieber mit einer Frau, sagt Philagathos. Ich weiß, du hast den Kalabrier nie gemocht, obwohl er dich gerettet hat. Jetzt hat er eine Elfenbeintafel schnitzen lassen, auf der Christus uns krönt. In prächtigen Kleidern sind wir dargestellt, du im Kaisermantel, ich mit dem Juwelenkragen, den die Kaiserinnen in Konstantinopel tragen, und er selbst kniet unter deinen Füßen.» Thea erhebt sich. Ihre Glieder sind steif von der Kälte der Halle. «Gleich zu Gleich stehen wir zu Seiten des Erlösers, wie Justinian und Theodora in Ravenna, wie die Kaiserpaare in Konstantinopel, wie unsere Schwiegertochter einst neben unserem Sohn stehen wird.» Sie tritt an den Sarkophag. Das Licht der Kerzen schimmert auch in dem braunroten Stein, und sie hebt die Hand, bis ihr Schatten auf ihn fällt. Plötzlich durchflutet sie Erleichterung.

Sant' Apollinaris in Classe, Ravenna, Anfang April 990

«In nomine sanctae trinitatis, im Namen der heiligen Dreifaltigkeit...» Es ist Abend, aber immer noch hell in der Kanzleistube. In der linken oberen Ecke des Pergaments das verzierte C, das Zeichen Gottes. Dann arenga, publicatio, narratio, Anrufung, Einführung und Begründung – Thea überfliegt die vertrauten Formeln. Nur Bernward wagte, als er noch Notar war, sie nach eigenem Gutdünken abzuändern. «Wenn mit irdischen Gütern himmlische erworben werden können», schrieb er in einer der ersten Urkunden, die er für den Kaiser verfasste. Thea kontrolliert die Namen der Fürbitter, Erzbischof Johannes von Ravenna und Bischof Hugo von Würzburg, und die Verfügung: Dem Abt des Klosters Farfa wird die Investitur der Kirche Santa Vittoria erteilt, die von nun an dem königlichen Schutz untersteht, centum libras auro optimo, bei einer Buße von hundert Goldpfund, wie es hierzulande üblich ist.

«Herrin.» Ein Schreiber steht vor Thea. «Dieser Brief ist eben gebracht worden.»

Thea erkennt Gerberts eleganten, mit einer dünnen Rabenfeder geschriebenen Schriftzug. Der Scholasticus hatte gehofft, nach dem Tod des Erzbischofs von Reims im vergangenen Jahr selbst in die Würde seines Gönners aufzusteigen. Doch König Hugo ernannte Arnulf, einen unehelichen Sohn des verstorbenen Lothars. Gerbert fügte sich und blieb Sekretär des neuen Erzbischofs, der arglistig die Tore von Reims für seinen Onkel Karl öffnen ließ. Der junge Schreiber hält den Brief in der ausgestreckten Hand. Er hat ein hübsches, aufmerksames Gesicht.

«Lest mir vor, was Gerbert schreibt», befiehlt Thea und legt die Urkunde für den Abt von Farfa vor sich auf den Tisch. Der Schreiber hüstelt, blickt sich um. Die Notare, die im hinteren Teil der Stube arbeiten, beachten ihn nicht. Mit heller Stimme beginnt er zu lesen, zögernd, bis er sich im Klang der Worte verliert: «Geblendet von Schwäche und Verzweiflung hat mich der Wunsch befallen, mich dem Schwert des nahen Nötigers zu beugen und dem fernen Schutzherrn die Treue zu brechen…»

Lupus in fabula. Thea erinnert sich an ihre erste Begegnung mit Hugo, sein fleischiges Gesicht, das schulterlange Haar, die vielen Artigkeiten. Sein Gebiet ist kleiner als das Reich, von schiffbaren Flüssen durchzogen, und die Straßen, sagt man, sind gut unterhalten. Dennoch gelingt es ihm nicht, seine Ansprüche durchzusetzen. Er hat die Loire bisher noch nicht überschritten, aus Angst, im Süden auf Widerstand zu stoßen, und Karl hält Lâon, Soisson und Reims. An Hugos Stelle würde sie…

Thea bemerkt die Stille in der Stube. Der Schreiber ist

verstummt und blickt sie erwartungsvoll an. «Danke. Ich werde Gerbert antworten lassen.» Enttäuschung breitet sich auf dem Gesicht des jungen Mannes aus und lässt Thea einen Augenblick an ihren Sohn denken. Der Schreiber hat wohl erwartet, mit einem Lob oder einem Auftrag belohnt zu werden. «Danke», sagt sie nochmals. Die Lage im Westen ist nicht ihr dringlichstes Anliegen. Hugo und Karl werden sich weiterstreiten, ganz gleich, was sie tut, und Gerbert wird sich ohne ihre Hilfe in die Gunst des einen oder andern reden und eines Tages in Reims Bischof werden.

Thea nimmt die Urkunde für den Abt von Farfa wieder auf. Monogramm, Siegel, «manu propria subter eam firmavimus, von eigener Hand unterzeichnet». Sie stutzt. «Theophanius gratia divina imperator augustus, erhabener Kaiser von Gottes Gnaden.» Thea lehnt sich in ihrem Sessel zurück. Als sie kürzlich in Rom eine Urkunde in eigenem Namen ausstellen ließ, weil die italienischen Fürsten ihren Sohn erst als König anerkennen wollen, wenn er auch auf ihrem Boden gekrönt wurde, erinnerte Johannes Philagathos sie, dass Kaiserin Irene, die zur Zeit Karls des Großen in Konstantinopel herrschte, ihre Befehle stets als Basileus zu zeichnen pflegte, denn die Würde hinge nicht am Geschlecht. Auch Beatrix ließ sich Herzog von Lothringen nennen, bevor sie sich mit ihrem Sohn entzweite und ihre Regentschaft abgeben musste.

Thea riecht das nahe Meer im Abendwind, der in die Kanzleistube weht. «Ihr könnt alles, was Ihr wollt», hat ihr Schwiegervater einst gesagt. Sie hat getan, was sie musste: die Grenzen des Reichs gesichert, die Zwiste im Innern geschlichtet, und nun ist es ihr gelungen, auch ihre Verbündeten in Italien zu einigen, ohne Adelheids Hilfe. Thea streicht sich über die Stirn. Ihr Sohn trägt die Königskrone unangefochten, und in ein paar Jahren wird er zum Kaiser gesalbt. Jetzt aber hält sie die Herrschaft in Händen. Sie betrachtet die Linien, die sich durch ihre Handflächen ziehen. Fähigkeiten und Bestimmungen sollen aus ihnen zu lesen sein, wie aus den Sternen, Erfolge, Niederlagen und die Länge ihres Lebens. Sie faltet die Hände. Kaiser von Gottes Gnaden.

‹Sie war eine ganz andere, als sie im Sommer vor einem Jahr mit Kisten voller Reliquien und Geschenken aus Italien zurückkam. Da war eine Klarheit in ihrem Gesicht. Die Kaiserin schien jünger, sagten die einen, älter, sagten die anderen. Alterslos, dachte ich, als seien die Nichtigkeiten der Welt von ihr abgefallen.

Nach ihrer Abreise aus Gandersheim waren wir eine Weile in Quedlinburg geblieben, bei Äbtissin Mathilde, die sich so gut mit Erzbischof Willigis versteht. Dann zog der königliche Hof nach Heiligenstadt. Ich tat meine Arbeit in der Küche und schickte Wigburg oder Una in die Säle und Kammern. Ich hatte kein Verlangen, das Augenmerk der Herren auf mich zu lenken, die die Geschäfte des Reiches in Abwesenheit der Kaiserin führten, und vor allem Herzog Heinrich ging ich aus dem Weg. Er verhandle mit den Lothringern, hieß es, handle ein Bündnis zwischen unserem König und König Hugo aus, und, selbst ein Zänker, wird er sich auf den Umgang mit den Streitsüchtigen wohl verstehen. Ich traute seiner neuen Gefügigkeit nicht.

Die Kaiserin sahen wir erst im Sommer wieder. Sie hatte alles geregelt in Italien. Nur leere Truhen habe sie in Pavia vorgefunden, sagte man, und auch zur Osterfeier in Quedlinburg in diesem Frühling erschien die alte Kaiserin nicht, obwohl sie in Sachsen war. Es war ein bescheideneres Fest als vor fünf Jahren, und der junge König stahl sich nach der

Messe davon und ritt zur Bode hinunter. Mit seinen elf Jahren tut er, was er will. Außer auf seinen Lehrer Bernward hört er auf niemanden, selbst das Wort von Erzbischof Willigis gilt ihm nichts. Und Bernward und Willigis sind sich in vielem uneinig – weil der eine den anderen wegen seiner niederen, der andere den einen wegen seiner hohen Herkunft verachtet – vor allem seit der Erzbischof Sophia in Gandersheim weihte. Die Prinzessin empfing uns in ihrer Kanonissinnenkutte, den Ring am Finger, als wir sie besuchten, und niemand konnte König Otto daran hindern, seine Schwester nicht nur zu beschenken, sondern dem Stift auf ihr Bitten auch Markt-, Münz- und Zollrechte zu verleihen, die nicht einmal die Quedlinburgerinnen haben, die der kaiserlichen Familie doch noch näher stehen. Aber die Prinzessinnen verstehen es alle, ihre Wünsche durchzusetzen. Das ist wohl auch hier im Stift von Essen bekannt.›

Merseburg, Ende April 991

«Ihr wollt was?» Thea starrt den Pfalzgrafen ungläubig an.

«Es ist auch der Wunsch Eurer Tochter, verehrte Kaiserin.» Ezzos Kopf ist dunkelrot.

«Meine Tochter –» Thea hält inne. Sie überlegt, wann sie Tilda zuletzt gesehen hat.

«Ich weiß, dass manche sagen werden, ich sei unter dem Stand, eine Kaisertochter zu heiraten.» Ezzo senkt den Blick. «Aber unsere Familie hat Euch, Eurem Gemahl und Eurem Schwiegervater stets in Treue gedient, und wir werden auch Eurem Sohn –»

Thea hebt die Hand. «Ich zweifle weder an Eurer Treue noch an Eurem Stand.» Wie oft hat man sie selbst wegen ihrer falschen Geburt geschmäht.

«Auch verfügen wir über einträgliche Ländereien, Höfe,

Felder, Jagd- und Fischrechte. Und die Stadt Aachen untersteht uns.»

«Auch an Eurem Reichtum zweifle ich nicht. Aber –» Aber ein bestandener Mann, will Thea sagen, und ein junges Mädchen?

«Ich werde Eure Tochter glücklich machen.» Die Stimme des Grafen wird heiser. «Ich liebe sie.»

Eine Weile herrscht Stille.

«Und Ihr verpflichtet Euch, neben meiner Tochter keine Konkubinen zu haben?»

Ein breites Lachen verzieht Ezzos Gesicht. «Ich schwöre es beim Namen aller Heiligen, verehrte Kaiserin.»

«Und wann soll die Heirat stattfinden?»

«Der König meinte –»

«Ihr habt bereits mit meinem Sohn darüber gesprochen?» Thea versucht ihre Empörung zu schlucken.

«Und mit Willigis», gesteht Ezzo. «Ich dachte, bevor ich mit Euch …»

Theas Empörung weicht Nachsicht. Jeder, der etwas vom Kaiser will, versichert sich zuerst der Unterstützung seiner Berater und seiner Verwandten.

«Dann reitet nach Essen und steckt meiner Tochter den Brautring an den Finger, bevor die Stiftsfrauen sie umstimmen», willigt Thea ein.

Der Mann macht einen Schritt auf sie zu, als wolle er sie umarmen. «Danke, danke, verehrte, ehrwürdige …»

Thea beobachtet vom Fenster aus, wie Ezzo zwischen den Bittstellern hindurch aus dem Hof der Pfalz reitet. Auch sein Pferd scheint vor Freude zu tänzeln. «Ich liebe sie.» Hat das jemals jemand von ihr gesagt?

‹Pfalzgraf Ezzo hat Prinzessin Tilda nicht im Brettspiel gegen Otto gewonnen, wie manche nun behaupten, aber tatsächlich saß der junge König gern beim Spiel, und ich erinnere mich, wie er mir als Knabe einmal einen Stein beschrieb, der mit Bildern von Pferderennen verziert war und durch den hindurch auf Bahnen farbige Kugeln liefen. In Konstantinopel, sagte er, schließe man Wetten ab, welche der Kugeln am schnellsten rolle, und könne hohe Summen gewinnen dabei.

Seit der Rückkehr der Kaiserin begannen sich die Zeichen zu mehren: die große Trockenheit, das Erdbeben in Italien, und im Herbst verdunkelte sich der Himmel, wie in Rara. Wir wussten, dass etwas bevorstand. Der Husten der Kaiserin weckte uns nachts, und ich brühte Hagebutten und Holunder auf. Wenn es ihr, meist gegen Abend, etwas besserging, redete sie manchmal davon, mit ihrem Sohn in die Wälder im Harz zu reiten, wie ihr Gatte und ihr Schwiegervater es getan hatten. Aber am Morgen trugen die Mägde Schüsseln mit blutigen Tüchern aus ihrer Kammer. Auf die Nachricht, Bischof Ascelin habe sich in Karls Vertrauen geschlichen und – so wie Arnulf zuvor – die Stadttore von Lâon für König Hugo geöffnet, beschloss sie, noch einmal nach Westen zu reisen, um die Gegner zu versöhnen.›

Mainz, im Mai 991

«Jeder Stern folgt seiner Bahn.» Wie ein Kragen wölbt sich das Fett um Stephanos' Gesicht.

«Bis zum Ende?»

«Bis zum Ende.» Er atmet schwer. In der Stube, in die man den Astrologen gebettet hat, ist es stickig, aber durch das offene Fenster ist ein Stück des Nachthimmels zu sehen, über einem halbfertigen Kirchendach.

Der Astrologe deutet mit dem Kopf darauf. «Dort werden sie mich begraben.»

«Willst du nicht in Köln begraben werden?»

«Es ist alles geregelt, Basileia.» Thea nickt. «Efeu wächst überall», fügt Stephanos hinzu. Eine Weile ist nur sein Schnaufen zu hören.

«Ihr wart noch einmal…», die Stimme des Astrologen versagt.

«Ich konnte dir nie etwas verbergen.»

Stephanos' Mund verzieht sich, und seine Wangen wölben sich wie Geschwüre.

«Ja, auf der Rückreise von Italien», gesteht Thea. «Die Mönche sind auf die Insel zurückgekehrt. Der neue Abt will das Kloster vergrößern, die Kirche ausschmücken. Wenn ihm das Geld nicht ausgeht.»

Stephanos hebt seine Hand, eine fleischige Pranke, aus der Fingernägel ragen.

«Mein Sohn hat dem Kloster Reichenau Immunität, Zollfreiheit und Zehntenrechte verliehen», fährt Thea fort, als bemerke sie Stephanos' Geste nicht. «Und das Recht, seinen Abt frei zu wählen.»

Der Leib des Astrologen bebt unter den Decken, und der säuerliche Geruch in der Stube wird stärker.

«Die Insel war genauso wie damals», sagt Thea leise. «Eine Spieglung im Wasser, die Bäume oben und unten, der Weg zwischen den Feldern.» Sie schließt die Augen: Otto medius' Hand in ihrer, das Lächeln in seinen braunen Augen. Dort auf der Insel wusste sie plötzlich, dass sie ihn immer lieben würde.

«Ein Augenblick», flüstert Stephanos.

Thea nickt, und die Tränen laufen ihr über die Wangen.

«*Ein Augenblick*», *sagte meine Basileia,* und die Tränen liefen mir übers Gesicht. Ich spürte Henners Hand in der meinen, sah das Lächeln in seinen Mundwinkeln. In der Nacht draußen verglühte ein Stern. Ein letztes Mal betrachtete ich meine Herrin.

Weder Herkunft noch Wissen zeichnen uns aus, sondern einzig die Art, wie wir unser Schicksal zu meistern vermögen, nützen, was uns gegeben ist. Die kleine Nichte des kinderlosen Kaisers Johannes, der seinen Rivalen gemetzelt, seine Geliebte verbannt hatte und sich nur ein paar Jahre auf dem Thron zu halten vermochte, die falsche Prinzessin, die unerwünschte Braut war zur Meisterschülerin des großen Otto geworden, zur Statthalterin eines Sohnes, den die Chronisten einst mirabilia mundi, das Wunder der Welt, nennen werden, und zur ersten Kaiserin des Westens. Meine Basileia hatte mehr erreicht, als je einer zu träumen wagte, aus eigener Kraft und vielleicht auch dank meiner.

‹In der Jugend erscheint uns der Tod wie eine Strafe, und König Otto stand wortlos vor der aufgebahrten Leiche seiner Mutter, die am fünfzehnten Tag des Rosenmonats, wenige Stunden nach unserer Ankunft auf dem Valkhof, in der Festung über der Waal verstarb. Ich wollte ihn in die Arme nehmen, ihn an mich drücken, wie früher, wenn er mit aufgeschlagenen Knien zu mir gelaufen kam. Aber nachdem die Gebete gesprochen waren, geleitete Bernward ihn aus dem Sterbezimmer, und ich wusste, ich würde ihn nicht wiedersehen.

Noch in derselben Stunde packte ich mein Bündel. Zweifellos wird Herzog Heinrich nun die Regentschaft übernehmen, wie es ihm von Bluts wegen zusteht, und selbst wenn Kaiserin Adelheid an den Hof zurückkehrt und die

Vormundschaft über ihren Enkel erhält, wird der Bayer das Sagen haben. Er wird sich erinnern, was in Rara geschah.

Der Weg vom Valkhof hierher war lang, ohne Wagen, und allein nicht einfach zu bewältigen, aber die Hoffnung hat mich nie verlassen, hier im Stift von Essen Schutz zu finden. Ich bin zu alt, um in Salerno die Heilkunst zu studieren, und Trotas Bücher habe ich schon vor vielen Jahren Bernward geschenkt. Aber ich kann noch vieles, auch wenn mein Haar grau ist. Ich werde tun, was man mir befiehlt, in Küche, Kammern oder Keller, und ich komme nicht mit leeren Händen. Ich bringe die Krone, die unser König trug, als er in Aachen den Thron des großen Karl bestieg. Eine glückliche Fügung hat sie mir in die Hände gespielt, und ich habe sie über all die Jahre gehütet. Vier Spitzen hat sie, wie Lilien geformt, von Perlen umrahmt und mit Edelsteinen besetzt. Sie ist zu klein, als dass der König sie noch tragen könnte, aber sie mag den Kopf der goldenen Muttergottes zieren, wenn sie an Lichtmess durch die Stadt getragen wird. Ich weiß, dass Frau Hilde kostbare Dinge mag. Ich habe von dem Kreuz gehört, das sie für ihren Bruder, Herzog Otto von Schwaben, gestiftet hat, auf dem sie ihm im kaiserlich blauen Mantel gegenübersteht. Auch im Gedenken an den Toten, den ich auf seinem Sterbebett pflegte, bitte ich die ehrwürdige Äbtissin Hilde, mich aufzunehmen. Er war der Gütigste aller Menschen, und es heißt, sie, seine Schwester, gleiche ihm.

Trota hat mir nicht gesagt, ob das tote Kind, das sie damals aus meinem Leib zog, ein Mädchen oder ein Junge war, und ich habe nie zu fragen gewagt. Ich war selbst noch ein Kind, und dass ich den Schmerz und die Schande überlebte, kam mir wie ein Wunder vor. Doch während ich den kleinen Otto wachsen sah, schien mir manchmal, der Himmel habe mir in ihm das Verlorene wiedergeschenkt. Trotz all der Jahre, die ich an ihrem Hof diente, ist mir die Griechin stets fremd geblieben, und wegen ihrer glänzenden Kleider, der funkelnden Ohrringe, des seltsamen Dialekts, und der Düfte, mit denen sie die Menschen betörte, wird man ihr viel Übles nachreden. Aber ich werde Kaiserin Theophanu nicht vergessen, dass sie mir erlaubte, ihren Sohn durch seine ersten Jahre zu begleiten; und vor dem allmächtigen Richter mag das Leben, das ich in der Nacht im Ketiler Wald retten konnte, dereinst jenes aufwiegen, das ich aus Unverstand und Angst zerstörte.›

An den Erzbischof von Mainz
Willigis – Wir können nicht wählen, mit wem uns das Schicksal verbindet, und dass Thea ihren Sterndeuter nur ein paar Tage überlebte, wundert mich nicht. Du hast gut daran getan, die Kirche, in der er begraben liegt, dem heiligen Stephan zu weihen. Vielleicht wirst Du selbst eines Tages dort Ruhe finden. Dass Thea ihrem Wunsch gemäß in Köln neben dem Altar des heiligen Pantaleon beigesetzt wurde, erfüllt mich mit Dankbarkeit, und wenn meine Mutter den Mönchen das Totengedenken an sie auch untersagt hat, werden wir meine Schwägerin hier in Quedlinburg doch in unsere Gebete einschließen. Sie hat das Reich mit der Festigkeit eines Manns und der Freundlichkeit einer Frau gelenkt, wie ein guter Herrscher es tun soll. In den sieben Jahren ihrer Regentschaft hat sie den Besitz des Königs gewahrt, das Reich geeinigt, mehr mit Worten als mit dem Schwert, und zum Schluss hat sie unsere Art wohl verstanden und sie zu nutzen gewusst. So wie mein Vater es wünschte, trägt ihr Sohn das Erbe des Westens und des Ostens in sich, und in wenigen

Jahren wird er die Herrschaft antreten. Er wird die gelehrtesten Männer der Zeit um sich scharen, das Reich erneuern und auf die Rückkehr unseres Herrn am Ende des Jahrtausends vorbereiten. In ihm wird Theophanu weiterleben. Du und ich aber werden ihr Andenken in unseren Herzen bewahren, denn sie hat unsere Leben im gleichen Streben vereint. Nun dreht das Rad des Schicksals sich weiter. Wir können nicht sagen, was es bringt: Gelingen, Verzweiflung, Augenblicke des Glücks. Die Erinnerung ist, wie Du schreibst, der einzige Reichtum, den wir in unserem Leben erwerben können, die Liebe die einzige Gewissheit, die uns bleibt.

Deine Mathilde

Zu Quedlinburg, anno Domini 991

Historische Personen

Abu al-Qasim war von 964 bis 982 Emir von Sizilien und begann nach dem Tod von Pandulf I. 981 seinen Einfluss nach Süditalien auszuweiten. Am 13. Juli 982 stellte er sich Otto II. und dessen Heer am Kap Colonna bei Cotrone (heute Crotone) und starb in der Schlacht. Wahrscheinlich unter der Führung seines Sohns Gabir fügten al-Qasims Leute in der Folge Otto II. eine verheerende Niederlage zu.

Adalbero war von 969 bis 989 Erzbischof von Reims und vermittelte im Konflikt zwischen König Lothar, dessen Bruder Karl und Hugo von Franzien zugunsten von Otto II. und Otto III. Er war ein Bruder von Graf Gotfried von Verdun und Gönner von Gerbert von Aurillac, den er als Sekretär und Scholasticus beschäftigte.

Adalbert von Magdeburg wurde dem Wunsch Ottos I. entsprechend auf der Synode von Ravenna 968 zum ersten Erzbischof von Magdeburg ernannt. Er gründete die dortige Domschule, an der Othrich unterrichtete, und wurde nach seinem Tod 981 im Dom beigesetzt.

Adelheid wurde um 931 als Tochter Rudolfs II. von Hochburgund geboren. Nach dem Tod ihres Vaters brachte König Hugo von Italien sie 937 zusammen mit ihrer Mutter Berta nach Italien und verlobte sie mit seinem Sohn Lothar, den sie 947 heiratete. Als Lothar 950 überraschend starb, nahm Adelheid den Heiratsantrag von Otto I. an und wurde 962 mit ihm zusammen in Rom zur Kaiserin gekrönt. Aus ihrer Ehe mit Lothar hatte Adelheid eine Tochter, Emma, die König Lothar von Frankreich heiratete. Adelheids ersten beiden Söhne von Otto I. starben im Kindesalter. Anfang 955 kam ihre Tochter Mathilde, die spätere Äbtissin von Quedlinburg, und Ende 955 der Sohn und Thronfolger Otto II. zur Welt. Adelheid stand stets den Herzögen von Bayern nahe, setzte sich nach dem Tod ihres Sohnes Otto II. aber dafür ein, dass Heinrich II. von Bayern, der eigene Thronansprüche geltend machte, die Vormundschaft ihres Enkels abgeben musste. Nach dem Tod von Theophanu übernahm Adelheid die Regentschaft für Otto III. bis zu dessen Mündigkeit 994. Sie starb 999 in Selz im Elsass und wurde dort begraben. Adelheid unterstützte die cluniazensische Bewegung, galt als gebildet, schön und sehr fromm und übte großen politischen Einfluss aus. Sie wurde 1097 heilig gesprochen.

Adelheid (Ada) wurde 977 als erste Tochter von Otto II. und Theophanu geboren und von ihrer Tante, Äbtissin Mathilde, in Quedlinburg erzogen. In den Wirren nach dem Tod Ottos II. brachte Heinrich II. von Bayern die Siebenjährige als Geisel zu Ekbert dem Einäugigen. Dessen Burg wurde von den sächsischen Fürsten gestürmt, und Adelheid wurde befreit. Auf Äbtissin Mathildes Wunsch wurde Adelheid 999 zu ihrer Nachfolgerin gewählt und stand dem Stift Quedlinburg bis zu ihrem Tod 1043 vor.

Arnulf, der uneheliche Sohn von König Lothar von Frankreich, wurde 988 von König Hugo als Erzbischof von Reims eingesetzt, half aber dessen Gegner – seinem Onkel – Karl von Niederlothringen bei der Einnahme der Stadt. 991 geriet Arnulf mit Karl zusammen in Gefangenschaft, wurde 999 rehabilitiert und starb 1021 als Erzbischof.

Ascelin (Adalbero) war von 977 an Bischof von Lâon. Er wurde von Karl von Niederlothringen des Ehebruchs mit

Königin Emma von Frankreich beschuldigt, auf einer – von Ascelins Onkel, Erzbischof Adalbero von Reims, einberufenen – Synode jedoch freigesprochen. Nach König Lothars Tod stellte sich Ascelin auf Hugo von Franziens Seite. Bei der Einnahme von Lâon 988 wurde er mit Emma zusammen von Karl gefangengenommen. Ascelin versöhnte sich mit Karl und bekam sein Bistum zurück. 991 verriet er Karl, indem er die Stadttore von Lâon für Hugo von Franziens Truppen öffnen ließ. Nach einem gescheiterten Versuch, Hugo und dessen Sohn Robert an Otto III. auszuliefern, wurde Ascelin 998 abgesetzt und starb um 1030. Er ging als Inbegriff des skrupellosen Verräters in die Geschichte ein.

Basilius II., der Sohn von Kaiser Romanus II. und Theophano (der Patin von Theophanu), trat 976 zusammen mit seinem Bruder Konstantinus die Nachfolge von Kaiser Johannes Tzimiskes, Theophanus Onkel, an und herrschte bis 1025. Die erste Hälfte seiner Regierungszeit war durch Kämpfe im Innern gekennzeichnet, in der zweiten Hälfte machte er sich an die Unterwerfung Bulgariens und erwarb sich so den Beinamen «der Bulgarentöter». Basilius verzichtete auf jeden Prunk, war von kleiner und gedrungener Statur, aber ein ausgezeichneter Reiter.

Beatrix (938 bis nach 987) war eine Nichte von Otto I., eine Cousine von König Lothar und die Schwester von Hugo von Franzien. Sie heiratete Herzog Friedrich von Oberlothringen und übernahm nach dessen Tod 978 als dux, als Herzog, die Regentschaft für ihren minderjährigen Sohn. Nach dem Tod von Otto II. ergriff sie Partei für die Kaiserinnen Adelheid und Theophanu und setzte sich für die Anerkennung Ottos III. ein. Im Juli 985 soll auf ihre Anregung in Metz ein colloquium dominarium stattgefunden haben, an dem die Fürstinnen die Lage in Lothringen besprachen. Beatrix zerstritt sich mit ihrem Sohn und wurde von diesem in Haft gesetzt.

Benedikt VII., Papst von 974 bis 983, wurde auf Betreiben von Otto II. eingesetzt, nachdem sein Vorgänger vom Gegenpapst Bonifatius VII. ermordet worden war.

Bernhard von Sachsen (um 950 bis 1011) trat 973 die Nachfolge seines Vaters, Hermann Billung, als Herzog von Sachsen an. Er war Otto II. und Otto III. treu ergeben und verteidigte das Reich unter anderem gegen die Vorstöße der Dänen. Am Osterhoftag von 986 in Quedlinburg übte er das Amt des Hofmarschalls für den sechsjährigen König Otto aus.

Bernward von Hildesheim (um 960 bis 1022) stammte aus dem sächsischen Adel und wurde an der Domschule von Hildesheim erzogen. 977 führte ihn sein Onkel Folkmar, der frühere Kanzler Ottos II., am Hof ein und ließ ihn zum Notar ausbilden. Bernward machte sich einen Namen als gelehrter Hofschreiber und Verfasser kaiserlicher Urkunden. 987 wurde er von Theophanu zum Hofkaplan bestellt und mit dem Unterricht von Otto III. betraut, der ihn später als seinen «liebenswerten Lehrer» bezeichnete. 993 weihte Erzbischof Willigis Bernward zum Bischof von Hildesheim. In dieser Funktion wehrte sich Bernward gegen Willigis' Übergriffe auf sein Bistum, was zu einer Fortsetzung des Gandersheimer Streits führte, der seinen Ursprung in der Auseinandersetzung über die Einkleidung der Kaisertochter Sophia 989 hatte. Mit seiner Bautätigkeit brachte der vielseitig interessierte und begabte Bernward Hildesheim zu einer Blüte. Er starb 1022.

Boleslaw II. von Böhmen (um 920 bis 999) herrschte über das Fürstentum Prag und dominierte damit Böhmen. Er gehörte zusammen mit Mieszko von Polen zu den wichtigsten Verbündeten des aufständischen Heinrich II. von Bayern, unterwarf sich 977 zwar Otto II., unterstützte nach dessen Tod aber wieder Heinrich.

Bonifatius VII. ließ 974 als Gegenpapst seinen Kontrahenten Benedikt VI. ermorden, musste dann aber vor Otto II. aus Rom nach Konstantinopel fliehen. Nach Ottos Tod kehrte Bonifatius 984 zurück, ließ Johannes XIV. in der Engelsburg einkerkern und ernannte sich selbst zum Papst. Schon im selben Jahr starb Bonifatius eines wahrscheinlich nicht natürlichen Todes. Seine Leiche wurde geschändet und durch die Straßen Roms geschleift.

Dietrich von Metz, 930 geboren, wurde 965 von Otto I. zum Bischof von Metz ernannt. Er war Berater von Otto I. und dann von Adelheid. 972 empfing er Theophanu bei ihrer Ankunft in Italien, stellte sich nach dem Tod von Otto II. aber öffentlich gegen sie. Der für seine Bestechlichkeit bekannte Dietrich legte einen großen Reliquienschatz an und begann den Neubau der Kathedrale von Metz. Er starb 984.

Egbert von Trier (um 950 bis 993) wurde 977 von Otto II. als Erzbischof von Trier eingesetzt. Im Thronfolgestreit schloss er sich 984 zuerst Heinrich II. von Bayern an, unterwarf sich 985 aber Otto III.

Ekbert der Einäugige (um 935 bis 994) war ein sächsischer Graf, der sich bereits gegen Otto den Großen aufgelehnt hatte und sich dann mit Heinrich II. von Bayern gegen Otto II. verschwor. Er saß mit Heinrich in Utrecht in Haft, wurde mit diesem 983 nach dem Tod von Otto II. entlassen und unterstützte Heinrichs Pläne zur Übernahme der Herrschaft. 984 hielt er die Kaisertochter Adelheid in seiner Burg Ala als Geisel gefangen.

Emma (948 bis nach 988). Die Tochter von Kaiserin Adelheid aus ihrer ersten Ehe mit König Lothar heiratete 966

König Lothar von Frankreich und hatte mit ihm zwei Söhne. Der ältere, Ludwig, folgte seinem Vater als letzter Karolinger auf den Thron. Emma wurde von ihrem Schwager Karl, Lothars jüngerem Bruder, des Ehebruchs mit Bischof Ascelin von Lâon bezichtigt, aber 977 auf einer Synode freigesprochen. Nach Lothars Tod 986 verdichteten sich die Gerüchte erneut, Emma wurde von ihrem Sohn vom Hof vertrieben und bat ihre Mutter Adelheid, sich bei Theophanu für sie einzusetzen. 988 wurde Emma zusammen mit Ascelin in Lâon von Karl von Niederlothringen gefangengenommen. Ob sie in Gefangenschaft oder danach starb, ist ungewiss.

Ezzo (um 955 bis 1034) war lothringischer Pfalzgraf und, wie schon sein Vater Hermann, ein treuer und wichtiger Verbündeter des kaiserlichen Hauses. Um 991 heiratete er die über seinem Stand stehende Mathilde (Tilda), die jüngste Tochter von Theophanu und Otto II., die er – einem Gerücht zufolge – von Otto III. im Brettspiel gewonnen hatte. Er hatte zehn Kinder mit ihr.

Folkmar wurde 975 Kanzler von Otto II., der ihn 976 zum Bischof von Utrecht machte und ihm in der Folge die Bewachung von Heinrich II. von Bayern und Ekbert dem Einäugigen anvertraute. Nach Ottos Tod 983 ließ Folkmar Heinrich frei und schloss sich ihm an. Folkmar galt als sehr gesetzestreu.

Gerberga von Gandersheim (um 940 bis 1001) war die ältere Schwester von Heinrich II. von Bayern und von 956/57 an Äbtissin des Stifts Gandersheim, in dem Sophia, die mittlere Tochter von Theophanu und Otto II., erzogen wurde. Gerberga unterstützte ihren Bruder bei seinem Versuch, nach dem Tod von Otto II. die Herrschaft zu übernehmen. Es wird vermutet, dass Gerberga hinter Sophias Wunsch stand, sich 989 von Erzbischof Willigis und nicht vom Bischof von Hildesheim einkleiden zu lassen, was zum Gandersheimer Streit führte. Gerberga soll gegen Ende ihres Lebens lange Zeit krank gewesen sein. Sophia wurde ihre Nachfolgerin.

Gerbert von Aurillac wurde um 950 in Aquitanien geboren, war wohl von niedrigem Stand und erhielt im Kloster von Aurillac seine erste Ausbildung. 967 kam er im Gefolge eines spanischen Grafen nach Katalonien, studierte dort und gelangte mit dem Grafen 970 nach Rom, wo er am Hof von Otto dem Großen Theophanu kennenlernte. In der Folge wurde Gerbert Sekretär von Erzbischof Adalbero von Reims und Lehrer an der dortigen Domschule. Mit Adalbero reiste er 980/81 wieder nach Italien und verteidigte sich in Ravenna in einem öffentlichen Streitgespräch gegen die Anschuldigung, die Othrich von Magdeburg gegen ihn erhob. In der Folge ernannte ihn Otto II. zum Abt von Bobbio. Nach dem Tod von Otto II. kehrte Gerbert nach Reims zurück und wirkte dort zugunsten Ottos III. und Theophanus. In späteren Jahren wurde er zum Lehrer und Berater von Otto III., und dieser ließ ihn 999 unter dem Namen Silvester II. als Papst einsetzen. Gerbert starb 1003 in Rom. Er war – wie seinen Briefen zu entnehmen ist – äußerst wortgewandt und so gebildet, dass man ihm nachsagte, er habe einen Pakt mit dem Teufel geschlossen, um sein Wissen zu erlangen.

Gisela (um 950 bis 1006/07) war die älteste Tochter von König Konrad von Burgund und damit eine Nichte von Kaiserin Adelheid. 972 heiratete Gisela Heinrich II. von Bayern. Ihr ältester Sohn herrschte als Kaiser Heinrich II. von 1014 bis 1024 und war der letzte der Ottonen. Während ihr Mann in Utrecht in Haft saß, lebte Gisela in Merseburg.

Gisiler wurde um 930 geboren und war ab 971 Bischof von Merseburg. Er war bekannt für seinen Ehrgeiz, und nach dem Tod von Erzbischof Adalbert von Magdeburg 981 setzte er bei Papst und Kaiser durch, dass sein eigenes Bistum aufgelöst und er selbst – entgegen Adalberts Wunsch – dessen Nachfolger wurde. Im Thronfolgestreit nach dem Tod von Otto II. unterstützte Gisiler lange Zeit Heinrich II. von Bayern. Nach Gisilers Tod 1004 wurde das Bistum Merseburg wiederhergestellt.

Gero von Köln wurde um 900 in Thüringen geboren und 969 zum Erzbischof von Köln erhoben. 971/72 leitete er die Gesandtschaft nach Konstantinopel, die Theophanu als Braut für den Thronfolger Otto II. zurückbrachte. Auf der Reise erwarb er auch die Reliquien des heiligen Pantaleon, eines griechischen Arztes und Märtyrers, für die Gero – mit Theophanus Unterstützung – die Pantaleonskirche vor den Toren Kölns neu bauen ließ. Gero blieb Theophanu freundschaftlich verbunden bis zu seinem Tod in Köln 976.

Gotfried war Graf von Verdun und der Bruder von Erzbischof Adalbero von Reims. Er stand dem Kaiserhaus nahe und stellte sich gegen König Lothar von Frankreich, der ihn 985 gefangennahm. Erst mit der Thronbesteigung von König Hugo 987 kam Gotfried wieder frei – was ihm den Beinamen «der Gefangene» eintrug – und erhielt sein Herrschaftsgebiet zurück.

Harald Blauzahn (um 910 bis 987), König von Dänemark und ab 970 auch von Norwegen, erhob sich mehrfach gegen Otto den Großen und Otto II. 983 unterstützte er die Slawenrebellion, wurde in der Folge aber von seinem Sohn und Nachfolger verjagt und starb im Exil.

Heinrich I., 876 geboren, stammte aus dem Geschlecht der Liudolfinger und war ab 912 Herzog von Sachsen. 919

wurde er zum König der Franken gewählt und setzte sich damit gegen die Herzöge von Schwaben und Bayern durch. Er hatte mit seiner zweiten Frau Mathilde, die er 909 nach Annullierung seiner ersten Ehe mit Hathaburg von Merseburg heiratete, zwei Töchter und drei Söhne: Otto, der spätere Kaiser, den er 929 zu seinem Nachfolger bestimmte, Heinrich, Herzog von Bayern, und Brun (925 bis 965), der Erzbischof von Köln und ein wichtiger Berater Ottos I. wurde. Heinrich starb 936 in Memleben und wurde in Quedlinburg begraben. Er gilt in der deutschen Geschichtsschreibung als erster deutscher König und Begründer dessen, was ab Mitte des 13. Jahrhunderts als das Heilige Römische Reich bezeichnet wird. Einer Legende mit Ursprüngen im 13. Jahrhundert zufolge war Heinrich auf der Vogeljagd, als ihn die Nachricht erreichte, er sei zum König gewählt worden, und er wird deshalb später auch Heinrich der Vogeler oder der Finkler genannt.

Heinrich I. von Bayern wurde zwischen 919 und 922 als zweitältester Sohn von König Heinrich und Mathilde geboren. Da er sich im Gegensatz zu seinem Bruder Otto – bei dessen Zeugung der Vater erst Herzog war – als «echten» Königssohn betrachtete, beanspruchte Heinrich den Thron für sich. Er rebellierte mehrfach gegen Otto I. und versuchte diesen 941 am Osterfest in Quedlinburg zu ermorden. Danach unterwarf er sich Otto I., der ihm zuerst das Herzogtum Lothringen, dessen Adel Heinrich aber vertrieb, dann das Herzogtum Bayern gab. Heinrich warb für seinen Bruder um die verwitwete Adelheid. Er hatte mit seiner Frau Judith einen Sohn, Heinrich II. von Bayern (den Zänker), und zwei Töchter, Gerberga, Äbtissin von Gandersheim, und Hadwig. Heinrich starb 955 und wurde in Regensburg begraben.

Heinrich II. von Bayern, später «der Zänker» genannt, wurde 951 als Sohn Heinrichs I. von Bayern geboren. Als Vierjähriger folgte er, vorerst unter der Regentschaft seiner Mutter Judith, seinem Vater als Herzog von Bayern nach. Er heiratete Gisela von Burgund, eine Nichte der Kaiserin Adelheid. Wie schon sein Vater strebte Heinrich II. von Bayern nach dem Thron und zettelte 974 mit Boleslaw von Böhmen und Mieszko von Polen eine Verschwörung gegen Otto II. an. Nach deren Scheitern wurde er in Ingelheim in Haft gesetzt, entkam 976, erhob sich erneut – diesmal zusammen mit Heinrich (Hezilo) von Kärnten und Bischof Heinrich (Henner) von Augsburg im «Aufstand der drei Heinriche» – und wurde von Otto II. unter der Aufsicht von Bischof Folkmar in Utrecht gefangengesetzt. Nach dem Tod von Otto II. 983 wurde Heinrich entlassen und nahm als rechtmäßiger Vormund den eben in Aachen zum König gekrönten Otto III. in seine Obhut. Als Heinrichs eigene Ambitionen auf den Thron immer offenkundiger wurden, verlor er den Rückhalt im Reich und musste 984 den Thronfolger an dessen Mutter Theophanu und Großmutter Adelheid übergeben. Heinrich erhielt in der Folge das Herzogtum Bayern zurück, wurde 989 auch Herzog von Kärnten und blieb Otto III. ergeben. Auf dem Osterhoftag in Quedlinburg 986 diente er König Otto III. als Truchsess. Heinrich starb 995 während eines Besuchs bei seiner kranken Schwester Gerberga in Gandersheim.

Hezilo (Heinrich) stammte aus dem Geschlecht der Liutpoldinger und war Herzog von Kärnten, verband sich aber im «Aufstand der drei Heinriche» mit Heinrich II. von Bayern und Bischof Heinrich (Henner) von Augsburg gegen Otto II. Nach Aufdeckung der Verschwörung verlor Hezilo sein Herzogtum an Otto von Worms und wurde verbannt. Auf dem Reichstag in Verona 983 begnadigte Otto II. Hezilo und belieh ihn mit dem Herzogtum Bayern. 985 konnte man ihn zum Verzicht auf das von Heinrich II. beanspruchte Bayern bewegen, indem man Hezilo Kärnten zurückgab, und Otto von Worms mit anderen Gütern entschädigte. Am Osterhoftag in Quedlinburg 986 diente Hezilo König Otto III. als Mundschenk. Nach Hezilos Tod 989 fiel Kärnten ebenfalls an Heinrich II. von Bayern.

Heinrich (Henner) von Greisenhausen wurde 973 durch eine Intrige Bischof von Augsburg. Zusammen mit seinem Vetter Heinrich II. von Bayern und Herzog Heinrich (Hezilo) von Kärnten rebellierte er 977 im «Aufstand der drei Heinriche» gegen Otto II., wurde in der Folge aber nicht dafür bestraft. Er war in Augsburg unbeliebt und starb 982 in der Schlacht von Cotrone in Süditalien.

Hildibold (um 940 bis 998) war ab 977 Kanzler von Otto II. Er behielt dieses Amt auch, als er 979 zum Bischof von Worms erhoben wurde. Zwischen 984 und 994 war er an der Vormundschaftsregierung von Otto III. beteiligt und begleitete ihn auf dessen ersten Italienzug 996.

Hoico war ein sächsischer Graf, den Theophanu 984 als Lehrer von Otto III. bestimmte.

Hugo (940/41 bis 996) war ein Neffe von Otto dem Großen, der Bruder von Herzogin Beatrix von Oberlothringen und von 960 an Herzog von Franzien. 978 unterstützte er König Lothar in seinem Angriff auf Otto II. Als sich Lothar mit Otto II. versöhnte, suchte Hugo seinerseits zu einem Einverständnis mit dem Kaiser zu kommen. Nach dem Tod von Lothars Sohn Ludwig wurde Hugo, der als Herzog von Franzien der mächtigste Mann im westfränkischen Reich war, und nicht Lothars Bruder Karl zum König von Frankreich gewählt und von Adalbero von Reims gesalbt. Hugo ließ seinen Sohn Robert, der von Gerbert von Aurillac unterrichtet wurde, zum Mitkönig krönen und setzte damit das Erbkönigtum ein. Im 11. Jahrhundert erhielt Hugo den Beinamen Capet, und die Dynastie, die er begründete, die Kapetinger, regierten Frankreich bis zur Französischen Revolution.

Johannes XIV. wurde 983 als Nachfolger von Benedikt VII. mit der Unterstützung von Otto II. Papst. Nach Ottos Tod kehrte Bonifatius VII. 984 aus Konstantinopel zurück und ließ Johannes in der Engelsburg einkerkern und verhungern.

Johannes XV., Papst von 985 bis 996 und Nachfolger von Bonifatius VII., war für seine Geldgier und seinen Nepotismus bekannt.

Johannes Philagathos stammte aus Rossano in Kalabrien, das damals dem oströmischen Reich unterstand. Er wurde zum Berater von Theophanu, und man sagte dem «Griechen» ein ehebrecherisches Verhältnis mit ihr nach. Er war zu verschiedenen Zeiten Kanzler von Italien, ab 982 Abt von Nonantola und von 988 an Erzbischof von Piacenza. Theophanu machte ihn 987 zum Lehrer ihres Sohns, der ihn 994 nach Konstantinopel schickte, um dort für ihn um eine Braut zu werben. Bei seiner Rückkehr nach Rom ließ sich Johannes 997 zum Gegenpapst von Gregor V. wählen, floh dann aber vor dem heranziehenden Otto III. Johannes wurde gefangengenommen und von Otto III. – in untypischer Grausamkeit – ohne Augen, Ohren, Nase und Zunge, aber in päpstliche Gewänder gehüllt verkehrt herum auf einem Esel sitzend mit einem ausgehöhlten Kuheuter als Mütze in einer Schandprozession durch Rom geführt. Johannes starb 1001 in einem Kloster. Er gilt als Stifter einer Elfenbeinplatte, auf der Theophanu und Otto II. dargestellt sind, die von Christus gekrönt werden; Johannes selbst kauert zu Füßen von Otto II.

Johannes Tzimiskes war ein General armenischer Abstammung. 969 ermordete er mit Hilfe seiner Geliebten Theophano deren Gatten, Kaiser Nikephoros II. Phokas, auf brutale Weise und ließ sich zu dessen Nachfolger ausrufen. Der Patriarch weigerte sich aber, Johannes mit Theophano zu vermählen, und Johannes schickte sie in ein Kloster und heiratete eine Schwester des früheren Kaisers Romanos II. Während seiner Herrschaft verständigte sich Johannes mit Otto I. und gab seine Nichte Theophanu als Braut für dessen Sohn Otto II. Johannes starb 976.

Justinian (482 bis 565) wurde 527 Kaiser von Konstantinopel. Es gelang ihm, große Teile des einstigen römischen Imperiums zurückzuerobern, einschließlich Italiens, und er machte Ravenna zu seiner italienischen Hauptstadt. Zu den zahlreichen Bauten, die unter seiner Herrschaft in Konstantinopel errichtet wurden, gehört auch die Sergius- und Bacchuskirche. Von 525 an war Justinian mit Theodora verheiratet, die als gleichberechtigte Mitherrscherin auftrat. Mit ihr ist er in der Basilika San Vitale in Ravenna abgebildet.

Karl von Niederlothringen (um 953 bis 991) war der jüngere Bruder von König Lothar. Als Karl seine Schwägerin Emma des Ehebruchs beschuldigte, musste er Lothars Hof verlassen und wurde von Otto II. aufgenommen, der ihm das Herzogtum Niederlothringen gab. Karls Versuche, seine Ansprüche auf den französischen Thron geltend zu machen, blieben erfolglos, hingegen schuf er sich dadurch viele Gegner. Nach dem Tod von Ludwig V., Lothars Sohn, wählte der westfränkische Adel Hugo von Franzien zum König. Karl wehrte sich, indem er 988 Lâon eroberte – wo er die Königswitwe Emma und Ascelin gefangen nahm – und 989 mit Hilfe des Verrats von Arnulf Reims einnahm. Dem aus der Haft entkommenen Ascelin gelang es, Karls Vertrauen zu gewinnen. Ascelin wurde von Karl wieder als Bischof von Lâon eingesetzt, verriet diesen aber, indem er 991 die Tore der Stadt für Hugos Truppen öffnete. Der im Schlaf überraschte Karl wurde festgenommen und blieb bis zu seinem Lebensende in Haft.

Konrad von Burgund (um 923 bis 993), später «der Friedfertige» genannt, war der ältere Bruder von Adelheid. Er wuchs nach dem Tod seines Vaters, Rudolf II. von Hochburgund, am Hof von Otto I. auf, der ihm auch half, sein Königreich zurückzubekommen. Konrad vermittelte im Thronfolgestreit nach dem Tod von Otto II. zugunsten von Otto III. Seine Tochter Gisela war mit Heinrich II. von Bayern verheiratet.

Konrad von Schwaben (vermutlich identisch mit Kuno von Öhningen) war von 983 bis 997 Herzog von Schwaben. Er erhielt das Herzogtum nach dem Tod von Otto (medius) von Schwaben am Hoftag in Verona und unterstütze Theophanu und Adelheid in ihren Auseinandersetzungen mit Heinrich II. von Bayern. Auf dem Osterhoftag in Quedlinburg 986 diente Konrad König Otto III. als Kämmerer.

Konstantin VII., genannt Porphyrogenetos, war von 913 bis 959 Kaiser von Konstantinopel und verfasste neben anderen Werken das *Buch der Zeremonien*, in dem sämtliche Hofzeremonien beschrieben werden.

Liutprand (um 920 bis 970/72) wurde 961 zum Bischof von Cremona geweiht. Er reiste 968 im Auftrag von Otto I. nach Konstantinopel, um für dessen Sohn eine Kaisertochter zu erbitten, scheiterte aber. In seinem Reisebericht *Relatio de legatione Constantinopolitana* beschrieb er seine Erlebnisse am Hof von Konstantinopel, die angeblich dort herrschenden Sitten, und prägte damit das Bild, das man im Westen vom oströmischen Hof hatte.

Ludwig (966/67 bis 987) war der älteste Sohn von König Lothar und Königin Emma von Frankreich und wurde 979 zum Mitkönig gekrönt. Er trat nach dem Tod seines Vaters 986 dessen Nachfolge an, starb aber bereits im Jahr darauf bei einem Jagdunfall. Er galt als leichtsinnig, sprunghaft und wegen seiner kurzen Regierungszeit erhielt er den Beinamen «der Nichtstuer» oder «der Faule». Er hinterließ keine Erben und war der letzte König aus dem Geschlecht der Karolinger.

Lothar (941 bis 986) wurde nach dem Tod seines Vaters Ludwig IV. 954 zum König des westfränkischen Reichs gekrönt und heiratete 966 Emma, die Tochter von Kaiserin Adelheid. Nach dem Tod Ottos des Großen stellte sich Lothar gegen Otto II., der in der Folge Lothars Bruder Karl bei sich aufnahm und mit dem Herzogtum Niederlothringen belieh, was zu weiteren Auseinandersetzungen führte. Nach dem Tod von Otto II. näherte sich König Lothar Heinrich II. von Bayern an und versuchte seinen Einfluss gegen Osten auszudehnen. 985 gelang es Lothar – in einem zweiten Versuch – Verdun zu erobern und Graf Gotfried gefangenzunehmen. Lothar starb 986 nach kurzer Krankheit und wurde in Reims beigesetzt.

Maiolus von Cluny (um 906 bis 994) war von 964 an Abt von Cluny und stand der Cluniazenser Reformbewegung vor. Er war ein Berater von Kaiserin Adelheid und trug 980 zu deren Versöhnung mit ihrem Sohn Otto II. bei.

Manso I. von Amalfi übernahm nach dem Tod von Pandulf I. 981 das Fürstentum Salerno. Otto II. erkannte ihn als Herrscher an und erhielt dafür Mansos Unterstützung in seinem Kriegszug gegen die Sarazenen.

Mathilde von Quedlinburg, die Tochter Ottos I., wurde 955 geboren und von ihrer Großmutter bei den Kanonissinnen in Quedlinburg erzogen. 966 wurde sie zur ersten Äbtissin des vornehmen und wohlhabenden Stifts geweiht, dem sie bis zu ihrem Tod 999 vorstand. Sie gehörte zu den einflussreichsten Frauen des Reichs, unterstützte ihre Schwägerin Theophanu verschiedentlich, vermittelte zwischen dieser und Adelheid und regierte von 997 bis 999 in Sachsen als Stellvertreterin ihres Neffen, Kaiser Otto III., während dieser in Italien war.

Mathilde von Essen (Hilde) wurde 949 geboren. Sie war eine Enkeltochter von Otto dem Großen, Tochter seines ältesten ehelichen Sohns Liudolf und die ältere Schwester von Otto (medius) von Schwaben. Sie wurde im Stift Essen erzogen und wird 973 erstmals als Äbtissin erwähnt. Mathilde beerbte ihre Mutter und ihre Großmutter, was sie zu einer wohlhabenden Frau machte. Sie war gebildet, galt als Kunstkennerin und -sammlerin, und das Stift Essen erlebte unter ihr eine Blütezeit. Vermutlich zum Andenken an ihren Bruder stiftete sie das Otto-Mathilde-Kreuz, auf dem sie mit Otto von Schwaben abgebildet ist. Zu Mathildes Zeit kam auch die Goldene Madonna, das älteste erhaltene vollplastische Marienbild des Abendlandes, nach Essen. Mathilde starb 1011. Ihre Nachfolgerin war Sophia, Theophanus mittlere Tochter, die zu diesem Zeitpunkt bereits Äbtissin von Gandersheim war.

Mathilde (Tilda) wurde als jüngste Tochter von Theophanu und Otto II. 979 geboren, im Stift Essen erzogen und heiratete um 991 den über zwanzig Jahre älteren lothringischen Pfalzgraf Ezzo, der sie angeblich im Brettspiel gegen ihren Bruder, Otto III., gewonnen hatte. Die Ehe wird von vielen Zeitgenossen als unstandesgemäß empfunden. Mathilde hatte mit Ezzo drei Söhne und sieben Töchter, wovon eine – Theophanu – 1039 die Nachfolgerin von Sophia als Äbtissin von Essen wurde und dem Stift fast zwanzig Jahre vorstand. Mathilde starb 1025.

Mieszko von Polen (um 935 bis 992) war Fürst der Polanen. Durch Einigung verschiedener Stämme und Ausweitung seines Gebiets legte er die Grundlage für das polnische Reich. Nach seiner Niederlage gegen Otto I. 963 leistete er diesem den Treueid und herrschte in der Folge über ein dem heutigen Polen entsprechendes Gebiet. Nach dem Tod von Otto I. stellte er sich gemeinsam mit Boleslaw von Böhmen auf die Seite von Heinrich II. von Bayern, dem er am Osterhoftag in Quedlinburg 984 als Nachfolger des eben verstorbenen Otto II. huldigte. Als Theophanu sich gegen Heinrich durchsetzte, schlug sich Mieszko auf ihre Seite. Am Quedlinburger Osterhoftag von 986 anerkannte Mieszko Otto III. und unterstützte daraufhin Theophanu in ihrem Bestreben, das Reich gegen Osten zu sichern.

Nikephoros II. Phokas (912 bis 969) war ein erfolgreicher oströmischer Feldherr und wurde 963, nach dem Tod von Kaiser Romanos II., mit Hilfe der Kaiserwitwe Theophano zum Kaiser gewählt und heiratete sie. 969 wurde er von Johannes Tzimiskes, dem Geliebten seiner Frau, unter deren Mitwirkung brutal ermordet.

Osdag war der Lehrer von Bernward und von 985 bis 989 Bischof von Hildesheim, dem das Stift Gandersheim unterstand. Als die Kaisertochter Sophia 989 verlangte, von Erzbischof Willigis von Mainz als Kanonissin eingekleidet zu werden, wehrte sich Osdag, indem er seinen Bischofsstuhl neben den Altar stellen ließ. Der Konflikt konnte geschlichtet werden, indem beide Bischöfe die Einkleidung vornahmen. Der Gandersheimer Streit weitete sich aber wieder aus, nachdem Bernward Bischof von Hildesheim geworden war und sich gegen Willigis' Übergriffe wehrte.

Othrich war Domherr von Magdeburg, Vorsteher der dortigen Schule und galt als einer der gelehrtesten Männer seiner Zeit. Er schickte einen seiner Schüler nach Reims, um herauszufinden, was Gerbert von Aurillac dort lehrte und bezichtigte diesen – wohl aufgrund einer Fehlinformation durch seinen Schüler – eines wesentlichen Irrtums bezüglich des Verhältnisses zwischen Physik und Mathematik. Otto II. lud die beiden Kontrahenten zu einem Streitgespräch nach Ravenna. Othrich wurde von Abalbert zu seinem Nachfolger als Erzbischof von Magdeburg bestimmt. Otto II. setzte aber den ehrgeizigen Gisiler von Merseburg ein. Othrich starb 981.

Otto I. (der Große) wurde 912 als ältester Sohn Heinrichs I. und Mathildes in Wallhausen geboren und 936, nach dem Tod seines Vaters, in Aachen zum König gekrönt, wobei er sich gegen seinen jüngeren Bruder Heinrich durchsetzte, der sich mit dem Herzogtum Bayern begnügen musste. Um 929 heiratete Otto Editha, die Tochter des englischen Königs, und hatte zwei Kinder mit ihr – Liutgard, die Mutter Ottos von Worms, und Liudolf, den Vater von Otto medius und der Äbtissin Mathilde von Essen. Nach dem Tod Edithas heiratete Otto 951 die verwitwete italienische Königin Adelheid, die ihm 955 eine Tochter, Mathilde, die spätere Äbtissin von Quedlinburg, und den Thronfolger Otto II. gebar. Im gleichen Jahr besiegte Otto die Ungarn in der Schlacht auf dem Lechfeld und wurde von da an Otto der Große genannt. 962 ließ er sich zusammen mit Adelheid in Rom zum Kaiser krönen, 967 seinen Sohn Otto II. zum Mitkaiser. Er warb wiederholt um eine oströmische Kaisertochter für seinen Sohn und erhielt

972 Theophanu, die Nichte Kaisers Johannes Tzimiskes, die er reich beschenkte und mit Otto II. verheiratete. Otto I. starb 973 in Memleben und wurde im Magdeburger Dom neben seiner ersten Frau Editha begraben.

Otto II. wurde Ende 955 als Sohn und Thronfolger Ottos I. und Adelheids geboren, 961 in Aachen zum König und 967 in Rom, nach oströmischem Vorbild, zum Mitkaiser gekrönt. 972 heiratete er Theophanu und wurde 973 nach dem Tod seines Vaters alleinherrschender Kaiser. Mit Theophanus Hilfe setzte er sich gegen Heinrich II. von Bayern durch und entzweite sich dabei auch mit seiner Mutter Adelheid. Otto hatte mit Theophanu drei Töchter Adelheid (Ada), Äbtissin von Quedlinburg, Sophia, Äbtissin von Gandersheim, und die mit dem lothringischen Pfalzgraf Ezzo verheiratete Mathilde (Tilda), sowie den 980 geborenen Thronfolger Otto III. Nach dessen Geburt zog Otto II. über die Alpen, um sich mit seiner Mutter zu versöhnen und den Süden Italiens gegen die eindringenden Sarazenen zu verteidigen. Am Kap Colonna in Cotrone erlitt er eine vernichtende Niederlage, die ihm den Rückhalt seiner Fürsten kostete. Otto II. starb 983 in Rom, vermutlich an Malaria, und wurde im Petersdom beigesetzt.

Otto *III.*, der einzige Sohn von Theophanu und Otto II., wurde im Sommer 980 im Reichswald Kessel (Ketil) bei Cleve geboren. Aus einer Stiftung vom Oktober 980 zugunsten der Salvatorkapelle in Frankfurt schließt man, dass er eine Zwillingsschwester hatte, die kurz nach der Geburt starb. Als Dreijähriger wurde Otto in Aachen zum König gekrönt, gleichzeitig traf die Nachricht vom Tod seines Vaters in Rom ein. Heinrich II. von Bayern nahm als rechtmäßiger Vormund Otto III. in seine Obhut, musste das Kind aber 984 seiner Mutter und Großmutter übergeben, als seine eigenen Herrschaftsansprüche ruchbar wurden. Von da an unterstand Otto III. der Regentschaft seiner Mutter und nach deren Tod 991 derjenigen seiner Großmutter bis zu seiner Mündigkeit 994. Otto wurde 996 in Rom zum Kaiser gekrönt. Er sammelte die Gelehrten seiner Zeit um sich, darunter Gerbert von Aurillac, den er 999 zum Papst machte. Er bemühte sich um die christliche Erneuerung bzw. Wiederherstellung des römischen Reichs und ließ auf dem Palatin in Rom eine kaiserliche Pfalz errichten. Otto wird als schön, einnehmend und kunstliebend beschrieben und ließ sich als Verbindung von östlicher und westlicher Tradition darstellen. Wegen seiner Bildung und seines Scharfsinns wurde er von seinen Zeitgenossen «mirabilia mundi», Wunder der Welt, genannt. Er starb mit zweiundzwanzig Jahren 1002 bei Paterno in der Nähe Roms wie sein Vater an Malaria. Sein Nachfolger wurde der Sohn von Heinrich II. von Bayern und Gisela, Kaiser Heinrich II.

Otto (medius) wurde 954 als einziger Sohn des 957 verstorbenen Herzog Liudolf, dem Sohn Ottos I. aus seiner ersten Ehe mit Editha, geboren. 973 wurde Otto von seinem Stiefonkel und Freund Otto II. zum Herzog von Schwaben und 976 nach Absetzung von Heinrich II. von Bayern zum Herzog von Bayern ernannt. Er zog 980 mit Otto II. nach Italien und starb dort 982 unverheiratet. Er dürfte Theophanu, die sich mehrfach für ihn einsetzte, nahegestanden haben.

Otto von Worms (948 bis 1004) war ein Enkel von Otto dem Großen, Sohn seiner Tochter Liutgard und damit ein direkter Vetter von Otto (medius) von Schwaben. Er wurde nach dem «Aufstand der drei Heinriche» 978 von Otto II. mit dem Herzogtum Kärnten belehnt. 985 verzichtete er zugunsten Hezilos auf Kärnten, behielt jedoch seinen

Herzogstitel und wurde mit Ländereien in und um Worms entschädigt. Er war mit Judith verheiratet, über deren Herkunft nichts bekannt ist, und hatte mir ihr vier Söhne.

Pandulf, «der Eisenkopf» genannt, war Fürst von Benevent und Capua und sicherte die Südgrenze des Reichs für Otto I. und später für Otto II. Nach seinem Tod 981 fiel sein Fürstentum an seine Söhne, die es aber nicht zu halten vermochten.

Ramwold wurde 975 von Wolfgang von Regensburg zum Abt von St. Emmeram berufen. Unter ihm wurde das Kloster zu einem wichtigen religiösen Zentrum, das auch für seine Buchmalerei bekannt war. Ramwold soll zwei Jahre lang blind gewesen sein, dann aber das Augenlicht wiedererlangt haben. Er wurde später selig gesprochen.

Sophia (978 bis 1039) war die mittlere Tochter Theophanus und Ottos II. und wurde bereits im Alter von einem Jahr dem Stift Gandersheim zur Erziehung übergeben. Als Kaisertochter verlangte sie 989, von Erzbischof Willigis von Mainz und nicht von Osdag, dem zuständigen Bischof von Hildesheim, eingekleidet zu werden. Dieser wehrte sich dagegen, und es kam zum Gandersheimer Streit, der eskalierte, als Bernward Bischof von Hildesheim wurde. Ab 1002 war Sophia Äbtissin von Gandersheim und ab 1011 zugleich Äbtissin von Essen. Sie stand ihrem Bruder Otto III. sehr nahe, begleitete ihn 996 auf seinem ersten Italienzug und soll eine enge Beziehung mit Willigis unterhalten haben, was wohl zum Gandersheimer Streit beitrug. Nach 997 erschien Sophia nicht mehr am Hof. Sie starb 1039.

Theophano, die Tochter eines peloponnesischen Gastwirts, galt als die schönste Frau ihrer Zeit. Sie war bis 963 mit Kaiser Romanos II. und von 963 bis 969 mit Kaiser Nikephoros II. Phokas verheiratet, zu dessen Ermordung durch ihren Geliebten Johannes Tzimiskes sie maßgeblich beitrug. Johannes musste, auf Druck des Patriarchen, um zum Kaiser gekrönt zu werden, eine Schwester von Romanos II. heiraten und zwang Theophano, in ein Kloster einzutreten. Theophanos Söhne von Romanos II., Basilius und Konstantinus, wurden zu Johannes Tzimiskes' Nachfolger.

Theophanu wurde um 960 als Tochter der Sophia Phokaina und des Patrikios Konstantinos Skleros geboren und dürfte ihre Kindheit mehrheitlich im Palast von Konstantinopel verbracht haben. Die ursprünglich aus Armenien stammenden Skleroi gehörten zu den ältesten und reichsten Geschlechtern Ostroms, und Konstantinos Schwester, Maria Skleros, war die erste Frau des späteren Kaisers Johannes Tzimiskes, Theophanu somit dessen Nichte. 972 wurde Theophanu nach Rom gebracht, dort mit Otto II. verheiratet und zur Mitkaiserin gekrönt. In einer prachtvollen Urkunde bestätigte ihr Otto I., ihr Schwiegervater, die Güter, die sie von ihm zur eigenen Verfügung erhielt. Ab 973 erscheint Theophanu in den Urkunden Ottos II. als Fürbitterin. Sie hatte drei überlebende Töchter, die 977 geborene Adelheid, später Äbtissin von Quedlinburg, Sophia, 978 geboren, Äbtissin von Gandersheim, und Mathilde, 979 geboren, die den lothringischen Pfalzgrafen Ezzo heiratete, sowie einen Sohn, den 980 geborenen Thronfolger Otto III. Als Otto II. 983 starb, wurde Theophanu Regentin für ihren Sohn bis zu ihrem Tod in Nimwegen 991. Sie liegt auf ihren Wunsch in der Kirche St. Pantaleon in Köln begraben.

Die in westlichen Quellen mehrheitlich als Theophanu geschriebene Prinzessin dürfte die Patentochter der von Johannes Tzimiskes verstoßenen Kaiserin Theophano gewesen sein. In den byzantinischen Quellen finden sie und ihre Verheiratung mit Otto II. keine Erwähnung. Theophanus Abneigung gegen ihre Schwiegermutter Adelheid ist historisch verbürgt.

Warin wurde in der Nachfolge von Gero 976 Erzbischof von Köln, und Otto II. betraute ihn 983 mit der Aufsicht über seinen Sohn. Warin nahm an der Krönung des Thronfolgers in Aachen teil und übergab, als bekannt wurde, dass Otto II. in Rom gestorben war, Otto III. an Heinrich II. von Bayern und unterstützte diesen offen in seinem Bestreben, selbst die Herrschaft zu übernehmen. Warin starb 985.

Willigis wurde um 940, angeblich als Sohn eines Wagners, in einem niedersächsischen Dorf geboren. Dank eines einflussreichen Mentors wurde der offenbar sehr begabte junge Mann 969 Kaplan am Hof von Otto I. und war dort zeitweise auch Lehrer von Otto II. 971 machte ihn Otto I. zum Kanzler, 975 wurde Willigis Erzbischof von Mainz, dem bedeutendsten Bistum des Reichs, dessen Besitz und Einfluss er vermehrte. Nach dem Tod Ottos II. war Willigis zusammen mit Theophanu Regent für den unmündigen Otto III. Willigis starb 1011 in Mainz und ist dort in der Kirche St. Stephan begraben.

Wolfgang von Regensburg war von 972 bis zu seinem Tod 994 Bischof von Regensburg. Er unterstützte Otto II. auf seinem italienischen Feldzug, ergriff nach dessen Tod aber Partei für Heinrich II. von Bayern. In Regensburg gründete er eine Domschule mit Chor, Vorgänger der heutigen Regensburger Domspatzen. Wolfgang starb 984, wurde in Regensburg begraben und 1052 heiliggesprochen.

Adelheid (977–1043)
(Ada)
Äbtissin von Quedlinburg

Sophia (978–1039)
Äbtissin von Gandersheim

Mathilde (949–1011)
(Hilde)
Äbtissin von Essen

Otto von Schwaben
(954–982)
(Otto medius)

Otto von Worms (948–1004)
⚭ Judith

Liudolf (930–957)
⚭ Ida (um 932–986)

Liudgard (931–953)
⚭ Konrad von Lothringen

2.

2.

Wilhelm
(929–968)
Erzbischof
von Mainz

Ludwig (966/7–987)
ab 986 König von Frankreich

1.

Karl von
Niederlothringen
(um 953–991)

Lothar von Frankreich (941–986)
⚭ Emma (946 – nach 988)
Tochter von Adelheid
aus 1. Ehe mit Lothar von Italien

2.

Otto I. (912–973) ⚭ 1. (illegitim) Slawin
2. Editha (912–946)
3. **Adelheid** (um 931–999)
ab 947 Königin von Italien
ab 962 Kaiserin

ab 936 König
ab 962 Kaiser

Gerberga (um 913–968/9)
⚭ 1. Giselbert von Lothringen
2. Ludwig (920–954)
ab 936 westfränkischer
König

Heinrich I. (um 876–936) ⚭ Mathilde (um 895–968)
ab 919 König

STAMMBAUM

Mathilde (979–1025)
(Tilda)
⚭ Ezzo vom Niederrhein
(um 955–1034)

Otto III. (980–1002)
ab 996 Kaiser

ältester Sohn:
Heinrich II. (973–1024)
ab 1014 Kaiser

Mathilde (955–999)
Äbtissin von
Quedlinburg
3.

Otto II. (955–983) ⚭ **Theophanu**
ab 967 Mitkaiser
ab 973 Kaiser
3.

(um 960–991)
ab 972 Mitkaiserin
ab 973 Kaiserin

Konstantinos Skleros, Bruder von Maria Sklerina
⚭ Sophia Phokaina

(stirbt vor 969)
⚭ **Johannes Tzimiskes**
(um 924–976)
ab 969 Kaiser

Robert (972–1031)
ab 996 König von Frankreich
⚭ Susanna

Hugo von Franzien
(940/1–996)
ab 987 König von Frankreich
⚭ Adelheid von Aquitanien

Gerberga
(um 940–1001)
Äbtissin von
Gandersheim

Heinrich II. von Bayern
(951–995) (der Zänker)
⚭ Gisela (um 950–1006/7)

Hadwig (916/22–958)
⚭ Hugo von Franzien
(895–956)

Heinrich I.
von Bayern
(919/22–955)
⚭ Judith (925–985)

Brun (925–965)
Erzbischof
von Köln

Eine Liebe in Zeiten des Krieges

Am Vorabend des Ersten Weltkriegs. Adèle und Wilhelm kennen sich seit Kindheitstagen. Aus kindlicher Freundschaft wird eine leidenschaftliche Liebe – eine Liebe, die nicht sein darf. Die Tochter eines elsässischen Weinbauern und den Sohn aus reichem Berliner Hause trennen nicht nur die gesellschaftlichen und politischen Umstände. Denn als sich die deutsch-französischen Auseinandersetzungen zuspitzen, finden sie sich plötzlich auf gegnerischen Seiten wieder …

Ein bewegender Roman über eine Liebe gegen alle Konventionen und Widerstände.

Karsten Flohr, Zeiten der Hoffnung. Roman
insel taschenbuch 4146. 365 Seiten

NF 136/1/3.12

NF 133/1/2.12

»Wir lieben uns. Wir mögen uns nur nicht besonders.«

Rosalind, Bianca und Cordelia: Die drei eigenwilligen Schwestern – von ihrem exzentrischen Vater liebevoll nach Shakespeare-Heldinnen benannt – kehren eines Sommers nach Hause zurück, in die kleine Universitätsstadt im Mittleren Westen. Die Freude über das Wiedersehen währt nur kurz, denn die temperamentvollen jungen Frauen und ihre gut gehüteten Probleme stellen die familiäre Harmonie auf eine harte Probe …

Mitreißend und tiefgründig, spritzig und humorvoll erzählt *Die Shakespeare-Schwestern* vom Los und Segen lebenslanger Schwesternbande, die – sosehr man sich bemüht, sie zu lösen – doch allen Stürmen des Lebens standhalten.

Eleanor Brown, Die Shakespeare-Schwestern. Roman. Aus dem Amerikanischen von Brigitte Heinrich und Christel Dormagen. insel taschenbuch 4135. 374 Seiten

NF 137/1/3.12